# 红花绿布头

Red Flower
Green cloth head

葛水平 著

作家出版社

图书在版编目（CIP）数据

红花绿布头 / 葛水平著 . -- 北京：作家出版社，
2023.3

ISBN 978-7-5212-1942-5

（作家随笔集）

Ⅰ.①红…　Ⅱ.①葛…　Ⅲ.①散文集 – 中国 – 当代
Ⅳ.①I267

中国版本图书馆 CIP 数据核字（2022）第 110194 号

**红花绿布头**

**作者 / 绘者：**葛水平

**责任编辑：**田小爽

**装帧设计：**留白文化

**出版发行：**作家出版社有限公司

**社　　址：**北京农展馆南里 10 号　　　**邮　　编：**100125

**电话传真：**86 – 10 – 65067186（发行中心及邮购部）

　　　　　　86 – 10 – 65004079（总编室）

**E – mail: zuojia@zuojia. net. cn**

**http: // www. zuojiachubanshe. com**

**印　　刷：**河北鹏润印刷有限公司

**成品尺寸：**130 × 185

**字　　数：**189 千

**印　　张：**11

**版　　次：**2023 年 3 月第 1 版

**印　　次：**2023 年 3 月第 1 次印刷

**ISBN** 978-7-5212-1942-5

**定　　价：**68.00 元

# 目 录

# 立冬

## 一

　　农家的院墙上有一排铁钩，上面挂着犁耙锄锹，一年的生计做完了，该挂锄了。庄稼人脸上像牲口卸下挽具似的浮着一层浅浅的轻松，农具挂起来时地便收割干净了。阔亮的地面上有鸟起落，一阵风刮过来，干黄的叶片唰唰唰唰往下掉，入冬了，落叶、草屑连同所有轻飘的东西都被风刮得原地打转。早晨和傍晚，落叶铺满了院子，还有街道，远处重峦叠嶂的山体恰似劈面而立的一幅巨大的水墨画屏，霜打过的红叶还挂在一些干枝梢上，怕冷的人已经裹上了冬装，袖住了手。

秋庄稼入仓，那些留在地里的秸秆和茬头堆积在地当央，火燃起来时，乌鸦在飘浮的灰烬中上下翻飞，它们在抢食最后一季逃飞的蠓虫儿。天气干爽得很，空气就像刚擦洗过的玻璃窗户，乌鸦的叫声，拨动了人敏感的神经，孩子们追逐着乌鸦，想把它们驱赶到高处的山上。每个人手里都拿着一把长条竹竿，那些抢食的乌鸦在孩子们的驱赶下飞往远处。谁家的马打着响鼻，河岸上未成年的柳树是挽马的马桩，青草在入冬之前衰败，如一层脱落的马毛，马干嚼着，不时抬头望着热闹的人群，马肚子里装了村庄人所有成长的故事，每个人的故事马想起来都觉得好笑。

要立冬了。一个知道季节的人牵着他的毛驴走在村庄弯月形的桥上，他要翻越山头去有煤的地方驮炭，冬天，雪就要来了。

村庄里的铁匠铺热闹了，家家户户提着农具往铁匠铺子里走，用了一年的农具需要"轧"钢蘸火。用麻绳串起来的农具挂在铁匠铺的墙角，大锤小锤的击打声此起彼伏。取农具的人不走了，送农具的人也不走了，或蹲或坐，劣质香烟弥漫在铁匠铺。轧好钢的锄头扔进水盆里，一咕嘟热气浪起来。龇着牙的农人开始说秋天的事，秋天的丰收总是按年成来计算，雨多了涝，雨少了旱，不管啥年成，入冬就要歇息了。

冬天是一个说闲话的日子，冬天的闲话把历史都要揪出来晒两轮儿。

村庄里的土狗聚集来铁匠铺，狗打闹着，有公狗抬着没有重量的前脚架在另一只母狗屁股上，追来追去的，按照自己的意愿去做事。周边围着的狗极骚情，个个都是情场老手的模样，而母狗极享受地接受它们的挑逗。铁匠铺子里的人望着这些畜生们，极有情意地笑。村庄里的闲话一下就又拐到了另一条路上，说到土地，说到人吃地一生，地吃人一口，土地不动声色年复一年，还是老样子，人都几茬了。生产队长从门前走过，铁匠铺里的人喊了一嗓子："立冬该唱一场戏了。"

队长站在铁匠铺门口眯着眼望门里，谁说下的立冬就该唱出戏？有人答应说，早几年唱过，自从你当了队长就不唱了，小官也得为民服务对不？一群人起哄说，小队干部是国务院最低一级领导机构，怎么能说是小官呢？生产队长突然意犹未尽在想什么，初冬的太阳再能巧也难把积累了一个夏天和一个秋天的渴望抚平整了，铁匠铺里的人突然发现队长的脸上皱起了笑，听见他说：咱就重拾庙会给立冬唱回戏吧。

快乐来得太直接了，所有铁匠铺子里的人来不及回神，门口就只剩下空荡荡的阳光了。

# 二

暗夜里下了立冬前第一场雪，没有一丝一缕的风，下雪天很安静。透过玻璃窗格看外面，细碎的声音灌入耳膜，天光把人的目光迷幻得很虚，地上有些微的光明，雪把村庄里的人心揪了起来。雪可是不能下得太大，雪厚了一冬不化，剧团进不了山，唱戏的事情就要泡汤了。

"好大的雪啊！"应了这一声喊，左邻右舍，家家户户接连不断哐哐当当把门打开，一时间便有了更多的惊叫和惋惜。一些人开始往大场上走，大场上有一座舞台，舞台前大雪纷飞。"雪大了！"先到人的声音比往日压得瓷实。

中国的乡村，除了那些藏在沟里的山庄窝铺，"村"或"庄"，几乎都修有戏台。因为"娱神"的缘故，村庄都有自己的庙会。民间一直把"神"看得很高贵，爱着，敬着，怕着，哄着。神不过是无数人的一个不言语，却"娱"得喜怒无常。神住在村庄的寺庙里，戏台大多建于寺庙神祠之内，多是坐南面北，对正殿而建，戏台下一般有高低不等的基座，以方便神平视瞻赏。神啊，离谁家都很远，离谁家都很近，与富贵与贫穷都有着深刻的血缘关系。

神管不了天，天很有耐性，雪整整下了三天，雪已经铺絮得看不清万物了。

队长站在舞台上说，不是小队不舍得出钱，是老天罢工了。雪看上去有一尺厚，村庄里的人哀巴巴看着雪，半晌雪住时，男人们急不可耐扛着扫把来扫雪。雪很轻很软，扫起来不费力气。人们一边干活一边高高低低说着话。从舞台上放眼望去，被雪覆盖后的重重叠叠的大山，白花花一片，天地一色。扫雪人身上似乎涨满了力气，雪屑在空中旋转飞舞着，不知哪个提议去扫山路，扫开山路就能唱戏了。扫雪人的鼻子、耳朵、脸蛋子冻得通红通红，因为扫雪头发里冒着热气。每个人头上都顶着一个气团子，如同神头顶浮着的云团。

大人和孩子们疯子一样从村口开始往山外扫路。不知谁裤口袋里装了一台袖珍收音机，黑壳，大小不过半手掌，收音机里播放着地方台，一开始播放的声音嘈杂不清，大家注意力就不集中扫雪了，盯着收音机等听到清晰的广播，拧着就出来了地方戏。有人破喉咙沙嗓子跟着吼，吼戏的人额头青筋暴突，脖子伸得很长，有人就想叫他住口。一个雪团子打过来，正好打在吼戏人的头上，对方便骂开了。扫雪的人们乱作一团，有人觉得这样下去不是扫雪，是打雪仗，建议分段扫。分配到山顶上的人二话不说，"呼哧呼哧"踩着雪走了。

晚夕时分，路上的雪扫净了，走回村庄的人们一个个都比往常生动鲜活。女人们端了簸箕拿了笤把领着娃娃们出门碾谷，路一开，就要唱戏了，几年不遇的好事，亲戚朋友都要来看戏了，碾米磨面，那是要坐鳌子炸麻花呀。

乡下的好，明清建筑高门大院是一个好，叽叽打逗呼儿唤女声挑开屋脊，也是一个好。有戏唱必然是集会，村庄的石板街道两旁搭满了棚子，卖饭的，卖菜的，卖农具的，卖杂货的，理发点痦子的，密实实排过去，阳光下，赶会的乡下人面孔绛酡，劳动的双手满是纵横的纹理，吆喝声结实有力，像练过嗓子的演员，热闹掀翻了以往村庄的寂寞。几年不见的冬日庙会像捻子一样被点燃了，热闹稠稠的，能把寂寞了大半年的村庄喝饱。

三

从小生活在村镇的那一代人，回忆起从前的日子来那是有很多说道的。每一个节气到来都要先敬神。天地间与人掰扯不开的神是农家院子里的天地疙窑子，虽然敬奉的是天地人三界尊神之位，但最主要的还是天神、地神。万物的本源，没有辽阔的土地，人们便会失去生存的根基。我们的上古神话有盘古化生万物，盘古以肌肉化成田土，用血液滋润大地，后来又出现了后土。乡民们开工动土时先要献土，土为"后土"。后土是谁？共工氏有子曰勾龙，为后土。因为共工氏统治天下时，他的儿子能够平治九州的土地。后土有凭尊贵和功劳享受庙宇的资本。乡民院子里的天地疙窑子由专门工匠造就，大户人家都在自己正房的门脸前，有的在进大门处，有石雕和砖雕样式。拜祭地神与拜祭天神是对应的，天地合称为"皇天后土"。

作为司农神的后土神，常和土地的出产物——五谷神合在一起祭祀。谷神最早祭祀的是"稷"。《风俗通义·祀典》说，稷者，五谷之长。五谷众多不可遍祭，故立稷为代表。在交通不便的方国之中，人们对农作物的需求是一致的。敬神是护佑来年风调雨顺，看戏是农民与金钱无关的耳福和眼福。

台下人头攒动，是一张张凝神上望的脸，台上，生旦净末丑，正演绎着一场场沧桑岁月的人生大戏，让人们感受着人生的喜怒哀乐，生死荣枯。历史上可真有这样的事啊，那些千真万确的不同寻常，留得住生，留不住死，看戏的人开始为生欢呼雀跃，开始为死悲从中来。一段哭腔唱得入心入骨疼，唱得好呀，戏到此时不是演了，是唱，是说演员的唱功，五音六律揪扯得人心战栗。一场接一场看，误了吃饭也不误了看戏。

台上关公手举大刀追杀华雄，从戏台上踩着锣鼓点一鼓作气追到台下。

两位演员在观看的人群中穿梭，那时节，一个胸前挂着鼓，一个臂弯上挂着锣的乐队跟着他们，有一下没有一下地敲打着，他们绕场子边打边跑，一时又跑到了场子外的街道上。鸡们狗们家畜们，老者站在村边的路沿上，下巴颏一翘一翘的，嘴张着笑不出声来，笑在肚子里乱窜。一群大小娃娃跟在后头，走进村街，关公和华雄沿途随意抓取摊贩的瓜果梨桃，边吃边打，觉得寒风并不都是凉风刺骨，亦有千姿百态。打一阵子，摊主笑逐颜开地再一次扔给他们吃食。

舍得，是福报是大吉大利。

一群娃娃横晃着膀子钻到演员前面，两张挂了油彩的脸齐齐对着娃娃们，吓唬他们，说是要杀人啦！娃娃们呼呼四散，敞亮的空地上，把历史演得玩儿似的轻松。

敲锣的敲鼓的，不时吼一声，此时打斗到了戏台下。演出快要结束时，跑得满头冒汗的关公和华雄重新登上戏台，关公大刀挥舞，斩下华雄首级。

民间剧团就像一个走街串巷、流动的表演群体。演员与观众融为一体，演出气氛高潮迭出。表演者和观看者相互追逐，村子有多大，戏台就有多大。

通看《三国志》（包括裴注），提及"华雄"这个名字的只有一处，出现在《三国志·吴书·孙破虏讨逆传第一》里，确切地说是在孙坚（破虏将军）的传里，只一句话："坚复相收兵，合战於阳人，大破卓军，枭其都督华雄等。"说的是（梁东一战后）孙坚重整旗鼓，在阳人大败董卓军队，杀了董卓的都督华雄等人。显然，华雄是因为被孙坚的军队打败而被杀的，虽然具体是谁下的手不得而知，但绝对不可能是并不在孙坚军中的关羽，甚至极有可能真正的华雄终其一生也与关羽毫无瓜葛。

历史给戏剧最重要的一点是戏说。民间奔田地，奔日月，奔前程的普通人，能知道多少历史中的事情真相。看戏看热闹，热闹中那些非想、闭眼、睁眼、醒着、梦着，黄尘覆盖着村口大道上，一出戏明晃晃亮过来，历史中的真真假假对后来人没啥坏处，那就娱乐吧！涂脂抹粉，更换各种鲜亮的戏装，放开喉咙的歌唱和扭动肢体的耍弄，民间没有严肃，严肃在简单的民间是犯忌的。

谁见过这样的演出！无论过去还是现在，走至村口的人都要愣愣站站，步子里显出几分怀念，盼一个节气到来，一场戏开始，不光是人，鸡了狗了的，都盼。

四

乡村的戏台经历了完整的嬗变过程，它是热闹的中心，于平淡平常之中系着撕心裂胆、揪肠挂肚的乡情。要说什么地方最能体现乡村的味道，肯定是戏台。只要唱戏了，生活就进入了最饱满最疯癫的时刻。很多人平常想不起来，在你就要忘掉的时候，一转身却和他在戏台下碰见了。天涯海角走远的家乡人，到了过会的节点上，再忙也要找一个借口，回乡看戏去。回乡看戏，啥时候念着了，心吊在腔子里都会咣咣响。

一场庙会结束时，冬天真正开始了。村庄成了麻雀的世界，它们把饥饿和焦躁嚷嚷得满世界都知道。冬至将至，"交"子之时的"饺子"家家户户都要吃，这意味着冬天要数九了，九天里的乡村就像黑白电影，而在生活中交谈的人们，无异于在重复从前的每一个冬天，他们抑制着自己的情绪，在黑白世界里想着明年春天地里的非非之想。女人们冬天里看不得男人闲着，日常生活中会施以他们一些小惩罚，女人们总喜欢制造一些生活的叽吵打闹，喜欢在冬天里交出眼眶中的泪水。

柴烟延续着平常的日子，人们也用柴烟描绘着特殊时光。冬至过后，旺盛的日子，一天胜似一天，一直到入了腊月。腊月里的灶间少有消停，杀猪、宰羊、磨豆腐、买新衣裳，家家都忙乱得很，一个最大的节日在等着，那是一个样样儿不能耽搁下的好日子：年。

傍近年根，你到北方的村庄里去闻吧，翻过山头便闻见了肉香。"紧锅粥慢锅肉"，一锅肉从午后开始炖，一直要炖到天色麻糊。不管孩子们多嘴馋多心急，大人们总沉得住气，非要等那走外的人回来，非要等年三十晚才要吃那一口香。人最大的本事就是把寒冷的冬天过成一个温暖的期望。

立冬是反映季节变化的二十四节气之一，我国古代将立冬分为三候：初候，水始冻；二候，地始冻；三候，雉入大水为蜃。蜃，蚌属。意思为立冬之后，北半球获得的太阳辐射量越来越少，由于此时地表夏半年贮存的热量还有一定的剩余，所以一般还不算太冷。

等数了九，北方的地是冻实了，村庄里的娃娃们就开始争抢着在河道里溜冰。有大人们在木板上缠绕了洋铁丝，没有木板座骑的就从旧戏台上偷拆一块瓦片，厚瓦包着屁股蛋子，从河道的高处溜下来，一河道奔逸绝尘。河道里有时候也会传来哭声，屁股下的瓦片碎了，硌疼了屁股蛋子，那泪不及时擦干净就会冻成泪珠子。这样的日子要延续到年三十。长大的孩子回想此时，会生出一种病叫"思乡病"。知道童年的冬天是与身相随的，思乡只在独自和安静时才显现。

# 五

一个节气就是一个季节的驿站。我反复回忆那个冬天的夜晚，我是那个冬天里舞台上的一枚花旦，我甩着长长的水袖，我为我的故乡唱戏，为一个节气唱戏。

我的乡亲们从大地的深处缓缓走入，那样地不约而同，寒凉的空气里有尘屑擦着光照飞翔，暮色斑驳迷幻，一轮明月升到孩子们仰望的高度，远山肃穆，它凝聚着山外的声色犬马。不等饭毕，大人和孩子们齐齐聚在了场子上。一方戏台，一个腰肢纤细，头戴花冠，袭一件镶边水红绣花长裙，在戏台当中走台的女子吸引了山里人的眼眸。星光与夜鸟的鸣唱在彼此胸腔汹涌。那时间，我们觉得大地上的声音开始乱了，村口的老槐树黑黑地站在夜幕里，横杈上落着一层来看戏的乌鸦。

旧去了，走在灰秃秃的现在，辨不清蛛网密布的老庙内是否还有戏台在演戏，我站在现代文明的中央，四围尽是塌落的旧砖瓦，风物已是比不得昨日，上下八方，村庄都少了人烟，谁还记得老庙内的从前，谁还知道节气！一声老腔，突然地在一个什么地方响起，如同放逐的囚徒，——咿呀！丝丝寒凉，余音袅袅拖拽得很长，很长。

那一嗓子的余音还缭绕着，我害怕一丝声息都会惊吓那些雕梁画栋上糟烂的木纹和色彩，有鸟扑簌簌直刺天空，巨大的空间，看不见的风在剧烈地运动着，羽毛落下来，风是一种力量。村庄，青砖地面，几代农人走过的脚印重重叠叠，大大小小，生命存活于瞬间真实，有多少节气走过了？我们在时光推攘的路上，谁又能够忍受得了时光的驱赶和道路的驱赶呢！？

# 两道柴门
## 五眼窑

晋侯的窑洞可以把心灵的宁静安置其中。

一道柴门，又一道，在寒意料峭的风中，寻找一扇打开的门，这不是一个浪漫抒情的年代，庸凡的生活，一切都显得那么轻。就在柴门打开的那一瞬间，那种荒凉而辽阔的野地开满了油菜花，尽管人们已经开始喜欢早春的荒草地上那种鲜明的层次，以及大地的苦涩，但是，油菜花带给了我精神上的迎接，这使我想起了张爱玲的一句话："活着就是一件壮举。"

五眼窑洞，朝南，给人一种不忍惊动岁月的感觉。我们站在院子里的油菜花田，春风从远处刮来，夯土的墙只是拦挡了一下，艾药儿香掠过我的嘴唇，我狠狠地袅了一口，这是呼吸最为隆重的事情，或者眼目，春天就是这样的，风情、有序，用一种光芒生长在晋侯的院子里。

这就是生活啊。

去冬柴门上的对联还在，晋侯说他的父亲刚走，并不因为红彤彤的对联而不悲伤。他的父亲最好的姿态遗落在这个院子里，那张生前的照片，坚固了晋侯一些忍耐，一些麻木，对面那山岗一样的土塬上，风列队而过，望过去，我实在是不想把生命的走失理解得过于沉重，如同我们此刻的笑，把一切归于生命的自然、必然。

院子外望沟的土嘴上举着半截老树的木桩。晋侯说，他从沟里来乡下，用四十分钟走到他母亲的视野内，情感的抚摸，那种亲情，在他母亲起身拍打风落在围裙上的草叶时，沟口上的晋侯冲着高处喊一声"妈"。

远处也有一片油菜花田，几只黑鸟起伏在花田中间。要起风了。

酸枣树杈在土墙脚下，发青的枝干，挂着一层宗教般的绿色。去冬一粒儿干果挂在枝头，似乎以生命之壳自警：这是人间春秋，保护好自己。时光衔接了一切，春天很活泛，尤其是在豁口的墙上望向那些窑洞。

油菜花开开落落，一部分开着，一部分豆荚里的菜籽正在鼓起，在接近最后的成熟，明黄中的沉绿，晋侯望着它们说，一年的收成，有十几斤菜籽，它让我的生活变得富有弹力。

从窑洞走进走出，麦秆的泥皮，石灰的墙，人顺着性子走了。

柴门上的锁用塑料布包着，怕春天的雨水下进锁芯，仅此而已。

沿着黄土墙脚前的小路走往高处。晋侯说：人浪费了钱财把砖房子盖在平地上面，人又往城市里去了，砖房子闲着，想不明白人活着是为了什么。

古人曾描绘的理想国是重视死亡而不向远方迁徙，虽然有船只车辆，却没有必要去乘坐；虽然有武器装备，却没有机会去布阵打仗。在回复到远古结绳记事的自然状态中去，有香甜美味的饮食，清雅的衣服，安逸稳定的住所，欢乐的风俗。人在慢慢发展的过程中无知觉地背叛着一种美，人并不如油菜花，一辈子都没有背叛它浑身的油绿和开放时的明黄。

回头再看一眼柴门，一道两道，在它的小动小静之中，我又想到了刚看过的大面积的桃花，令人躲闪不及的花开，都是为了一点功名，一点生计啊，在铺天盖地的春色里，有红得无力抵挡的哀艳，有媚冶风情却是不怎么入骨。

又一个平静的下午就这样来临，走进乡村就如同走进了语言，这又让我想到了晋侯是一位诗人，又是一位画者。他神态谦和，略带一点羞涩，没有多少语言，一脸静气。他乡下的院子里种了油菜花，我想象不出亲切的日子是怎样的一种日子，看见晋侯的院子时，我想，亲切就是赋予了生活具体而真实的内容，在底层被人们忘却的角落里，和一些细小普通的事物亲近并获得美好。

人这一生究竟在满意什么？这真是天大的苦，我感觉晋侯懂得"味苦格高"。

# 黄草纸

## 水蛇腰

文字斑驳地记录着老时光。

来自北方的桑皮麻头纸，再生环保。我还记得童年，植物的纤维，每次被平筛托起，即成一张纸。纸，有厚、有薄、有舒散、有凝聚。手工的纸，粗放里蕴含细腻，细腻里潜藏豁达，和风丽日中晾干，融入了阳光的色调，乡人叫：黄草纸。

冬天的黄草纸糊在窗户上，整个村庄都很怀旧，镰刀似的月亮挑在树梢，猜不透，窗外雪地上一长串狐狸脚窝，它的三寸金莲盛满了各种故事，与生活有关，与风霜有关，与情感有关，糊窗纸没有捅破之前，我听到一个女人喊：

"雪啊，凉啊，屁股蛋子挂了霜啊。"

空空荡荡的，站在千年文化的凝结点上，需要和黄草纸一样悠远沉静的心境，才好去抚慰岁月。

从前的黄草纸糊在窗户上，透过阳光能够照见那些浮动的桑皮经络，亲切得让你觉得如体内的血液流动。我似乎又想起了从前，从前的心爱之物，阳光裹起密集的尘土，慢慢涌动着，我的亲人们穿梭在中间，有一点儿生存的荒凉味道，风吹动他们的衣襟，而笼罩在这一切之上的是一股扩散开来的牲畜味儿，那一瞬间被惶惑了，最好的命运被篡改了，是什么样的魔术手破坏了原有的秩序？

奇怪的是，时隔多年我站在乡村的山脊上，村庄里的一些人和事，或是由各种关系将我的从前联系在一起的理由，或许不曾有过任何生活的记忆，或许因为不曾记得的矛盾，甚至一场单纯的口角，彼此那么多年过去了，我还记得他们在黄草纸张满窗格的天光下妖娆的身姿。

这些记忆是扎了根的，在心里，有时候做什么事情，也不知为什么就感觉那种从前就非常熟悉地来了。

绽开来，仿佛颓败的美好越来越大地颓洞开去。我把他们框在脑子里，很久之后，就想把他们一一画出来，可惜我没有那么多的天赋或异禀。我想，就随性而画吧。

想象一种情景时，脑海中出现的画面不是出自自己的视角，而是像灵魂出窍一般，因为真切地感受过他们的喜怒哀乐，动笔之前，他们只是视觉上一种强烈的刺激带来心尖上的一阵颤抖，墨落下时，黄昏跟随寂寞爬满了我的小屋。

一件事情开始之后，我总是怀揣着一个很大的抱负，看着纸上的他们，突然明白，抱负只是暂时被替换了，我还是一个写作者。天边光线的层次穿过云层诚实地映射到我的脸上，我是我，我的画只是内心的一份不舍。不管怎么说，只要写作，只要画画，都可以洗涤我脑海中一些烦恼。

想起童年，乡下的岁月弥漫着戏曲故事，炕围子上画着的"三娘教子""苏武牧羊""水漫金山"，寺庙墙壁上的"草船借箭""游龙戏凤""钟馗嫁妹"，八步床脸上更是挂着一座舞台，人人都是描了金的彩面妆，秀气的眉与眼，水蛇腰，风摆柳，或者水袖，或者髯口，骨骼间飘逸着秋水、浓艳般的气息。

伴随着日子成长，后来又学了戏剧，可惜没有当过舞台上的主角。

庆幸的是，更多的日子里是站在台子下看戏。风云变幻的历史，折射的却是社会的风情变迁，人生前无论怎样显赫、辉煌，尘埃落定后都将成为过眼云烟。

"饿肚皮包容古今，生傲骨支撑天地。"

正值好年华，那时候，有村就有庙，有庙就有台子，有台子就有戏唱，有戏就唱才子佳人。舞台上人生命运错落纷纭，连小脚老太都坐着小椅子，拿着茶壶，在场地上激动呢。我看台子上，也看台子下，台子下就像捅了一扁担的马蜂窝，戏没有开场时，人与人相见真是要出尽了风头。

台子上，一把杨柳腰，烘托着纤纤身段，款款而行，出场的演员一代一代，永远倾诉不完人间的一腔幽怨。

人这一辈子真是做不了几件事，一件事都做不到头，哪里有头呀！我实在不想轻易忘记从前，它们看似不存在了，等回忆起来的时候却像拉开了的舞台幕布，进入一段历史，民间演绎的历史，让我长时间徜徉在里面。

尘世间形形色色的诱惑真多，好在尘世里没有多少东西总是吸引我，唯有唱戏的人和看戏的人，沉入其间我没有感觉到缺失了什么，比如人生缺失了什么都是缘分，都得感恩！

乡下，浮游的尘土罩着山里的生灵。春天，河开的日子里，觉得春风并不都是诗情画意，亦有风势渐紧的日子，活着的和曾经活着的，横晃着影子走进我的文字，岁月滴滴答答的水声，消歇了一代又一代人，那些走老了的倦怠的脚步，推着山水蠕蠕而动。那些风口前的树，那些树下聊家常的人，说过去就过去了，人是要知道节气，是不是？

记忆如果会流泪该是怎样的绵长！

亲人们让我懂得什么是善良、仁慈和坚忍，我庆幸我出生在贫民家里，繁华的一切成为旧日过眼的云烟之后，身后无数的山河岁月，心目所及，我的乡民，只要还想得起他们明澈的眼睛，不久就会是丰收的秋天了。

对于乡下人，收获的秋天就是一场戏剧"秋报"的开始。台上台下，台上是疯子，台下是傻子，生动的脸，无疑让我有了绘画感觉的获得。

岁月如发黄的黑白片色调，想画时，感觉并不沉重，它是清清淡淡、丝丝缕缕地由心底生起，像一声轻轻的叹息，单色调更像是彩色作品的底子或者说是逝去日子的旁白。那些清新的人间柴烟味道的生活，让我再一次回到尚不算遥远的青春时代，回到那些已经在无数次的记忆中经过过滤留存下来的明月当空的日子，那些日子里有我们共同的卑微。是的，一种挥之不去的惆怅，我总得抓住光阴做点什么，以便对自己的生命做一个交代。

一生一世，时间的距离使追忆成为对现实感受的提炼，只想对他们深切地关注，他们都是我曾经认识的熟人熟事，入文入画都不如入心来得疼痛，我在画案前，我在书桌前，我们一起坐着天就黑了。

岁月是如此曼妙而朴素，世上万物都有因果，在村庄里感受生命里的爱，我便懂得了一个人的灵魂因饥饿而终于变得坚强，因富足衰弱得像煮熟了的毛豆，听不到爆壳声，嗅不到生豆的味道。

无论现在和从前，鸡狗畜生，都知道走至河边会感觉村庄格外地平整敞亮。那些庄稼人的屋子总是朝着太阳，男人和女人担了生活的苦重时，天空落下的碎金子般的阳光，这就是界限了，他们懂得，那些节外生枝的人生也许是另一番天地，但是，只有回到朝南开的屋门前才有勇气喜怒哀乐。

写作和画画都是怀恋从前，都是玩儿的生活。人生是一条没有目的的长路，一个人停留在一件事上，事与人成了彼此的目的，互相以依恋的方式存在着，既神妙莫测，又难以抗拒，其使命就是介入你，改变你，重塑你，将不可理解的事情变成天经地义，如此就有了自己的成长历程。

成长，其实也是寻找自我，不断靠近或远离自己的过程。

现在，我手上握着一支羊毫，尽管我只是一个初学者，很难操控我对好的绘画偷窥，很害怕自己喜欢上了别人的东西，很怕被人影响，但是，不影响又能怎样？喜欢的同时又觉得，别人那么画挺好，我喜欢，但是，不是我心里的东西。我想画什么，技艺难以操控我的心力，或者说心力难以操控我的技艺，唯一是，想到我经历过的生活，我感到我自己就不那么贫乏了，甚至可以说难过，有些时候难过是一种幸福。

因为，我活不回从前了，可从前还活在我的心里。

文人学画，其实是走一条捷径。即便是诚心画，许多难度大的地方永远过不了关，简单的地方又容易流于油滑，所以画来画去，依旧是文学的声名，始终不能臻于画中妙境。

我始终不敢丢掉我的写作，画为余事。

想起张守仁老写汪曾祺，题目叫"最后一位文人作家汪曾祺"，说，汪曾祺的文好、字好、诗好，兼擅丹青，被人称为当代最后一位文人作家，这是因为天资聪颖的他从小就受了书香门第的熏陶。汪曾祺之后，谁还是最后一位文人作家？我自称文人画，有些时候我会脸红。其实，我只是觉得从前还有那么多的牵挂，在精力的游移不定中，文学和画，都是我埋设在廉价快乐下面的陷阱。我为之寻找到了一种貌合神离的辩解，随着日子往前走，有如河床里的淤泥层层加厚，我厚着脸选择了我的生活，而你们给了我一个最高的褒奖"文人画"。我只能说落入任何陷阱都是心甘情愿的。

我相信任何一门艺术都是有灵之物，它会报答那些懂它的人，它在夜与昼交替之间，控制了未知，并一次次浇灭体内因欲望而生的焦火。人到中年，再一次靠近自己的兴趣，我才发现，写作和画画于劳力的人，确实有份实在的功效，天气、物、光线，都是无法复制的，尤其是入画时的那一刻的静，风的节奏，就连性格也比平常内敛。一辈子的好时光都留在了从前，那些我认识的故人，还有他们的恩情，我怎么好一个人执意往前走呢？在我从来就没有真正寂寞过的世界里，夜与昼之余，一种很幽深的精神勾连，让我犹如见到菜籽花般的喜悦。信不？世界上最美好的事情就是这样，相互依存。

春天了，风吹着宣纸，飞花凌空掠过，一层景色，一番诗情画意。浪漫而不无虚荣的记忆中，与生活有关，与风霜有关，与情感有关，站在千年文化的凝结点上，需要有和宣纸一样悠远沉静的内敛，我才好去抚慰岁月。

# 黑铁，一个千年承续的商贸故事

　　葫城镇人早就不在二亩三分田里耕耘了，几代人过后，大多数葫城人脸上已经消退了种田人苦重如牛的模样，即便蜷曲在狭窄的屋檐下等待机会，只要站出来，他们意气风发的笑脸，谈的可都是葫城镇曾经的辉煌历史。

　　时光走到今天，留存是与消失相对而言的。能留存下来肯定是有什么缘由，或者肯定不需要缘由，一个一千多年的古镇能够留存下来让后人重新品味，一定有与日常衔接得很近的手艺。手艺人的贬仰跟下来，民间就留下来许多口实中的奇谈怪事。

　　历史上葫城镇是一个出铁匠的地方，亦如中国很多出产打铁匠人的地方一样，譬如章丘，再譬如佛山，但是都并没有像葫城一样因铁匠多成为中国明清时期的铁货集散中心。山西的晋东南农村，有一种传统的习俗，每个村子每年都有定时的传统庙会。相邻的村子不会同时举行，一般庙会都在相对的农闲时节开始。荫城镇的庙会是每年的农历五月十三，会期半月，主要以铁货交易为主。

过会期间，每家都有亲友从四面八方的村子赶来，他们套了马车或者牵了毛驴，穿上出门时衣裳，竹篮里的馍馍是点了胭脂的。干干净净的赶会人和穿了新装的孩子们把荫城镇装点得鲜亮活泼，各种生意人包括一些小贩，携带着他们的衣服、布匹、日化和各种手作，当然更多的是喂嘴的好面食。刀削面、拉面、甩饼、炒饼、水煎包、煎饼、油条、油糕、氽汤、丸子汤等等，在通往荫城镇的土路上，来来往往的人互相应答着，人声点缀着质朴而平和的生活。

荫城过会，最靓丽的风景是女人，女人穿着花裙子，勾肩搭背一起去赶会，遇见熟悉的人打老远脸蛋上就腾起了两朵红晕，说不上是害啥羞，一边羞红脸笑一边往嘴里塞零嘴儿。被挤出人群的女人抢先立在一个高出街道的地方看铁匠比赛打铁，日头把黄稠的阳光泼在一条古街上，青石路被农人用鞋底踩得光亮，女人们屏住呼吸用粉白的小手呼扇着迎面过来的铁腥气味，嘴里喊着："难闻死了，难闻死了。"

女人们喜欢在人群中弄出一些声儿，乐意粘得满脸满身的羡艳目光。

荫城镇老街上一长溜排开几十盘打铁炉子，外村的铁匠兜着打铁家当前来打擂，几十位铁匠，黑铁一样的汉子，火旺旺一条长街，各自守着自己号下的炉子，师傅和徒弟，大锤小锤此起彼伏叮当作响。从选料、加温、盯火候、锤打、淬火、磨口……至少在比赛前要经过八九道工序。

早些时候，铁匠们比赛打农具，锄头、铁锹、镰刀、勾锄，砧铁上，抡起铁锤反复敲打，直到打出铁的理想形状，再把锻造好的铁没入冷水里淬火，"嗤"的一声，冒出的青烟有一股硫磺味道。女人们用鼻子追赶已经散开如细丝一样的硫磺味道，她们再一次舍不得省下一点寂寞地喊道："难闻死了，难闻死了。"

打铁是力气活，也是技术活。每一件理想的铁具，都要经过千锤百炼，才能让铁料的形状、厚薄在冷热间定型，这便是所谓的"趁热打铁"。

过会期间，街道两边搭棚卖小吃的吆喝声和着铁匠的叮当声，赶庙会的人被情景感染，民歌小调和地方戏剧声，你推我嚷，声音把荫城镇的天地抬高照亮了四方。

荫城主要铁货交易分为生铁、熟铁两大类，两大类中又分为钉、锤、绳、锁、铃、锅、勺、壶、铲等，共几十个种类。每个种类又按大小、轻重式样和用途，分为上百个型号，名目繁杂，就铁钉类，按形状有枣籽钉、鱼眼钉、铆尖钉、水泡钉、荷花钉等，每类钉又分为大小、轻重规格各不相同的若干种；再如铁勺类，按打水、烧茶、炒菜、取米面、舀汤等不同的用项，制作成重量、口面、深度、把长、库长等大小不一的各种铁货，使各地用户完全可以按照自己的需要任意挑选。

铁业兴，百业兴，制铁业的繁荣是整个荫城镇历史发展的鼎盛期，生存方式作为恒常的生活庇护，这些手艺人长久地支撑着后人的提醒，因此，也就保存了流逝中的文化不灭。

社会往前走总要丢弃一些什么，历史中荫城镇有过许多老手艺，失传了。失传了的老东西很可惜，但也不能拿现在和过去比，真是要回到过去谁也不愿意，尤其是年轻人。

手艺是支撑荫城镇热闹的重要一环，它们的老去，正如"四书五经"成为教育的点缀而非主流一样，固然令人伤感，但也只是社会升级的必然。

记忆经过岁月的洗刷，大多数人已经越来越不想麻烦了，所以，手艺能够靠得住生活延续下来是不容易的事。"孤帆远影碧空尽，唯见长江天际流。"当手艺的衰败不可逆转、承继不能指望的时候，手艺人的手艺也就有了新的转型。

人活在世上从小到大表面上看是成长，其实是在消减，这还不包括许多人事都无法想起。

有一天到来，有一天已经没有了。人在时间中只能有一天，不能两天同时过，这让荫城人荫成觉得不够灵活。

荫城镇背后有一座老雄山，峰险谷深，山顶上一站，就觉得离天近了，那些云团，那些雾絮，从头顶掠过，蓝天能够低得罩住天下一切。

荫成站在老雄山上看荫城镇，从小在荫城镇长大，离乡，人往高处飞，高处是哪里？

与历史上的盛衰相仿，兴也交通，败也交通，这时候的荫城镇老街是空阔的，空阔是生命静止时涌现出的诗意，却对现代人起着清凉油和平衡器作用。在面对大众的传播媒体上，一些荫城人开始琢磨着做点什么。

荫城古镇耐琢磨的是古镇文化，熟悉了解并进入古镇的历史文化内部，从内核深处往外做，才能精准提炼，并有效展示出真正属于古镇的文化形式。而只有独具特色，与众不同，才能产生吸引和吸附的能量，才会具有长久长效的文化魅力。

荫城镇作为中国明清时期的铁货集散中心的历史已经走远，但是荫城镇作为中国铁时代的活性博物馆应该留存下来了。铁器作为一个文化符号，是荫城古镇历史文化退却之后的沉淀之物。所谓文化，就是懂得领略"物外之趣"。

必须站在今天说话，文化只有站在今天才可以纳入正常轨道以传播智慧。在今天这个时间节点上，实际上可以分明地感受到两种历史的形态和文化的形态，那就是改革开放之前的荫城镇铁器时代，而现在我们正处在铁器萧条时代的起始阶段。之前的铁器是商业昌盛，现在的铁器是文化旅游的兴盛崛起。之前的铁器时代铁是实质性的商品，现在是一种可以发生反转的文化符号。

荫成回乡的第一个念头就是：建造一个铁器馆，只要谈到铁，中国乃至世界上每一个人都会想到荫城古镇。铁器成为一种具有强烈质感的媒介，它引发的文化心理是直接触接并未走远的铁器的历史。

文化心理就是一个文化认同的过程，荫城古镇要做的就是中国乃至世界的一个铁器的故乡。

"不过，荫城镇现在还没有到那个地步，也不知道今后会不会达到这个状态。"荫成说。

《潞州志》记载，荫城当时"户有八百，商有五百，店铺林立，经商如织，商贾如云，列市如栉"，不愧"万里荫城""千年铁府"的美称。《潞安府志》也记载："上党居万山之中，商贾罕至，且土瘠民贫，所产无几，其奔走什一者，独铁与绸耳。"据悉，明清时期，荫城街上的铁庄、货栈、当铺、车马店及客栈等，多达四百余家。因此，荫城镇的古民宅和古建筑遗址非常多。

荫城街道上，一层层密布的木结构灰砖店铺林林总总，错落有致，这些古老的明清建筑都集中在一处叫后圪廊的地方。后圪廊，当地的人们也习惯叫它铁货巷。巷子虽然不是很宽，但蜿蜒曲折达四五百米。在这条巷子内，店铺门面一个挨一个，绵延不断，有骡马店、骆驼店、饭店、旅店、货栈、当铺等不计其数，字号有同兴源、元盛店、中山永、发兴和等。

铁是荫城古镇的魂魄。把古镇真正带有地域特色的传统手工技艺和古老的民间习俗活动传承下去，创办地域特色的铁器馆迫在眉睫。

通过民间收藏和铁匠后人捐献，铁器馆"黑铁，说吧"在荫城古街上举目遥望。"黑铁，说吧"的众多藏品中，有一尊明代的铁制佛像，制作精良，保存得十分完好。佛像的背后写有铭文："贾掌村南卦里王氏造"。贾掌村位于荫城周边，这尊佛像正是由当地工匠制作。此外，铁器馆里还藏有上党地区所独有的"花筒"。花筒，其实是一种古老的铁炮仗，将火药填充进筒内，再插入点火的捻子，一点着，立刻烟花四溅。这种铁制的花筒虽然其貌不扬，但它身上却烙着上党旧时民间节日喜庆的影子。

铁器馆有一张荫城古镇的铁炉图片，来自于临近高平市泫氏铸业。说起来还有一段故事。2014年6月8日，荫城铁器馆开馆，泫氏铸业来人参观，谈及他们也想在高平市建一座铁器馆，还说能不能把这些铁器都卖给他。当时的答复是荫城铁器馆的铁器永远不会出卖，但是可以开展双向的展览合作。

来人打开便携式电脑，让荫成观看他们所建的铁器馆的设计方案和设计效果图。那一天阳光很好，整个荫城老街榴花照眼，明朗新鲜，荫成在电脑里发现了一张荫城铁炉的图片，是一位外国人拍摄的。

2014年11月某天，荫成和荫城镇铁器收藏人原建国开车专程为这张照片去了高平。临近中午，他们见到了一位退休老职工，他姓刘，籍贯就是高平，头戴有条纹的鸭舌帽，脖颈上系着有色彩的围巾，已经退休的人备觉通身精干。健谈，一说话就能揳入铁器文化的主题，对上党铁器颇为熟悉。

离开时老刘把高平过去有关铁业冶炼的图片下载到了他们随身带的U盘里。回到荫城，立即带着异常兴奋的心情寻找图片中的内容。终于找到了，的确很兴奋。盯着电脑对着这张图片看了良久——一位手持相机的外国人在一个萧瑟的冬天来到荫城，走到一座正在填装矿石和煤炭的冶铁作坊前面举起了相机。他的奇异举止让看到他的正在干活的工匠们备感惊讶，但是站在后面的身材颇为粗壮的貌似一位掌柜或者东家的人物却泰然自若。他的右手插在胸前衣服之内，像是天寒在暖和他的手，或者从中会掏出什么东西来。他的左手却搂着一管大烟袋。和他神色殊异的是画面中最前排的伙计，他的大嘴前噘，明显看出一个匠作之人没有见过世面，少见多怪的神情。

照片中，土制冶炼炉可能已经出货，正在进行再次的填装，等待无数次之后又一次的点火。坩埚已经到位，摆置整齐，显见有一个经验贯穿在冶炼的每一个环节和过程。拍摄者并不是要表现在场的人物，而是要把冶炼炉作为重点来突出显现。这样就可以断定，这张照片的实用价值并不是为了记忆的留存，而是作为拍摄者身临其境看到的一个场景，一个事件的记录，起到一个真实告知他人在荫城有这样一种冶炼铁炉存在的“证据”意义。

荫成在整理这张图片的时候，是做过一点手脚的——使用 PS 工具把图片重新剪切了一下，目的是将图片呈现周正的面貌。裁切的过程中，他非常细致地发现这张图片是有边框的，而边框的四边与中间并非平直。显然这张图片是从一本书上翻拍下来。它是一本书上的已经使用过的图片，而这本书一定存在过，或许现在也静静地躺在世界的某个图书馆的某个落满灰尘的角落。

在清后期和民国时期，有大量的外国人走进神秘的东方世界，而当时中国社会生产生活中非常重要的铁货，民间使用具有普遍性的意义，想必也自在他们的寻访之中。德国地理学家、旅行家李希霍芬就曾经专程深入到上党地区考察过铁业生产和商业销售情况。李希霍芬是否进入了荫城这个中国铁货集散中心，或者是仅仅从它的身边擦肩而过，历史在这里呈现出一个谜团。我们不能想象李希霍芬这样的旅行家专程考察铁器，竟然过荫城而不入，难道这个德国佬在走上换马坡的时候，因为夜深工作而导致第二天昏昏入睡，错失了考察荫城？但是从他的那本具有非凡意义的《中国》的记叙中，并没有看到有关荫城的描述。

这张照片在一部著作中使用过，说明了荫城的铁业生产和商业活动由此进入了世界的视界。这是不争的事实。这本书对于荫城镇，包括荫成实在是一个期待，因为一定有一些有关荫城铁业的生产和商业贸易记载在上面，但这种期待囿于客观条件，可能是一个永远的虚妄。

一张照片，成为一个承载荫城古镇历史文化的记忆。图片中的人物，他们衣衫褴褛，每一张脸都被煤炭和矿石涂抹得黑糟污烂，这是他们的生活，是日常性的司空见惯的劳作。但是当一台相机对准他们的时候，随着相机快门咔嗒一声，他们在相机中倒立成像。一个场景、一个片段永远留存在无垠的时间之中。

荫城古镇有关铁器的生产和商贸历史，已经吸引了大量的游客前来寻古。荫城镇为了活化铁器，多方寻找合作，在传统铸造工艺基础上加入了现代的审美情趣和消费时尚因素，精致、美观，既可以作为工艺品欣赏又可以品茗实用的荫城新铁壶，作为铁器的新宠，形成了古镇铁器文化新的亮点。省级非遗项目荫城猪汤是荫城古镇独具北方风味小吃的代表，还有日常人们的口福荫城十大碗、小粉煎饼、焖酥、油焙团子等商贸市镇饮食在荫城古镇盏食节上不断整理推出。尤其是荫城古镇民俗铁礼花表演，古法击打，铁树银花，日新月异，更是增添了新时代的节奏和寓意。

故乡的这座山有多高？有多少人愿意怀着敬意和惭愧的心感受故乡。故乡，每一天的流逝都是语言，都在和走远的人说一些心里的苦和世上的病。荫成说，故乡当下已经成为中国具有温馨暖度和光亮向度的一个大词。

无论是文化乡愁，还是历史生活乡愁，作为一个寄存铁器记忆之地，荫城古镇都是人类的共同的乡愁。

## 狂欢，是一场富贵的颜面

一

女人的自信几乎等于自尊，自信又倚仗着美和才情。

她都有。

我在不认识冯秋子之前先是被她的文字吸引。有时候文字是一个人的居息地。认识她了，才知道文字感染我的女子有多么动人。

看看如下的文字：

"一年的时间里，大部分内容，在老人的眼睛里，是一场风。"

冯秋子是在写"风"。风在内蒙古草原上，有时候是以一个傍晚的某一刻为节点，世界突然被改造甚至颠覆，一夜之间，铺陈在万物之上的风走过，一切已经形成沙漠。越来越多的土地在沙化，小老杨已经阻挡不了沙的脚步，嗦嗦的沙尘的声音在树木成长的啸声中如蚁虫连绵低吟，没有多少人会看得到远处，朝夕一起的人和事物，欲望越来越短，沸沸扬扬的热闹，绕世界抓挠金钱，跟狼走回来似的。

秋子怀念她从前的故乡。是蒙古民族的故乡。那里有植物和动物，因为大地和星空的永恒关系，蒙古人对草原产生了宗教情感。生命底层的那一行最初文字，仿佛一张刻满神谕的羊皮纸，慷慨地一览无余地铺陈在草原上，流动在蒙古人脸上的那一袭笑容，一直以来装在秋子的心里。莺飞草长枯荣变换，秋子想到他们，会觉得原本过于空旷和贫乏的世界一下子充盈起来、色彩斑斓起来，是的，一想到蒙古高原，秋子便会获得宗教般的灵魂深处的妥帖和宁静。

"有一天，孩子问我内蒙古有多少山？我们正乘坐一辆破旧的长途大巴从通火车的城市出来，吃力地翻上一座山。流浪汉背着渍满油光的布袋四处游荡，或者坐在街边晒太阳、吹小喇叭（当地人叫它毕什库尔）的那座城市，像小人书里撕下来的一张画，已经遗落在遥远的山谷里了，隐隐约约又从那里传出一两声干燥的火车笛鸣，酷似深秋向南飞逃的最后一只孤雁在呻叫。我说：'从这座山开始数，数到车停下不走，你来告诉我。'"

"数字在草原真的不是一个特别有价值、特别有力的东西。"

七零八落，谁的思维能够赶上风的速度？和天际影子似的若有若无绵延无尽的草原丘陵是风刮出来了，那些空间意识特别强又轻易能分辨语言中微妙差异的人，风言风语是他们的力量。在地理概念里，北方以北的风是凌厉的，当春天迫切需要风的时候，不是因为风吹绿了小草，是因为风可以吹走雾霾，风在一个有思想的头脑里生根，并且日渐清晰。有一天突然会恐惧地想到：对神的敬畏和对人的恐惧同样令人头皮麻炸。

我们已经失去怀念，或者说我们已经失去敬畏。有一种无法逃避的生存状态，一种加速的内驱力，正在营造一个与人类不同又紧密结合的狂躁欲望。打造的激情遍布犄角旮旯，很多人已经忘记了人真实存在的自己，单一化审美标准，假如没有一部分人警惕，自觉地和那些狂躁欲望对抗，就会把鲜活的生活变得生硬呆板。是的，我们的记忆已经失去了保温效果，不远的将来，还有多少人会对泥土怀恋？！

"小时候，常看见热布吉玛额嬷跪坐在后脚弯里整理她的黑发，一条粗粗的大辫子，最后被她盘在后脑上，随后，她从衣袍里掏出小镜子前后照一照好看的发鬓，这件事就做完了。她露出笑容。把一天的活儿干得差不多以后，已是后半晌，她要唱歌了。她想说的话，尽在歌声里。是不是深刻，有没有人在听，她不去想，后半晌是安宁的，她喜欢寂静的午后，她发现那段时间心地开阔、舒坦，说不出的幸福，而内心翻翻欲动，很想对蓝天诉说，对不谙世事的孩子诉说，对她自己诉说，她就唱出歌来。唱完天就黑了，她又要忙碌一家人的晚饭。"

地遥天远须臾便至的讯息，让人类省略了脚步。过程简化，情感弱化，那种温馨、甜蜜的韵味，人与人交往的亲切气息，渐走渐远。一个人的一生，始终有一个躲藏在心里的诱惑，时间流逝中失而复现，虽然已经不能通过记忆去追怀那些藏匿在深处的感受，但在等待中，秋子会在某一天与它相逢吗？已经不可能了。文字藏在所有感受复活的记忆里，能够想起来对所有的人已经是一种幸福的仪式。不慌不忙的岁月，是民间的神祇，母亲的歌声更是民间平安的信物。

一位东方哲人说：宗教是什么？宗教就是一声惊奇和一声叹息。怀揣故乡的人，宗教于心，只要看到故乡的人眉眼舒展，手脚安稳，不慌不忙，平心静气，世上的宗教，此时就只是对故乡的敬意了。

"寂静的黑蓝色的夜空下，地下的千古埋藏，从草地和耕种的庄稼地的缝隙里传诵出去。那些沉没了千古牺牲的滋味，有血海浮游出的真性，随西北风掠过每一根草，来到人心上。那就是草原上的声音。"

"那是旧日的雄姿，今已丧失殆尽。九十九眼泉，像一个传说，像一个被风刮漏的惨败的旗子。"

她写灰腾锡勒草原。兀然屹立于一片开阔之地的窝阔台大帝的点将台也已没落。那是一杆直指欧亚的大旗。水草丰沛，曾经的，历史的隧道里赢取过一个辉煌的草原，沙化了。过往的日子，一半被压成纸型，跌藏在《察哈尔蒙古史话》里，一半，化作辈辈相传的故事，散落在沙漠零星的草原里。当一个女子捕捉到了它曾经的天候时，抚今追昔，一笑复一叹，笑自己欲小则易乐，叹自己欲求愈大，知之愈多，疼愈多。

生活在北京的秋子，就这样，以其卑微的肉身相应着自然界的风霜雨雪，在灼人鼻息的雾霾中，在风情凉微的细雨中紧缩着自己的身体，无论是家或者外面，而作为会写作的她，常常对于一些经年的往事记起，那些远走的人事，会让她疼得叫出声来。文字中的村庄、人，而谈笑风生中，秋子是寂寞的。浩大的草原和尘土裹挟着的村庄，头包花巾的妇女在焦黄的旷野中迎风行走，鼓荡的蒙古袍已经不再是那种厚重的布料，谁也没有权利阻止她们告别古老的习惯，走向现代文明。秋子在讲述蒙古往事的时候，她的文字不是正襟危坐的，不逼着你感动，也不把你诱到要思考什么的圈套里，她只是让你阅读，爱不释手地阅读。

## 二

2008 年夏天的一个傍晚，我走进秋子的居所。黄昏是一天最宁静的时刻，打开门的瞬间，沉郁的颜色使房间里的气氛更加宁静。狭小的空间里摆满了她的欢喜，那些物件儿犹如她的亲人。流动着的黄昏时节里的空气，偶或还能听到时光中带回来的物件一两声窃语，我的到来的瞬间，所有都闭了声。我是一个陌生的闯入者，我真真切切地感到，这个世界，这个屋子，这种生活，就只有冯秋子这样的女子才可以隆重它们，它们停顿在各自的方位里吁气，既不会吓着陌生人，也不会叫主人尴尬。

墙上悬挂的小零碎被黄昏委婉地泻了一地，一袭黑袍，恰似穿了一身悸动。她说："你坐下来，我调酒。"

我靠墙坐在地毯上，在一种美好的感觉中期待着。世界上能够具有酒的滋味的就只有两种事物，和一个懂得的人聊天，或者阅读了一篇好文字。奶酒的香入胃。微醉。樱桃，荔枝。盘腿打坐，夏日里一个好气氛，像物理上的"场"一样。她在我的对面讲草原。她从听来的民间叙述中讲草原上的精神，故事有表里，讲到激动处，有一个不能抹去的"寂寞"。奶酒的香入胃。我才明白好女子是福。

她说：

"额嬷的歌，出落在那片土地，出落在传统的蒙古调式里，仍旧带着无法抗拒的沧桑感，在高亢、辽远中，在自由、奔放中，在大幅度的回旋、跳跃中，仍旧潜藏着深深的忧郁。那时节，草原上行进的只有额嬷的歌，万物祥和、静谧，额嬷回过头来看望我们，我们才知道还有自己的呼吸。蒙古谚语说：'活着，我们亲如兄弟；死后，让我们的灵魂一同成佛。'我就是从热布吉玛额嬷唱歌开始理解一个生命怎样孕育出他的世界，并且理解了世界上有一种哭泣，不是为着艰难、痛苦哀戚，仅仅是你看见了你吟唱的万物，看见了上苍，你为之感动。"

是这个喧嚣世界的宁静韵致，这不是劳作，而是在叙述中对于以往温馨的回忆，很近也很远。溽热的天气里，置身于这样的环境，守着这样的叙述，你不能不醉。秋子让我知道了蒙古高原，一壶奶酒喝尽，是岁月深了。这样的聊天方式，尽量地让往事更像往事的样子，更像最坚实的底层。被读懂的快意，人和时间，一些逼人的事实，岁月被严密保守才会有的尊严。她说她喜欢静夜时候一个人的光阴，缘生缘灭，午夜的颜色越来越重，那些放置在花瓶里的花朵有开放的意思，坐在地毯上的她亮出自己的四肢梢节，静，稍有触摸，竟是如此动人。也只有此时她会潜回故乡，活泛的故乡等着她，在次数越来越少的清醒中，她回忆母亲讲述的饥饿。

"我母亲说，饥荒的时候，人口特别少，不知道耗子为什么那么多。

"母亲一生，经过很多事情，若让她说出，什么东西是她最害怕的，她会指是耗子。

"母亲见过的耗子，有青鼬、黄耗子、尖脸耗子、黄鼠（大眼贼）。那些从山西移民到了内蒙古我们旗的农民，常吃黄鼠，他们信奉一种说法：天扇地补，鸽子肉黄鼠。每到秋季，流动作业在地里的农民，常常绕着裤腰别一圈黄鼠，嘀里嘟噜带回家，扒了黄鼠的皮，将赤光光的黄鼠放入油锅，炸成焦黄色以后当美餐食用。"

人的一生无处不在满足自己的胃口。我们一直在朝着五谷丰登六畜兴旺的家耕生活景象奋斗，历史明白地告诉我们，当原始人类告别茹毛饮血的蒙昧时代，埋锅造饭，饲养家畜，烧制陶器，酿制水酒，佩戴珠宝，走着奋斗着，我们就活不下去了。世间畜生都来和人抢食，尽管我们还来不及想象，这样的事情却已经发生。

"母耗子先把麦子捆成一大抱，放在一边，自己仰面朝天躺倒，等着公耗子把麦捆搁到她的肚皮上。麦捆一上身，她即刻收拢四条腿，紧紧环抱麦捆，由公耗子咬住她的尾巴，向目的地开拔。公耗子如一位常年迈步河滩的纤夫，弯腰曲背，倒着身体拖拉母耗子，噌噌地向他的后方、母耗子的前方移动。此时的母耗子，以自己的身体，充当一辆平板车，却没有平板车能够支撑必不可少空隙的轱辘；她脊背着地，心甘情愿地以身顶车，由她的丈夫拖运那'车'粮。每只母耗子的后背，在紧张的转移、搬运秋食的日子里，全被磨擦得血糊淋漓，皮开肉绽，一根微细的鼠毛都不剩。"

麦浪金黄。渺茫的田野，和天际影子似的若有若无绵延无尽的蒙古高原，细若的景象，真是激动人心。鼠类的爱情，为了生存的爱情，配合，如同自愿憧憬于未来，而残酷的月份，它们的劳作让我想到了普通得不能再普通的俗世夫妻。敞开的洞穴，希望更多的粮食归来，这些因生长而精疲力竭的土地，需要新鲜的空气。明亮，喧闹，鼠类辐射出温暖的气息，在迷蒙的阳光幻觉中，喧哗在顷刻间归于宁静。你突然会觉得，土地并不荒凉，在渐渐强劲的北风里，生存不仅仅是懂得互相配合，还有皮开肉绽。由于温饱，土地上的物产是农民一生的惦念，饥荒让素淡的空气中，与人类的抢食显得格外鲜明而生动，每双眼睛都发出绿光。

"这是 1962 年秋末冬初。鼠类的存储成了人类活下去的目标，也是活下去的温情和希望的光芒。求生存是一切生物的本能，也是权利。每一种物种，既然来到这个世界上，就有其在这个世界上存在的理由，若非迫不得已，是不能任意扼杀或伤害。我记得童年时的一个秋日黄昏，走过农田时，看见光秃秃的地间探出的小脑袋，伸出来瞬间又缩了回去，像弹簧一样，它们是可爱的。有时候我想，是不是，在动物世界中，弱小生命对以期为食的大生物，虽有恐惧却并不仇恨，能够天长地久在同一天地间繁衍生存。有了人，鼠类就有了危难重重。

"草地里长着分权的蒿子秆，耗子踩着一块石头、一截木头，爬上了离地一尺高的蒿秆的分权处，把头往蒿权里一卡，然后跃身，用两条后脚爪将头紧紧抱住，使劲抻自己的头，一直抻到断气为止。绝大部分耗子照搬这一种死法，攀登着蒿秆上去，解决自己，一死一大片。那个旗的南方、西方，上吊的老鼠，弯曲着身体，挂在一根根蒿草权上，随风摇摆。没有了主动性的死鼠，和枯蒿秆一样，灰头土脸，遍布草场，场面蔚为壮观，可谓人世间的奇迹。

"人们枯燥、乏力地罢手，虽然没有别的路可走，但是谁也不再去翻地了。

"他们确实被上吊的耗子吓破了胆。

"草地里的这幅悲壮情景，一直存在我母亲的记忆中。将近四十年后的 2001 年'五一'节，她对我讲起这段往事，神不守舍，身体打了几回冷激灵，前后左右地不断摇摆，并且长吁短叹不止。

"她说上吊的耗子：'它们也是没办法。'

"不过，也有一些耗子没有寻死。母亲说：'不是不想死，是死不了。百草枯，没法死，找不到上吊的东西，就剩下饿死一条路了。'"

她无法了解鼠类的生命，无法知道它们死去的真正原因，秋子只是从母亲的复述中获取。生命消亡时或许是一场大雪覆盖，一切看起来没有什么不正常，春天如期到来。

那是一个年代的事情，谁还会去记得一个年代的事情呢？那么多的死亡，似乎这个世界上死是不存在的，万物在生长，那些植物的生长，那些花朵的盛开，死亡给了生长更多的养分，那片绯红的轻云啊，所有的事物，甚至整个世界，都在人的规划之中，兴致勃勃的人类，在绯红的轻云之下欢舞。现在已经没有人和田鼠去抢夺食物了，那些浪费掉的粮食足以养活那些少吃少穿的穷人，可那些浪费粮食的人从来都不愿意去施舍，宁愿浪费是一场狂欢，是一场富贵的颜面。

# 三

我们一起去内蒙古的呼伦贝尔草原，她告诉我，在我家乡，没有比这里的草长得更好的草原了。我从她的语气中感觉出了她老年的慈祥。一个年轻的女子，因为触摸到了过往的疼痛，她的感叹纯粹得如徐志摩的诗："入世深似一天，离自然远似一天。"她的感觉是一种思想，她的思想绵绵若存，超越得失，直抵生命的最后。

我不知道这世界上还有多少写作的女子在用英文阅读，秋子在阅读，有时候在用英文写作。她在写作之余去跳舞。我们在草原上听着蒙古长调看她舞蹈，歌声的空隙处，她是歌手身后的女子。不是说歌手的歌声遮蔽了她，而是她把歌手的声音扶起来了，推了他一把。她带着她的舞蹈曾经去过法国、荷兰、比利时、德国、葡萄牙、美国、瑞士、奥地利、丹麦、英国、瑞典、克罗地亚、新加坡、西班牙、加拿大。如果世界对美的欣赏都是一致的，她会让任何发现她的人，在一段时间里有一份好心情。

"我牢牢记住了德国现代舞大师皮娜·鲍什的一句话：我跳舞，因为我悲伤。这是埋藏在我心底的话，也是我一辈子也说不出来的话。从那一刻开始，我与现代舞像是有了更深、更真实的联结。皮娜·鲍什朴质的光，在这一天照进了我的房子。我听到了许多年来最打动我的一句话，说不出心里有多宽敞。"

这个翩翩起舞的女子是如此动心，她的全部的妩媚，被肢体的这种娴熟的活动表现得淋漓尽致，使这个世界像满地的秋水一样温情并且宁静。

她的现代舞，有非舞蹈者的内涵，有非舞蹈者的质感，有她自己的理解和思想，如果还不明白，那么我来告诉你，她对生活的本质、状态，还有对生活的理解，她把没有说出来的话，没有用语言表达出来的情意，用她的舞蹈，传达出情感的熨帖如意。

正如她的女友文慧所鼓励："说我身上有种特别的东西，天然的、没有后天装饰的，是她希望引入她的排练中的。比如，舞蹈演员经常是往上拔，身体飘惯了沉不下去，她觉得我能够与土地相接，身心是安静有力的。文慧就是想要与大地靠得更近的东西。我说，我想拔拔不上去呢。她说，你别，别丢掉你的东西。她还想要我投入时的状态。可我觉得，我投入时整个看起来像个衰老的人，身心全都陷落进去。过去是忧郁，现在除了忧郁，还有陷落，陷落之深已经不太容易拔出来了。听别人说话，或者我在做一件事情的时候，全是那个样子。幸而讲述者跟我一样也那么投入。于是我想，那时候我们是平等的。倾诉和倾听，都身临其境，心里的感受甚至分不出彼此，一样感同身受，能够传达，能够理解，并且不知不觉中已在承担。我投入时候的那个样子，是文慧想要的吗？"

文慧有她自己的道理。对于一个质朴的舞蹈者，一切都没有阻塞，这是她自己理解的生活气息。假如一个人在黑暗中摸索，只要她的摸索准确，她就无所谓黑暗与否，优雅里暗示着安详的结论，她把那些伴装丢在地上。无动不舞，则让舞者知道程式里是需要注入强烈的感情。舞，是情感最为直接的流露。

"于是，我一点点打开自己。在肢体和心灵的修习中，一点点地找寻人原本的意义，存活的意义。

我的过去，就像白天黑夜，没有多少意义。

生活在白天和黑夜的时间太长，我不喜欢。"

秋子的舞蹈，"这是没有规范过的伸展，我的内在力气一点一点地贯注到里面，三十多年的力气，几个年代的苍茫律动，从出生时的单声咏诵、哭号，成长中心里心外的倒行逆施、惊恐难耐，到今天，悲苦无形地深藏在土地里，人在上面无日无夜地劳动……此时此刻，我在有我和无我之间，没有美丑，没有自信与否，只有投入的美丽。"

我有一种久违的激动，熔金的黄昏黏在我们身上，像麦草黏在鼠类的身上，我们共同看到了慈眉善目的蒙古草原，绫罗绸缎似的晚霞，爬山而过的炊烟，粗犷而缠绵的歌谣，舞蹈的秋子，陶醉在草原的秋子，在这么宽展的舞台上，没有人能够依据自己眼所能见或耳所能听的现象判断出她舞蹈的意图和方向，她的身体涨满了力气，她是一个面对秩序的凡人，对世界表现最多的情绪就是忧伤，她用舞蹈来挽留自己向另一方向滑行的内心。

"人在使舞蹈具有人性浇灌后，消化悲苦、生长美好的指望。心境停顿和坠落的感觉是阴惨的，我们在那样的情境里，盘桓的时日已经足够多了，被啄蚀的疼痛刻骨铭心。缩短一些什么，拉长一些什么？我是这么想。我们都希望那个集体的人们，每一天，都清静地把自我的能量运送出去，通畅、明亮地投入练习。那些牵制人、扭结人、阻碍人的东西，真真切切，成为舞者解放出来的坚韧的土地，成为放射人性光泽的平台。"

人以消失的方向离开泥土，任何家都是一种遗址，谁也无权将累赘的生命剪去，人与泥土黏滞如断藕关系，以舞蹈的形式怀念故乡已经成为秋子一生的任务。

## 四

这样一个好女子有一天居然也会被爱情伤到。中年离异。这个世界上有才情的女子活着难道都是在修道？

爱情若是为文，只能写出好文章来，文章之道只是小道，爱情非文采，洋洋洒洒四万言，他读她，读出的不是纸上功夫。秋子，月在云中，你抬头看，叔本华说过脸貌是一个人心理语言的摘要。

分开并不是因为不爱。你说。

心系处风来一钟。佛说。

爱，养活了不少穷人。

却养活不了"爱人"。我说。

"歌是歌，人是人。"

她在《我们生活在这样的地方》中解释。

与其说她写那个女子，不如说是写她自己。"她的爱，会来得很猛烈，而且，她也有特别粗心大意的时候，她并不想让自己更完美，她更在乎真实感受。她的真实，是顺着性子，去追求不去过多算计的那种活法。她不会太多地想生活中的事，而想着工作。在工作中，她把自己投入进去，即使是牺牲也在所不辞。所以，她想笑的时候，就笑，平时不为了给谁看，给谁听，想到为了什么才怎样，只是随心所欲地到达自己向往的地方，不在路上作盘桓，不在路上打算盘，不在路上摆姿势，不在路上可怜自己。"

她只尊重她的爱情。生命，只有对命运的尊重，才会把沟通当作人生的资本，既然爱情已经无处收藏，经不起铭记，便不再成为爱。她只想过世上最平淡简单的生活，要有情调，过去的日子就是一串省略号，剩余的日子，她只想对一些即将消失的物事关怀。比如，一片龟裂而洼陷的土地，只有荒草，还有几丛经霜后倒伏的玉米，粮食是否已经成为毒药？一个手无寸铁的女子，过去就认识到了社会做了许多蠢事，她的文字，谁会在乎一个女子的文字？

窗外绿叶满目，让我如处森林。桃花已经谢尽，梨花开得正好，北京最宜人的季节也许是秋天，秋高气爽时秋子走在车流扑面的马路上，那是一张蒙古人的脸，脸上的眼睛是用来发现物事的，只要看见酱酡色的脸，穿着一袭蒙古袍子，她望着那个影子说：我的故乡人。

新生代的人越来越没有故乡了，看不见什么是故乡的屋檐。想象一下吧，没有故乡的人。

乔达摩·悉达多，我们共同的王子，以一生的努力建立了佛教，尽管他赋予了我们爱，但是，并没有告诉我们，爱可以简单到只需要一种：对任何时刻站在你面前的人的爱。你做到了。一个作家提供给这个社会的内容，无非是要给世俗生活多一点点关爱，多一点点热闹，多一点点气息，多一点点震动。真正的作家更应该有一份心里的端正和庄严，你的端正和庄严一直隐在文字的背后，支撑着生活，不会让生活潦倒和败坏。因此，你安静、结实地活着。

我读你的文字，满心是感动了的欢喜，我读你人，你的存在意味着女性的美，而如今，网页上的娱乐版面上的明星们只是漂亮。

酒杯满满，无法想象用手指击杯时会听到清脆响亮的声音，经年的寂寞已使陈列变得陌生。我来，你用的是家常便饭所使用的杯子。墙上的油画，红衣女子，突然让我热泪盈眶。那是冯秋子呀！

这个女人站在世界上任何一个地方，她的美丽都是身体里的，都活在文字深处。

# 多情是一件伤风败俗的事

"性"在英语世界里，有三个表述：一个是 genden，指的是社会角色层面上的男性与女性；一个是 sex，指的是科学意义，即生物学意义上的男人和女人；第三个词才是 erotic，指的是色情化的肉欲横流。道德与性相左，前者视为洪水猛兽，要封要禁，后者视为抒发现代与后现代情怀的个体象征，恰比作革命与艺术的激情之源，反抗专制与压抑的先锋姿态。对于这份绵延古今、横穿人性的水火之争。没必要认真，也没必要不认真。阴雨几日后见了太阳，就这么个事儿。

评剧《花为媒》里张五可"报花名"前两句唱："花开四季皆应景，具是天生地造成。"性，不需要去追想，埋伏在人的身体里，在一个时节里它会温暖而尖锐地往上拱。

过去出嫁女儿，压箱底有三十六个男女交欢的瓷人，各种姿态，是经惯了风月的娘放箱底的，有些话说是说不得的。入了洞房，喜床上谁还等那翻箱底的过程。《西厢记》，那可是宋朝理学大行其道之后的元朝，王实甫的能耐是把故事发生的地点放在了寺庙里，和尚庙应该禁欲，莫谈性事的么，为什么两颗寻爱的心竟然在没有性别的菩萨眼皮底下相遇？戏生也是情生的地方，普救寺内相遇，或许才是顺乎天道。

看看《西厢记》里的风月。张生臆想："我到了夫人那里，夫人道：'张生，你来了也，饮几杯酒，去卧房内和莺莺做亲去！'小生到得卧房内，和姐姐解带脱衣，颠鸾倒凤，同谐鱼水之欢，共效于飞之愿……"那边厢由红娘一句话来看崔莺莺："打扮的身子儿诈，准备着云雨会巫峡。"即便没有出嫁，也能看出莺莺是懂风月的人儿。

同时代元曲名家关汉卿的一首曲子《一枝花·不服老》："便是落了我牙，歪了我口，瘸了我腿，折了我手，我还要向烟花路上走。"

人的理想中，性，这事儿，是肉体写下的诗。

王国维说过一句话："生百政治家，不如生一文学家。"就这句话他就是国学大师！一部《红楼梦》，让几代在黑暗中摸索写作的人终于找准了方向。封建制度规约下的中国男人在《红楼梦》的性事上体现得极为不好——缺乏血性，以逃避、爱而不能淋漓尽致为终。我不是崇洋媚外，看看人家荷马史诗《伊利亚特》中的赫克托尔，希腊神话故事中的赫拉克拉斯，命运悲剧之后还让那些贤媛佳丽折腰守望。

中国文学里，包括《三国演义》，包括《西游记》，真男人大都不近女色。即便吕布抱住貂蝉道："我今生不能以汝为妻，非英雄也。"作者对这等言行也并无赞词，是作为"死于妇人之手"的反面例子来写的。《红楼梦》中，翻遍全书，真正涉及性爱描写的情节并不多，除了第六回"贾宝玉初试云雨情"读时有撩人想象，让人软糯一些外，其他都表现得迷离恍惚。与同时代的各类艳情、性爱小说相比，《红楼梦》的价值，并没有以文字宣淫，却有着远比那些"淫词小说"更加广泛的影响力和杀伤力，这是其了不得的伟大。可谓不涉"性"事，尽得风流。

警幻仙姑和宝玉说："吾所爱汝者，乃天下古今第一淫人也。"宝玉是被冤枉了。

《红楼梦》写得最好的性是"意淫"。包括那一回要了贾瑞的命，精于此道的贾瑞算不得大奸情种。真正的大奸情种是曹雪芹，他懂得什么叫色空的道理。四大名著里写得最好的人物是《西游记》里的猪八戒，有趣味，写出了人心深处明媚的底色和不良趣味。

读明清小说，总能在其中的两性关系中嗅出一股狎邪的气息，借小说之名，行意淫之实，其实也是会写小说的最大噱头。

一女子和我讲她和她情人的事情，说了一句很有意思的话：脱了衣服是君子，穿上衣服是小人。皆因她的情人是小官僚，怕东窗事发丢了官位。没有命的人何谈性？性是一件很纯粹的事儿，"物所受为性，天所赋为命"。它的不纯粹是因为被各种欲望扭曲了，被扭曲了的性，你不能说它不好，也不能说它好。

尼采早就说过，婚姻是改良的卖淫。我认为，性的高潮并不是爱，爱的高潮却是性。

我曾经喜欢一张清代雕花床，几往几回，最后终于出手买下它。要说它的舒适性真不如现代床。它的床板开裂了，翻个身能听到木头说话，更不用说床事了。时间对于所有都是一样的，让你生存，让你决定，又让你无法决定。有时候想想，觉得人不能每天都是舒适的，太舒适身体吃不消。几次想换掉它的床板，几次都放弃了，就那份意境，实靠在四周都是雕花的人物上，无端地从花格伸进来一盏台灯，台灯蛋黄的光照在一册喜欢的书上，静夜的好时光下便觉得幸福莫过于此了。古人说："吹灭读书灯，一身都是月。"我试着就想找性的不重要性。

有一次去乡间，看到一户人家的门两边写着一副对子，上联：扳指头数天气等到今日；下联：从决定到结婚真不容易；横

瞪眼睛 闭嘴巴 口端好架子好汉人
丙申春日 水平

批：这就美了。一问果然是一个光棍的婚房。一副对子把一个人走向婚姻的不易全写出来了。人安居方能乐业。可往往居不易。守护土地的是一座村庄，守护家庭的是一场婚姻。婚姻最主要的用具是床。婚姻不和出现先兆的首要条件是分床。两口子一分床，肌肤之亲就要走远了。

"阿妹的肚子像牙床，是个冬暖夏凉的好地方。"近乎于承袭和稳定了性最初的放荡，白描见心的入骨，床的重要性就看出来了。词语对婚姻的解释是这样的：男人和女人结为夫妻；已结婚的状态。男人为女人而婚，女人为自己而嫁。婚姻这种社会组织方式走到现在，我认为基本是失败的，尼采说过："许久以来婚姻就是问心有愧的。"

其实婚姻最主要的一件大事，是依赖床上性事合法化的生儿育女。

亲昵而不至于狎，是性的情趣；露骨而不至于脏，是性的境界。不可以命相搏，有疼爱，有精神促成对方的高潮，不可游戏，不可当作消费，不可嚣张，不可因性再塑英雄本色，一个用性器官征服社会的人叫：兽性。

性爱最舒服的是炕，时间可能是太久远了，土炕，生儿育女的地方消失得几近没人知道。我一想到炕，心里那一团温暖的东西就膨胀开来了，心情也跟着沉淀下来，绽开慵懒的美好，即刻就想倒上去。

炕，让我想到几处记忆中的风景。有一年初夏我去乡下看风景，住在老乡家里，拉灭灯的刹那，发现乡村的黑叫锅底黑，能听到隔壁房间粗重的出气声、小孩子的梦话声。接着是大人一边拍打孩子一边做爱的混合声。对于拖家带口的乡下人来说，性是宵夜，没有半点花言巧语和肉麻的难堪，家常得不见庸俗，无伤大雅。

又一年夏天，我去一个工地找我表弟，晚上的建筑工地楼层地上睡满了民工，他们只穿裤衩，躺在凉席上，睡得很放肆，四仰八叉，有的人在旁边甩扑克叫喊声很大居然也没有吵醒。各种牌子的烟雾懒散地飘在建筑工地的上空，灰幕笼罩了一切，月光懒懒散散相拥，不亲近，也不拒绝，地上的鼾声此起彼伏，如同白天他们的体力活那样沉重。墙角一袭布帘子，一对农民夫妻睡在里面，帘子抖动着，一位甩扑克牌的人喊话："动作小点！"

柳青说过："人是一架耐磨的机器。"那样的生存方式，如同螺壳沉重地压在背上，叫人难过，可他们是人哪。

几年前，我和友人去一家寺院定林寺。寺院里住着一位中原流浪至此的无名僧侣，一个中年和尚。和尚在寺院的一角种植了木瓜、木梨树，在另一角种植了菊花。如此，我想和尚又一个秋天将更为繁华，也更为寂静。那是一个人在无声繁华中的寂静。

时间在这里更具有相等疏离的意味，他用熟悉的动作操劳他的一生。我对和尚有疑问，因我有欲、有念、有牵挂、有爱，不能如佛家弟子，无执着、无心念、无不舍。不执着就是不起爱憎之情啊，当这样的往心断念时，它既无住所，也无非住所，随时随地确具无念。我们的存在就如同风一样对和尚是空无一物了。

那么和尚夜晚的时候会想到性么？

那一晚，我做了个阴阳怪调的梦，梦见我躺在和尚的玉米地里，胸腔里有性的感受力，四下里却没有人。我感觉女性的梦里，性的出现一般都有点神经质，没有具体过程却壮丽得像一道火焰。

在中国，多情是一件伤风败俗的事。多情的人都很聪明，聪明的人总会给自己找一个排泄的出口，完成她们精神危机重组。"情"字常和"性"联系在一起组成"性情"。有"性"才有"情"有点放荡，有"情"才"性"显得循规蹈矩，中国官员不具备犯罪的自信，一犯罪就弄成了"通奸"，美好的性爱生生叫意识形态糟蹋了。

汉字的伟大处就在于人能正反说。没有感情投入，只有肌肤相亲，到底有多大的乐趣呢？权威性的性心理书上说男人做爱是不需要感情的，在这方面女人不行，起码我不行，一定要吻合自己的性情，这是最基本的底线。民间说："美人不淫是泥美人，英雄不邪乃死英雄。"性不可无情，情不可无性，再说，情性二字有点邪气才有趣味。岁月的浮光掠影仿佛刀子，只要涉及"情"和"性"连母亲都会产生妒忌。想起了《小二黑结婚》中三仙姑的唱：

年似流水月如飞，
朝去暮来紧相催，
半世风流一场梦，
春残花谢心灰灰。
春天去夏天来，
从秋到冬，
三十年不觉地过了青春，
青丝发只落得遮不住头顶，
桃花面一条条满是皱纹。
小青她好比春光照桃李，
我好比秋风扫梧桐，
树上的仙桃人人爱，
谁还爱地上的老蔓菁，
满腹的话儿无处说，
对着神我唱几声。

人到中年更信菩萨，菩萨把什么都看眼里了。所以三仙姑要对神念叨她的孤独。

想到了泰戈尔。泰戈尔的诗中含有深刻的宗教和哲学的见解。对泰戈尔来说，他的诗是他奉献给神的礼物，而他本人是神的求婚者。神是没有寿命的，他接近于宗教的情感，在文学之上常常给他的苍老无性来定位。人到中年才懂性。中年是时间若干副飘渺面孔中最具象、最质感的一个季节，日升与日落的一次循环，所有的经历、感情、爱与苦在这个空间都获得了可视性决定，尤其是成长的成熟，因为，成熟才最有记忆和价值。

不记得是谁说过的话：写作是什么行为？写作是性行为。我能够想象说这话的人，一定是把握了至少是贴近了最真实最本质的东西，才得以这般会心一说。

恩格斯在回忆马克思时曾说，人类首先必须吃、喝、住、穿，然后才能从事政治、经济，军事、科学、艺术。再高的学问，脱离了最基本的生活，都是于事无补的。生活本来就是低级趣味的，如果一定拿性说事儿，只能说这个时代比爱情更假。古往今来活着是一件很两难的事情，当人的性依靠拥有对方的身体反复无常品味时，性和爱在高潮时一定会出现道德真空。性是没有任何权力能够忽视的资源，权力会利用性的控制来控制人，可很多情况下我们总是利用爱把权力浪漫化和崇高化。

我住地的旁边因为是歌城，傍晚的时候，常见中年男人搂着脂粉香气很浓的女人，说一些荤腥的酒话，在她怀窝里的女人应答的声调都变了。中年男人都架不住这种声音，一定遇电击一般，那骨头怕也酥软了。我从他们的脸上看到，不爽快的笑像礼花爆燃开放，似乎又是全身性的，走路一卧一卧叫路人看得难为情。

台湾已故导演杨德昌拍摄过一部电影《青梅竹马》，杨是台湾电影导演里有风骨的人，不知为什么他和蔡琴的婚姻却是十年无性。十年天色会交替，彩霞会变幻。从本质上说，冬天是一个没有作为的季节，是一个等待的季节，也是一个孕育春天的季节。婚姻在寂寞中搁置着，没有萌动，真是叫人忐忑。他却能拍出真正三月桃花时期的爱情滋味，那份无法心安的寂寞人生，最后把蔡琴固定在一个无法走开的位置上。生命与世界的繁复就像一个链子，爱情有性才美丽而质朴。有人说杨德昌是一个具有佛性的追求完美的艺术家。他也说过："佛对我来说是一个完美的人。"

西方有一则幽默故事说："八十岁的老翁满脸忧愁地问他的牧师，亲爱的牧师，请问，我什么时候可以摆脱对女人的渴望？牧师回答：亲爱的孩子，至少要在你举行葬礼后的第二天。"

性的欢愉，死亡，或许是一个止点？

## 面由花朵历经
## 季候修成正果

　　等一碗面吃，尤是冬日暮色下，白日的喧哗模糊了许多，一切淹没在暮霭中。这时，你会觉得日子仍然含混在黑白电影时代，也属于小说印数谨慎和有限的年代。擀面人站在脚地上，暗黄色的瓦数很小的灯泡照亮了她的背影。

　　"腾，腾，腾。"

　　灶台上铁锅中的水开了花，水开花的样子是发出快乐的尖叫，用它的小手顶举着锅盖，旁边的锅碗瓢盆有按捺不住的喜悦开始互相磕碰，火苗"籁籁"作响。

　　要下面了，和着模糊不清的等待，吃面人离开座位，又觉不妥，坐卧不安，最不体面的事就是焦心地等一碗面的到来。

　　民以食为天，这是千百年来民众生存活命依附的一个大真理。填饱肚不生事，依据常识行事，生活才会有鼓舞的日子出现。

在北方，填饱肚子，面，居功至伟。

面，是天地之间，最普通、最实在、最没有富贵气的民间食物，人们对面的态度，反映着社会、生活的水平。

有面吃，才能饭饱生余情。

## 一、四千年前的一碗面

一碗面，在漆黑的夜里等待了四千年，搅和了山土的气息，尚存几分贵气。

一个女人，在松柏、柴草、野花的拥偎中，她用一双巧手扯面，一切没有来得及送往嘴里，山动摇了，一瞬间，山和山洪扭滚在一起，这时候，闻到面的醇香，死亡，让一碗面成为一种考据。

被考古学家在中国西北青海省民和县喇家村的黄土高原泛滥区挖掘出来时，一小堆保存完好的条形物躺在一只陶土制成的碗里，鬼愣愣的，很惹人眼。

地震将这个小村庄埋在了地下三公尺处，假如不是沉睡，一碗面怎么可能蓬勃到现在？

面条已经煮过，覆盖在一只倒扣的陶碗中，看起来细细黄黄，极像山西人经常使用的小麦粉做成的拉面，并且反复扯成细长细长的条。

碗底的空隙形成一层保护空间，使软面条未被压碎而保存下来。

当陶碗出土见了日光，见了空气，如同见了呼吸，面条迅速氧化为齑粉。

不过，考古学家仍设法分析出了面条的成分。他们在查看面条中的淀粉粒和矿物粒时，发现这些古面条跟我们现在吃的不一样，不是由小麦制成，而是由粟和小米做成。

黍是一种个性鲜明的食物。它被驯化后，具有抗旱耐贫，生长期短的特点。《诗经·王风·黍离》中有这样一句诗："彼黍离离，彼稷之苗。"黍的好朋友稷出现了。

稷，有人说它是不黏的黍，也有人说它是高粱。这种古老谷物的出现比黍稍晚，但稷的优点就是高产量。先民的人口因稷迅速繁衍。

稷，在先民心中不仅是种食物，还具备社会性。周人将稷奉为五谷之长，并把自己的始祖称为"后稷"，西周时，稷被神化，成为"谷神"，与"土神"一起组成国家的代名词"社稷"的重要组成部分，由此，"稷"由谷物演变为"精神图腾"。

小麦在中国成功移植历史不短，它是逐渐从中国西北部发展到东部及南部的。考古学上有证据可以证明，虽然在五千至四千五百年前小麦已在中国西北部出现，但直到唐宋时期才给推广起来，也就是从公元618到1279年，之后小麦才成为继大米之后中国第二大谷类作物。

也许是正午，也许是傍晚，捞往碗里的面遇到地震引发来的洪水，瞬间，全村直接被洪水淹没。

从来没有看见过神灵存在，一道咒符的降临，有多少人在灾难中消失？

生命不仅仅存留在具体的个体身上，还是一个薪火相传的时间流程，一个时间中的节点，一碗面告诉了我们古人的生活质量。

小米是没什么黏性的，怎么可能做成面条呢？这是他们一直以来的一个疑惑，什么样的手工艺能做出如此细长的面条？

因为没有见过当时出土面条的样子，一直以来我心中的答案是，它是用北方一种压面的木制河捞床压下的面条，小米加了榆树皮碾碎的粉，起到黏合作用。

榆树，刮去皴裂的老皮，用锤子使劲锤砸开那白生生的嫩皮。锤得白皮丝丝缕缕，就可以一块块撕下来了。榆皮晒干，到石碾上碾烂，细箩筛下，榆皮面就成了。做榆皮面最好的是根上的皮，那皮深埋在土里，皮薄肉厚，而且碾来渣滓少，出面率高。

河捞面，多在北方人家尤其山西民间和陕北流行，在不同的地方名称有些不大一样，有叫河捞面，也有叫饸饹面。吃河捞时，有专门压河捞的工具，称为"河捞床"。

老的木头制的河捞床是在一根木头上挖个杯口粗细的圆坑，坑上下通透，在坑底下钉一块扎满均匀小孔的铁皮或铜板。在河捞床上方有一根圆柱体，上面连接在一个轴上，将河捞床架于锅上，把和好的面搓成长圆形，在水里蘸一下，将面填满圆洞，放入河捞床坑内，木芯置于洞口，然后按住河捞床的床把，手扳木杠用力下压（挤压），将面从小孔中压入开水锅中，把面压尽后，用刀将河捞床底的面丝割断，三滚两滚，河捞面就熟了。

大的河捞床，要用两三个人的力量才能操作，适用于婚丧嫁娶。家庭用小河捞床形如大河捞床，只是尺寸要小。压罢河捞要用小铁勺子挖干净床坑，当紧的事，一不当紧床坑里的面就干了。

好媳妇的河捞床很干净，清清爽爽，只用看河捞床就知道是居家过日子好女人。

榆树皮的作用是可以用在所有一盘散沙的面粉中，糅掺了榆树皮面粉的面食舌感滑溜柔软，入口别有一番妙处。

四千年前，我们的先民已经有了较完善的技术对粮食作物进行脱粒、粉碎达到足可以制作成面条的面粉，利用面粉做成和目前河捞面一样均匀、细长的面条，尽管当时面粉的质量还比较粗糙，但我相信掺拌着榆树皮面来黏合，再用工具压下完全是有可能的。

粮食在古老的节气里成熟，由面食工具看到了吃面人的愣硬倔。一碗面，头埋进碗里使劲刨，一副饿极了的熊样，那面吃得是汤溅四处、咀嚼山响。

陕西人说："这面食把陕西人吃得胖乎乎的，尤其是关中人，都是盆盆脸，肉厚脖子粗。"

面把秦国东向之势吃得一发不可收拾，那么，统一中国的伟业还能由谁来完成？只能由吃面的人来完成！

过去中国人声称，马可·波罗把面条从中国带到意大利；意大利人则说，在马可·波罗之前就有面条。喇家村出土了一碗面，一碗面让我想到了伸向远方的道路。

在现今罗马北方的伊楚利亚古国一幅公元前 4 世纪的古墓壁画中，描绘出奴仆和面、擀面、切面的情景。不过不管是伊楚利亚人或意大利人，通常都被认为是将面拿来烤食。

中国的煮面条，我想象不出还有哪个国家有此耐心舍得用大把时间来做一碗面。

面是北方人的天，是把日子快过成光景了，憋着足劲走往人前头去的精神，是把人安顿住了，以圆润姿态把持着每一颗或远或近的心，是诚实、稳当、知足、认死理和一好百好的德性根源，世上的山珍海味再好也抵不过实实在在的一碗面！

## 二、麦黄杏黄，麦客开镰

麦黄杏黄时货郎的背褡里装了女人的等待，一旦他的拨浪鼓摇响，女人和娃娃就抢先站在了村庄当央。这时节村庄里的劳力准备开始下地割麦了，成群结队的麦客从一座村庄割往另一座村庄。女人们用鸡蛋从货郎的背褡里换下针线，就为了给自家汉子做一副厚实的垫肩。

五六层布的垫肩，它的形状是半椭圆形的，有十五公分左右宽窄（后宽、左右宽、前窄），中间一个圆洞比脖颈大一些，围着人的肩膀转一圈，前面两边各有一根细绳，用来系在脖子前面防止滑落。

"麦客"在麦熟时节外出替别人收割麦子，俗称"赶麦场"。

麦客的存在缓解了广大农村在夏收时节面临的时间紧、任务重与人手不足的困境。

由北向南，由南返北，像候鸟一样迁徙游走的麦客，一把镰刀，一路收一路走，等麦客走到自家门前，自家的麦子也熟了；另一部分是早熟区的农民等自家收割完后便前往相对晚熟区收割。他们的共同点都是成群结队，其中有兄弟同行，还有父子同行甚至夫妻相随，用汗水换取微薄的收入，以补家庭短缺或寻找生路。

在农业机械化时代，因其是机械收割也被称为"铁麦客"，"机械麦客"。

生活中的劳动者是一些知足者，他们在收获中获得平凡简朴的幸福。能够领受时节赠与的人是有福人，在时间里守候那些恒常的自然规律，只有劳动可获得最实在的安宁。

吃面人种麦子，麦子却是引进的外来作物。

植物遗传学和考古学研究表明，小麦种植起源于西亚。黄河流域虽有小麦的亲缘植物小麦草的分布，但迄今未发现野生的二粒小麦。

中原数以千计的新石器时代遗址中也未发现麦作遗存。

最早的麦作遗存发现于新疆孔雀河畔的古墓沟墓地中，距今约三千八百年。墓主头侧的草编小篓中有小麦随葬。他头戴毡帽，身裹毛布或毛毯，脚穿羊皮靴。木质葬具上覆盖牛皮，并且有牛羊角随葬。他是一个以经营畜牧业为主，并开始使用土地种植小麦的人。

孔雀河谷发现了麦物遗址，同时出土了大型磨麦器。

成书于战国时代的《穆天子传》记述周穆王西巡时，沿途部落大都以麦为献，穆王带回中原种植。

羌人自古活跃在中国西部，在商代即与中原有密切的联系，周代这种关系得到了进一步的加强。

《汉书·赵充国传》中也谈到麦是羌人的主要粮食作物。

麦客收割走了麦地里的麦子。凌晨月明清澈高远，黑黝黝的山峦，拾麦人急慌慌出门。收割后的麦地空阔，新麦的香扑面而来，一寸一寸拾过去，运气好时捡拾下的麦子相当于一年一口人的新麦口粮。

北方人几天不吃面便觉得心焦难耐，一日少一顿面，在老人眼里，熟悉于心的日子已经过得不成样子了。

没面吃，日子完全没了架势。

没面吃总可扰乱富贵，做面的女主人便觉得空落落的，虚弱、酸楚，哪儿哪儿都不敢和人家有面吃的人比。端着碗不敢去串门儿，跟打麦场上闲着的连枷似的，麦子可是一家子的细水长流哇！

童年时地少，或者说地不产粮，麦子少得可怜，吃面总要掺杂一些杂面，能吃一顿精白面，家里不知道藏粮该有多少。

我最喜欢的面不是精细面，是三合面。浆水臊子，上世纪70年代的"为人民服务"大海碗，坐在自家的土窑炕上，边吃面边听妈唠叨："吃饱饱的，出门在外吃不上妈的手擀面了。"

世界那么大，阳光那么好，成长是多么不开心的事啊，那时虽然十几岁的年龄，自小常想长大事，长大是要离家的，家是爸妈灶前扬眉与低首之间的幸福，在家的日子就是蒙着爸妈的开恩，想吃面，不动手一碗面来了。出门人，就算一碗面举案齐眉在眼前，可那面里头再没有了爸妈的唠叨，再好吃的面都显得寡淡了。

不管是以前和现在，足够的胆量和勇气给到地里，地总会给你丰收的喜悦。麦子收成不好的季节，乡下人用杂粮做面。

炕铺上的面盆里放着挤成枣样大小的剂子，一双巧手从两头搓起，搓成细若香头的面鱼，若是抬头望见日头高过窗棂了，来不及搓面鱼鱼的主妇，便捏成很薄的高粱红面壳壳。要么掰成块加菜拌食，要么切条，用鸡蛋、酸菜炒食。

下地人进了院门，嗅着那一股香，甚嚣尘上般垂涎。

过去村里孩子玩饿了，取一个红面壳壳，在里边倒一点盐醋，滴一点食油，从边上掰一块蘸点盐醋吃，吃到最后，盐醋、壳壳来个一口香，老百姓叫"油盐蘸捻鱼窝窝"。

一般家庭主妇能用小麦粉、高粱面、豆面、荞面、莜面做几十种，如刀削面、拉面、圪培面、推窝窝、灌肠等。

到了日子深处，做面人更是花样翻新，目不暇接，那真是一面百样，一面百味的境界啊。

面按照制作工艺来讲，有蒸制、煮制、烹制。有据可查的面食在山西就有二百八十种之多。蒸、煎、烤、炒、烩、煨、炸、燣、贴、摊、拌、蘸、烧。

不说别的，仅馒头一说就有：花卷、刀切馍、圆馒、石榴馍、枣馍、麦芽馍、硬面馍等。

《事物纪原》里说：诸葛亮为了代替人头祭泸水发明了馒头。

《三国演义》第九十一回中，诸葛亮征南胜利班师，至泸水设祭。当地土人说，须依旧例，砍七七四十九颗人头为祭，但诸葛亮却"唤行厨宰杀牛马，和面为剂，塑成人头，内以牛羊等肉代之，名曰'馒头'"。以此来看，似乎"馒头"之名始自诸葛亮。不仅《三国演义》有如此说法，明朝郎瑛所撰《七修类移》说："馒头本名蛮头。"当年诸葛亮亲自率兵征伐割据于云、贵一带称霸的孟获，七擒七纵。叛乱既平，不忍心杀人祭泸水，用面馒头代替。

馒头开始成为宴会祭享的陈设品。晋以后有一段时间，古人把馒头也称作"饼"。唐以后，馒头的形态变小。宋时馒头成为读书人经常食用的点心，就不再是人头形态了。一直到清代，馒头的称谓出现了分野：北方谓无馅者为馒头，有馅者为包子，而南方则称有馅者为"面兜子"，无馅者也有称作"大包子"的。

我比较喜欢南方对有馅馒头称作"面兜子"的叫法，形象、生动，装了货，一兜之隔，如沐春风。

蒸馒头蒸出了山西面塑。

由麦子面经过揉面、造型、笼蒸、点色而成。配合岁时节令祭礼或上供，如"枣山"在祭祀神灵之中，还寓意"早生贵子"。用于清明节的"飞燕"花馍，既是扫坟祭礼的用品，也表示春燕飞来，阳光明媚。

童年时过年就为了正月里走亲戚。

从正月初二开始，乡村的土路上行人赶会似的，胳膊挽着荆条篮子，篮子里装了馍，月初走到月尾，自己家的馍走了一个月亲戚又绕回来了，唯一留下的记号是白馍上长出了霉点。那是青霉素呢，乡人说。

年把人过老了。

刀锋似的岁月，摧残人的容颜和力气，还想着从前过年呢，调转一下身，发现母亲站在案板前已经直不起腰身了。

# 三、面由花朵历经季候修成正果

面是由花朵历经季候修成的正果，皆是雨露、日月凝结的养分。

物竞天择，水到渠成。人们除了具有对面类饮食的惯性外，亦具备了对面的发现惯性，总应和着"民以食为天"的古训。

春季烧卤面、夏季凉拌面、秋季肉炒面、冬季热汤面的四季吃法，吃得北方汉子人高马大，走南闯北，一碗面落肚，露出肚腩，一忽闪裤子，要强的面子就显出来了。

面如我们的五千年文明，也让我们闻到了一股王者与平民日日里过日子的优雅和闲逸之气。

东汉桓帝时有一个很喜欢吃面的尚书叫崔寔，写了一本《四民月令》的书。书上说"五月，阴气入脏，腹中寒不能腻。先后日至各十日，薄荷味，毋多肥浓，距立秋毋食煮饼及水溲饼"。

"煮饼""水溲饼"就是最早的面食。

"饼"字由来已久，《说文》曰："饼，面糍也，从食，并声。"周礼祭太牢，其中有种祭品叫"牢丸"，就是用面做的圆形食物。这大概是饼的最早记载。

山西的饼食，同面条、花馍等面食一样食用普遍，有烤制、烙制、炒制，还有水煮、油炸等多种制作方法。在山西，东到娘子关，西到黄河边，南到风陵渡，北至雁门关，不管你是在宾馆饭店的筵席上，还是集市庙会的吃摊上，以及普通人家的餐桌上，都能经常见到饼食的踪影。

山西闻喜县煮饼在明末就有了名气。

煮饼外裹一层芝麻，滚圆状，将芝麻团掰开，便露出外深内浅的栗色皮层和绛白两色分明的饼馅，可拉出几厘米长的细丝。酥沙薄皮，甜而不腻，久放不变质，吃起来是越嚼越香。

崔寔尚书吃面居然吃出了经验，知道吃面也有自伤的时候，说有些月份是不可以多吃面的。

面在魏晋时称"汤饼"，南北朝称"水引""馎饦"。

我由是喜欢先祖叫面为"水引"。

来想象一下，就像中药罐中的药引子七粒红枣一样，失去了引子，中药药性就失去了大半。

面是水引，在清水中一掩一映，一蓬一簇垂吊在筷上，散披在锅里，让静伏在炉畔的胃肠，先是汩汩欲出口水；再是一阵难奈的下咽。眼睛里的馋啊，时不时地涌进半帘香雾，急不可耐拿了细瓷青花碗儿一舀一吮喝，馋人的胃口真要连碗下咽了。

《齐民要术》介绍说：做水引，先要肉汁将面和好，然后用手将面搓成筷子粗细的条，一尺一断，放在盘中用水浸，做时手临锅边，面条要挼得如韭叶一般薄，用沸水煮熟，即为"水引面"。

吃面吃得热汗淋漓的要数宋朝。北宋汴梁城内，北食店有"淹生软羊面""桐皮面""冷陶榛子"等；川饭店有"插肉面""大煠面"；面食店有"桐皮熟脍面"；寺院有"素面"。南宋临安城内，南食店有："铺羊肉""煎面""鹅面"等；面食店有："鸡丝面""三鲜面""银丝冷陶"等；菜店则专卖"菜面""齑淘""经带面"。山林之家的"百合面"和"梅花汤面"等。

面把北宋汴梁城丰仪得如雪地春风，宋徽宗和李师师，爱情一传老远的声气，让走在万古无春的天边路上的孤独有了星星点点的斑斓春梦。

因了面，再看宋徽宗的瘦金体，横画收笔带钩，竖画收笔带点，撇如斜刀，捺如切刀，有些连笔像游丝行空，施展劲挺的样子怎么看都像案板上摆放着的面。

山西面食走出声名的是刀削面。

刀削面内虚、外筋、柔软、光滑，享有国际盛誉。

关于刀削面有一个民间的传说。蒙古鞑靼侵占中原后，建立元朝。为防止"汉人"造反起义，他们将家家户户的金属全部没收，并规定十户用厨刀一把，切菜做饭轮流使用，用后再交回鞑靼保管。一天午时，一户人家的女子和好面后，让汉子去取刀，结果刀被别人取走，汉子只好空手返回。

在出鞑靼的大门时，汉子的脚被一块薄铁皮碰了一下，他顺手捡起来揣在怀里。回家后，水在锅里滚着，全家人等吃面，刀没取回来，面团在案板上，汉子忽然想起怀里的铁皮，取出来说：

就用这个铁皮切面吧！

女子一看，铁皮薄而软，嘟囔着说："这样软的东西咋好切面？"

汉子对鞑靼占领很气愤，带着情绪说："切不动就砍。"

"砍"字提了个醒，女子把面团放在一块木板上，左手端起，右手持铁片，站在开水锅边"砍"面，一片片面叶落入锅内，煮熟后捞到碗里，浇上卤汁让汉子先吃，汉子边吃边说："以后不用再去取厨刀切面了。"

后来，"凤阳"出了朱皇帝统一了中国，建立明朝，这种"砍面"流传于社会小摊贩，又经过多次民间改革，演变为现在的刀削面。

刀削面传统的操作要诀是："刀不离面，面不离刀，胳膊直硬手平，手端一条线，一棱赶一棱，平刀是扁条，弯刀是三棱。"要说吃了刀削面是饱了口福，那么观看刀削面则饱了眼福。

1985 年山西财贸系统在太原城技术比武时，饮食行业的削面高手每分钟削一百一十八刀，每小时可削二十五公斤面粉的湿面团。

有顺口溜赞："一叶落锅一叶飘，一叶离面又出刀。银鱼落水翻白浪，柳叶乘风下树梢。"

面勾人焦心，离乡人有面滋养胃口，滋养日久，再艰辛的生活，天天只要有面吃，走外的人差不多就要把他乡认故乡了。

## 四、上马饺子下马面

走南闯北的乡亲，外出，归家，迎客，送客，都有可亲可喜的风俗。

"上马饺子"，说是饺子的样子像古时的银锞和元宝，希望出门人赚得盆满钵溢。

多少年来，与世界在此建立起联系的口福，总会想起故乡、庄稼地、麦子、妈妈。我可以在任何一个城市一个地方与故乡发生联系，是因为那里有面吃。

有了面，离乡的漂泊就好像有了根，就可以在任何一个地方呼吸生长，去开辟自己一片天空。

饺子，取"更岁交子"之意，民间有"好吃不过饺子"的俗语。在中国许多地区民俗中的，除夕守岁吃"饺子"，是任何山珍海味所无法替代的重头大宴。

起源于张仲景时代的"饺子"又名"交子"或者"娇耳"，是新旧交替之意，也是秉承上苍之意，是必须要吃的一道大宴美食，否则，上苍会在阴阳界中除去你的名字，死后会变成不在册的孤魂野鬼。

饺子在其漫长的发展过程中，名目繁多，古时有"牢丸""扁食""饺饵""粉角"等等名称。三国时期称作"月牙馄饨"，南北朝时期称"馄饨"，唐代称饺子为"偃月形馄饨"，宋代称为"角子"，元代称为"扁食"，清朝则称为"饺子"。

饺子一开始主要是药用价值，张仲景用面皮包上一些祛寒的药材用来治病（羊肉、胡椒等），避免病人耳朵上生冻疮。

"祛寒娇耳汤"是总结汉代三百多年临床实践而成的，其做法是用羊肉和一些祛寒药材在锅里煮熬，煮好后再把这些东西捞出来切碎，用面皮包成耳朵状的"娇耳"，下锅煮熟后分给乞药的病人。每人两只娇耳、一碗汤。

人们吃下祛寒汤后浑身发热，血液通畅，两耳变暖。老百姓从冬至吃到除夕，治好了冻耳，也抵御了伤寒。

"好吃不过饺子。"

从前吃饺子吃时有许多俗规。

第一个饺子供火神，故意跌落在火台上，让它烤焦，扔进炉膛，日子要旺了。第一碗饺子要先供奉先祖，然后才是供诸神。河北民间有"神三鬼四"之说。

给诸神上供三碗，每碗三个；给列祖列宗上供四碗，每碗盛四个饺子。有的地方，饺子端到供桌上，家里老人还要虔诚地念上一段祷告式的顺口溜：

一个扁食两头尖，
下到锅里成万千。
金勺舀，银碗端，
端到桌上敬老天。
天神见了心喜欢，
一年四季保平安。

还记得除夕夜，守岁包饺子，一家人围坐在炕上，月明在枣树的枝头，树影像钟表的时针，听得岁走远的声音，时辰一到，开门放炮。响声把大人的喉结解开了，把去年的不愉快带走了。

家人远归或者有客登门，接风的饭必定是面条，俗称"下马面"。

传说面条像绳索，绊住来客的马腿，要他多住几天，表示亲热。

要是饭食安排错了，便有些难堪。"下马"吃饺子，表示主人有逐客之意，而"上马"吃了面条，绊着了马腿，预示旅行将不顺利。

出门人先要择吉日，吉日不难排，农历逢三、六、九的日子都是好日子。

七不出门，八不回家，小时候常听大人说。后来才知道是老祖宗留下来的教育人们的话，正确的解释是：七不出门，说的是出门前有七件事情，如果你没有办好的话是不能出门。这七件事就是"柴、米、油、盐、酱、醋、茶"，因为以前女人是不能出门的或者是很少出门的。男人是一家之主，是当家的，如果你要出门的话首先要安排好家里的基本生活，把一家大小吃食问题先解决了，这样你才可以出门，出了门才能放心。

八不回家，是说你出门在外有八件事必须做好，做不好是不能回家的，这八件事是"孝、悌、忠、信、礼、义、廉、耻"，这八件事是古代做人的基本道德准则，违反了任何一条都对不起祖宗，无颜面对家人的。

谚语说："三六九，朝外走。"择了日子归家，无论你是闯关东，下南洋，还是少小离家白发归来，一顿"下马面"，足令归家人老泪横流。

我妈说，吃了由面粉揉劲道的面，人才能长结实，才能长出硬面一样的肌筋，才敢向着离家很远的地方走。

人总是要离开故乡，人可以改变容貌，可以忘记从前，但永远改变不了肠胃中的故乡。

土地用它的出产养育着它上面的人，如果说吃是健康的肯定，那么，有面吃该是一生最好的渴念了。

日头用一只巨大的葫芦瓢，把黄黄的浓稠的阳光泼在人世间的每一寸土地上，那上面生长五谷杂粮，所有的生长就只能是为了吃，吃就是一种世俗呀。张家大爷海碗里的面拌了葱花的香气，那香气是什么呀？是心平气和翻闹出你对于旧时光阴的依恋。

怀念童年，最让我动心的怕是香透窗棂的那一碗面吧！

我曾见过一村人围着一口大锅吃面，吃得热火朝天，一口大锅增加了人们的凝聚力。煮在锅里的面滚熟了，一双很长的铁筷子，等面期间悲喜剧的发生，只要举起胳膊挑出面，伸过来的一大片碗，山也朗润了，风也柔和了，花儿也开欢了，小鸟也出巢了。

娃儿们在大人的腿缝间穿行，他们喊叫着：吃面啦，吃面啦，吃面啦。

大人喊：快，面来啦！

# 年来年过
## ——写给石头兄弟

　　常常会想起石头兄弟，一个自讨苦吃的人，乐在其中。他是一个喜欢同自己谈话的人，一个愿意和自己谈话的人，想必他的思想和感情一定是往纯粹的地方走，这样的兄弟我喜欢。有些时候，我们对面坐着，不说话。一壶茶是距离。也许很久没有一个字吐出，他就那样端端坐在我的心里。石头写诗，用身体力行写。不知道他什么时间会在什么地方，那个地方一定是他愿意想去的地方，没有人能够阻挡了一个人想去。他从那个地方回来后就写诗，或者在路上时诗歌就已经成行。他的消息总是用秒来计算，发现时已经没有了消息。他是一个有自知之明的人，人是很难有自知之明的。和他谈话，就是说诗歌，诗歌里怎么能有自知之明？我便不语，不语了就喝茶。

有一天，一个朋友取了几首诗歌放在我面前要我读，我一读就发现了其中有一首是石头的诗。朋友用做学问的眼光挑剔他的诗歌，说石头用熟练的手法在洗一副修行人的"牌"。我抬头看了他一眼，从此我的生活中就没有这个人了。我是一个有许多毛病的人，一瞬间就把一个人伤害了，三分钟我就会调节过我的心情来，因为我伤害了一个自大的人，我不生气。石头不是一个自大的人，他永远都愿意和自己理性地对话，因为尊重自己就是尊重父母的曾经。石头喜欢说他的兄弟，开口就一句：噢，那人真是了不起。这正是石头和自己谈话的内省过程出现了结果，也是他的悟性从晦暗到敞亮的过程，也是他人性深处的仁爱彰显。

　　石头的诗是什么样子的诗歌，是我喜欢的诗歌。

　　他说了：已厌烦所有的诗歌手段，所有的做作的。用最少的汉字、最明了的语言，在诗歌的临界点上写诗。一切皆从内心流出，流出即是。也就是：写到诗里没有诗。

　　石头诗歌：


　　　　妄念窜出不少。

　　　　不跟它跑。

　　　　骗人的。

　　　　上坡。

穿过高大的杨树林。

越来越清幽。

像是在消失。


石头的诗歌不拿捏，如他人一样，不拿捏的人可以做友。可以想象一下，一个人老往寺庙方向走，想来寺庙是收留过他浪迹心情的住处。石头好茶，交了茶友。石头好诗，交了诗友。最近的冬天里他去看一位诗友，饭间和一个指甲盖大的小官僚产生了龃龉，小官僚拿着职务羞辱他的兄弟。石头就想打架，架没有打起来，场子就散了。我是希望那场架打起来，中国男人太缺少打架精神了。那时节我的袖管就撸了起来，随时准备着出手。

这事之后，石头很后悔，觉得一个人喜欢拿职务要本事是人家的修行，看不惯人家就要打架，是自己不对。我说：你度了他。石头说：他度了我。仔细想想是他们共同度了我，不然社会上的我又要流言四起。

去年秋天我和石头还有几个朋友一起去一个叫黑山背的地方，那个地方真好。满山沟香椿树，一个叫常大庆的老人住在那里。老人八十二了，安安静静住在石头屋子里，干干净净的柜子上能照见人脸。我们就把帐篷支在老人的院子里，常大庆不是我们所有人的亲人，黑山背也不是我的故乡。距离往往不是还乡的障碍，还乡的意义也不完全是因为异乡有什么不妥，只是想寻找一种在一起的理由。在一起是为了说话，是为了互相照照镜子，红红脸。常大庆老人的生活状态给了我一个老年时的样子，丝毫没有临近死亡的慌乱，真好。两天时间中，我就把自己的虚荣精确地呈现了出来。夜里不睡稀罕那高空一轮圆月，白天不洗脸梳头，蓬头垢面走在野地里摘老香椿。常大庆一辈子住在黑山背，干干净净，我两天就照往邋遢的路上走。灵魂的锯齿，生存的陷阱，信念的血痕，万物的疼痛以及拿腔作调的热爱，迅速让我溃败而去，只有一个目的：赶快回去洗澡。本来石头还想多住几天，因为我的原因只能逃离。那一时刻，无论好坏，我不由得捡起了人所共趋的虚荣。我在石头面前不能醒悟。石头说：因为我的石头。

那么我是什么东西？

我想起来石头常常一个人走，一走几天，走哪儿睡哪儿。季节冷得叫人发抖了，他走在雪白的光华与沉静中。他说：所有的东西从山里走出来就不干净了。所有的自己走出山外就都不是自己了。石头许多话，如惊鸿一瞥，不让我有仰视的可能，又如不知道时那般隐没。每一次路过太原，无论转机或者停留，我都会发一条信息给他：转机，不见。只要在太原，必然去见他。他在"天街小雨"三楼盘腿泡茶等我，我坐他的对面，一下午喝茶，那茶好与不好都喝坏了我的胃口。只要一喝别人的茶，我就说，不如石头的茶好喝。

石头说：你到年龄了，该喝点好茶。

我笑说：是草入水就好。

石头说：好的茶好，路不能走野。

我笑说：有生之年就等兄弟孝敬了。

石头：哈哈。

我也：哈哈。

之后不说话，有刻意的沉默。此时的沉默恍如我的诚实不欺，我就想要他孝敬。

年来年过，春天再说。

在人和藝的關系上雙向磨合而最後達到圓

也是〇失去人和藝的最高境墨水平今

檸生補書

我不是过客，我是归人

我去西文兴村，西文兴村人都姓柳。十年前就去过一次，还看到过保存至今的《祠堂仪式记》等各种碑刻，知道是明清两代的西文兴村，是严格按照传统的儒家文化修建的、宗族社会典范的、儒家道德礼仪所规定的神庙社坛宗祠牌坊等一应俱全的西文兴村，西文兴村，宗族昭穆，排列有序，走进去便知正庶亲嫡辈分伯仲。

西文兴村现如今改叫了"柳氏民居"，说是柳宗元的后人，沾了名人的光可以把旅游文化做大。早些年我来时，西文兴村有些破烂，但已经看到了高台上堆放的木头，说是要修旧如旧，开发旅游。将来的西文兴村究竟要成个什么样子？当时我的情绪波动得厉害。我对乡村的古建筑就像对初恋情人的感情一样。那时候城市已经开始拆建了，我一直没有怎么难过。也许是因为我不喜欢城市，但毕竟在城市住得舒适，或应该更舒适一些。当时我在西文兴村用胶片的傻瓜相机拍照，有些景收不进来，稍稍想拉远一些成像的照片全都模糊不清。我在西文兴村干净的街道上来来回回找那种破旧，却发现全都是破旧。沿街道两边有坐着小板凳的居民，他们温暖地甚至想迎合什么地看着我们，在他们的身后，我依稀看见他们的家，黑黢黢的，一堆乱七八糟的家什。浓烈的烟火味从那些屋子里蹿出来，让我感觉到了亲切。西文兴村一改造他们就要离开西文兴村了。他们对离开或留下的态度显得那么温吞和迷茫，我想，如果是我就不离开。

西文兴村叫柳氏民居，民间有说是唐代柳宗元之后避难迁居于此。柳宗元是谁？是唐代古文运动的倡导者和旗手，是唐宋散文和唐代韩柳诗派的重要代表。但柳宗元肯定没有来过西文兴村。是柳姓人家的西文兴村，一定不是柳宗元后人的西文兴村。我这样说也是从史料中掏挖出来的。又因为历史有叙述柳宗元是河东人，后世有人称柳宗元为柳河东，那么西文兴村的柳氏一族也是从河东迁来的，在地缘上有些瓜葛，就一定这样认为是不对的。西文兴柳氏应当是这样：柳氏至唐末东迁翼城，明代永乐年间再从翼城迁徙沁水，先后有过两次迁徙。唐朝末年，正是藩镇割据，黄巢起义，五代纷起，军阀混战之时，而河东是主要战场，活不下去的柳氏人家投奔四方。再来看柳宗元家族，虽是河东柳，约自柳宗元八世祖始，世代都在唐长安做官，遂占籍长安万年，柳宗元遂为长安万年人。过去的人和现在不一样，现在人常说一句话："天下何处不故乡。"古人观念难移，千里扶灵，老死回乡。"鸟飞反故乡兮，狐死必首丘。"柳宗元出生于长安万年，他死在柳州归葬在长安万年祖茔。柳宗元一生起起落落，悲欢离合下却总是不忘写诗。诗是什么？是怀有一颗敏感的心肠。柳宗元在他走过的地方常留下他的诗文。他的诗文写过长安也写过万年，写过永州也写过柳州，却不见写过河东及中条山。河东与中条山在他心目中怕是早已淡化了，或者本来就是淡化的。

柳宗元的一生让我看到了人在体制中，努力工作不再是唯一值得肯定的价值，因为他一贬再贬。从邵州到永州到柳州，没有看见过他有起死回生的迹象。好歹他拥有了许多可能的生活，不是以一个历史的懦夫掩埋在长安万年的祖茔里，而是以历史文化名人依然被现代社会借用着声名。

我读刘禹锡的《故唐柳州刺史柳君集》，读到柳宗元临死前，曾遗书刘禹锡，将自己一生倾尽心血写就的文稿委托他整理的那几个字："我不幸，卒以谪死，以遗草累故人。"想柳宗元定是涕泗满衣裳的呀。在天有灵，柳宗元真应该感激刘禹锡，一个给他后世带来盛名的人，并且帮助我修正了对人的看法：原来古人的情分一直都比今人重。而我现在看到听到的都是一些借势的人，翻脸不认账常有，一脸的笑，一肚的坏水。

西文兴村对我的期待不是柳宗元后人的期待，任何人的后人都没有值得去深究的意义。我对西文兴村最感兴趣的是历史中存在过的家族生活的必然样式，那样的存在样式不可能有后来了。一个生机勃勃的宗族社会，虽然被后来者瓦解了，但依然喂养了我的民族自豪感，曾经我们过得有多么好呀，哪像现在：一切现代的东西都归于西方了，一切中国的东西都归于过去了。

明初是历史上大规模的移民时代。朱元璋在驱逐蒙元时，曾与蒙元长期打仗，打仗是要死人的，人到死时会在乎什么？什么都不在乎了，社会经济必然要在不在乎中受到极大的破坏。城邑空虚无人，土地大片荒芜。明代的沁水境内地广人稀，极需要外来移民开发。山西人原本就有故土难移的观念，就近迁入，这个时候一些大户人家开始由战乱频发之地迁往安乐之乡。明朝初年有许多家族顺着河流迁来沁水，他们在沁水广置田产，他们的到来不仅促进社会经济发展，也促进了社会文化发展，外来家族对沁水的贡献一直到现在。时间到底也没有让一切躁动和激奋归于平淡，依旧我们还在吃大户人家的这盘菜。

一个家族在一块公共的土地上建立起了自己的王国。我们来看看这个原来有十三院屋子的家族社会，曾经有过文庙、关帝庙、真武庙、文昌阁、魁星阁和柳氏祠堂，儒家礼仪所规定的神庙社坛在这里全有。我突然想到，古代并不是一个法治社会，但是宗族社会家族里庙宇的存在活生生地发挥了伦理作用。管理这样大的一个家族该要有多么勤奋。《柳氏宗支图记》，明永乐年间迁入沁水西文兴村时只有一人，至嘉靖年间，先后已历六世，柳氏"起初则一人也，以一人之身，而甲者四，户则十"，至六世柳遇春，已经兴盛，繁衍为四支十户，以西文兴为宗脉，明清两代西文兴周边河沟里存活的都是姓柳之人。

富不为贵。贵是什么？是声名。千百年来步入仕途跻身庙廊，能够生活在翻云覆雨的环境中才叫贵。不是皇亲贵胄，怎么能够平步青云？

不过以光绪《沁水县志·选举》为据，不论官职，仅谈科举，明清两代西文兴柳氏有科名之人，以科举名目轻重，名录如下：

沁水明清两代共有举人一百三十八人，柳氏有两位举人：明代成化庚子十六年（1480）科一人，明代嘉靖丙午二十五年（1546）科一人。前一位不说，后一位柳遇春中举后，曾九次参加会试皆名落孙山。明清科举考试规定：参加乡试考取举人，举人参加会试考取贡士，贡士参加殿试考取进士，进士中前三名分别为状元、榜眼、探花。进士是科举考试最高科名，人们常说的金榜题名即指进士及第，柳遇春共费去时光二十七年，再回乡时依然是鱼望龙门。

读书真是一件辛苦的事，不说少小读私塾，二十七年，硬是把一个青皮后生弄得老态龙钟。负载苦难的重压，展现美好的愿望，古人和今人一样地难！

我来西文兴村已经是傍晚，傍晚的晚霞还在。我发觉西文兴村的河道里已经修起了门楼，西文兴村的河道里很冷清。村庄里的人都迁走了。偌大的一个西文兴村显得空空荡荡。我趁着晚霞往前走，突然想不起来以前来西文兴村的模样了，似乎过去街道里的石板路就有，又似乎是后来铺就的。我在司马第廊檐下坐了半天，努力把丢失了的记忆找回来。看到北房的瓦坡上有两只鸽子在卿卿我我。鸽子的背景是天空，天空的云朵上照着晚霞。所有的一切都在尽可能为我展示一个与世隔绝的西文兴村。

这个时候热闹来了。几个时尚的人由一个导游领着，讲柳遇春做官清廉，是一个可以把个人道德扩大到公共道德的人。讲柳遇春是一个讲义讲情分的人，还讲到了冯梦龙《杜十娘怒沉百宝箱》里的柳遇春。我以一种姿态在听，心思却不知窜到哪里去了。瓦坡上的那一对鸽子自顾自地，两张小嘴，听不清是在说话，看不清是在亲嘴。我与这样的环境很搭调，只有晚霞，没有耀目的光辉，只有雕刻淳朴的木窗，没有水泥。我抬起头来看高处，导游的声音越过我的头顶，借用名人典故来娱乐游人，尽可能叫他们满意而归。

现在有多少游人是真去看古老的文化？文化从来都不是大众

化的。就像文明的薪火传承，一定都是聪明人。旅游不单单是附庸风雅的事，对于大多数游人来说，每年出去一趟似乎只是一种时尚，而在西文兴村，大家的眼神都很散漫，风一样进来出去，生命的过去和未来与他们却从不会彼此过问。他们哈哈大笑着说："过去的人住这样的地方，黑咕隆咚有什么好？"

过去被传统意识束缚着，现在被文明意识引领着，通过追求时髦来提升生活，有多少人知道古旧的东西总是比近前的东西更时髦！

古人讲一命二运三风水，四积阴德五读书，在西文兴村因为附加了手艺，所以包容了天下大美。

一时又想到明代万历年间冯梦龙"三言"之《杜十娘怒沉百宝箱》，那个叫柳遇春的人，他不是此柳遇春。

《杜十娘怒沉百宝箱》之本事，最早见载于明代万历河南开封人宋幼清《负情浓传》中《杜十娘》。杜十娘是万历年间轰动一时的社会事件。柳遇春在整个故事中共出现过四次：一是李甲穷困潦倒借钱无果，"今日无处投宿，只得往同乡柳监生寓所借歇"。二是杜十娘情由心生赠李甲一半银两，柳遇春闻知，见杜十娘真情，便也赠李甲一半银两，并鼓励李甲爱这个女人没错。三是杜十娘随李甲离开妓院，无处安身，"暂住柳监生寓所，整顿行装"，准备返回老家绍兴。四是杜十娘投江瓜洲渡后，"柳遇春在京坐监完满，束装回乡，停瓜洲渡"，梦中巧遇十娘来会，深为爱情故事没有好的结局而痛惜。

我们来看沁水西文兴村的柳遇春，他于嘉靖丙午二十五年（1546）中举人，共九次赴京会试金榜无名，不得不于隆庆辛未五年（1571），以举人资格赴吏部铨选，先后任陕西巩昌府（今甘肃陇西）通判，又迁今陕西同州（今陕西大荔）知州，大约在万历庚辰八年（1580）前后致仕还乡，约五十八岁。十多年后的万历丙申二十四年（1596），柳遇春死于西文兴家中，这时候北京发生了杜十娘事件，河南人宋幼清以新闻的形式记录了故事，冯梦龙写下了《杜十娘怒沉百宝箱》的小说。

假如果然是冯梦龙《杜十娘怒沉百宝箱》里的柳遇春呢？旅游有演绎并享有独自创造传说的功能，可兼而有之，不过一定不要为自己的祖先自命风流。西文兴村宗法社会家族延续的四支十户，明清两朝始终团结在先祖柳氏周围，并且相安无事，发扬光大，这才是最重要的。他们都是寻找家园的人，寻找家园的人都是求功名的人，如此之难却有如此风雅之地做根基足够宣传。

我坐在西文兴村的街道上，来，照张相。晚霞暗了。西文兴村所附着的河流的某些历史、某种生活方式及审美价值，在最终消逝之前或正在消逝中我留下影像。我向照相的人致以微笑！我不是过客，我是归人。

# 说书盲人

　　雪以一种姿态降生消解在乡村，盲人抬起头看了看天空，他在灰黑中眨了眨眼，脸上就落满了白色的雪。盲人说："下雪了。"就这么走在周遭朗朗如缕的雪花中。

　　盲人走在乡村，所有的感觉只剩下一条路，路在前方，山高到纯白，天高处居然有阳光，微弱地遥遥闪烁。盲人的眼内却只有无限，盲人被无限诱惑，盲人想：雪是什么样的？白的，白是什么样的？纯洁！纯洁是什么样的？冰凉！盲人想，人死了是冰凉的，人生如雪吗？到气绝时消融在泥土里，盲人想这雪啊！一切就仿佛凝在了永恒。

　　天黑的时候，盲人开始进村了，拍打净身上的雪花，拐进一户人家。盲人是大雪时进村，到年关才要出村，盲人在村里挨户说书，有钱的给个钱花，没钱的给个饭局，从村东说到村西。腊月里盲人的书场鲜活地充溢了乡村，成为一种奢侈，弥漫着吉庆高古之气。天黑透的时候盲人开始说书了。一副鼓板，一把二胡，灯光下盲人脸上匀和，不见风霜。盲人清了清嗓子先说了一句帽儿："老少爷们，婶子大娘姐……"众人就开始兴奋了。盲人说："酒壮脓包胆，酒入英雄肠。三国红楼梁山泊，武松打虎景阳冈。"盲人呵出来的书帽悠长辽远，众人的喝彩声随之而起。这时，盲人的脸上就呈现了一种英雄气，恣意旷放。

盲人说书是有讲究的，一是要净面净手给一家之主灶王爷烧香；二是要把灯盏放在书桌上；三是要主家两壶白酒。盲人说，喝酒气足，英雄本色没有酒拉把是说不成的。盲人说：武松打虎，八百里英雄武松是谁有人硬要把武二打虎弄成除害，俗大了。大英雄本色，你真让他上山来打虎，他不一定肯，真英雄是不和畜牲斗的。盲人说：英雄都这样，一生潦草、莽撞。碰上历史中尴尬事情，凡人就成了英雄。听书人听出了门道，有人问：后沟的栓狗不也上山打死一头山猪吗？咋就越看越寒碜？盲人说遭际不同，味道就差了。李逵也杀虎，可惜杀急了。武松打虎之后，先是潘金莲，后是蒋门神，再后来大闹飞云浦血溅鸳鸯楼，英雄身上有人气养着，栓狗仅是野猪拱了他家的芋头，李逵都比不得，栓狗比得吗？

盲人说到激动处，天上现出半牙儿月亮。这雪夜真是适合饿虎上山，英雄独行啊！那只吊睛白额大虫和武松正沿着不同的山路走向景阳冈——武松打虎——千年之后英魂浩荡。盲人收了弓，众人却迟迟不愿离去。

天还是那个天，地还是那个地，月下身影里就处处有了英雄气。这股英雄气涤荡了冬夜，雪纤尘不染，朗朗乾坤万里无埃。

盲人对现世的一切都是抽象的，天地间一堆昭然若揭的现状对盲人来说是无奈的，盲人眼里放射的仅是一种对富贵温柔那种真正俗世的无限憧憬。盲人无家，十五岁了，娘说："儿啊，这是最后了，我供不起你啦！"说完西去。盲人无泪，从此在尘世中，暗夜深邃而绵长地伴着他。

无目的厌倦和无缘由的黑暗构成了盲人另一种日常。盲人依靠嗅觉在暗夜里推算时辰。盲人想，我是曾经看到过色彩的，一种曾经离自己相当贴近的东西，那一种色彩如玻璃一样随喜喧闹，却也一样清冽易碎。

那是一个午后，盲人在主家的土炕上盘腿而坐，主家的女人说："可惜了你呀，瞎子！"盲人不语，但端水的手指在茶托上就呈出了兰花状。事情到这份上，女人伸过头去触摸盲人的手指，盲人的手指就一个一个全高兴起来，脸上就有春蛇在爬动。盲人不说话，只看到一种色彩，是区别于黑色的东西，一种难以遏止的焦躁幻化出了无限空间，这种双重意义上的冲动就成就了盲人的色彩。女人轻声说："可惜了你呀，瞎子！"盲人想，这怕是他一生唯一的一次体面了。

打这之后，盲人在说到武二怒杀潘金莲的时候，就说得出了色彩。盲人说："武二看到了八百里夜空有一朵红云滚过来，武二的手抬起来了，死去活来，不见生死，武二脸上爬满春蛇。武二听见一声开叉的尖叫，这尖叫在寂静的夜里灿烂悠长。"盲人最后终结："武二的心死了"……

盲人在这个冬天的最后几日走出村去，饱经风霜的眼角，添满了细细的纹路。厚实的尘土中，盲人走出了一条羊肠小路，在日久年深的自然中形成了景观。

这时灯芯跳了几下——

于是，乡村的夜色中就有了一些冗长的怀念。

# 红花绿布头

　　单为了思念起一种颜色，那一份好和俏丽，都在耐得住寂寞下盛开。好，隔着旧时光，它竟是华丽。一张红绣帷幔的檀香木床上，早晨的第一声鸡鸣推醒了她，手环和颈前饰佩叮当，伸一个懒腰，在幽暗的晨光中，所有是静止的，风从一个缝隙挤进来，又从一个缝隙挤走。

　　时光的伤痕像冬眠的蛇，或被一场雨敲醒，舔着长舌向脚前匍匐而来，你可以不知道你是谁，但不可以不知道自己喜欢。那样的意趣，只能在古典小说里了。一直喜欢老绣，比喜欢一个人更让我心仪。尤是喜欢女子穿一片贴胸的兜肚，外罩一件披肩，初秋走在林子里，风像辽阔的秋叶，缓缓拨动那女子的头发，生活在时间的那一边，那一份藏着，这个好也叫出色。

兜肚早时称"亵衣"。"亵"意为"轻浮"，有"挑逗，勾魂"之意。悄没声息的喜悦，勾，或者魂，有许多风情，叫你去黏。我在夜晚走进过一间保存完好的老屋，是一位古人的书房，有月光把心灵上的尘埃擦洗得干干净净，一些前尘往事在朦胧的光影下水一样晃动，想象发黄的线装书，一介书生，三两点墨痕，绣帕如雀，荡起了廊檐下一树尘影，一种背景下的氛围，穿梭在时光中像鬼狐一样，抬头四下，无奈而寂寞。

走出那间老屋，我想，什么是一场风花雪月啊，有比红绣银白，更能泛滥时间暗淌的泪滴么？

汉朝开始，平织绢是汉朝常用的内衣面料，其上多用各色丝线绣出花纹图案，满工绣，把俗世的美意融进锦缎里，成为寓意的一部分。风华绝代，季节都开在胸口了，也只有中国的女子才有如此风情。

到了唐代，出现了一种无带的内衣，称为"诃子"。唐，就那样，一直蛰伏在历史深处，因为有杨玉环，唐，也许该是一个动词。杨玉环能从俗世中脱出来，于"诃子"有极大的关系。也是大唐外衣的形制特点所决定的。那时的女子喜穿"半露胸式裙装"，露，就算有风来，只要不那么鲁莽，悬着的双乳也只在"诃子"上荡几下，之后，安静端坐，聆听春歌。

透明的罗纱内若隐若现，因而诃子的面料是考究的，色彩缤纷，常用的面料为"织成"，挺括略有弹性，是手感厚实的麻料。穿时在胸下扎束两根带子即可，"织成"保证"诃子"胸上部分达到挺立。杨玉环在大唐占有着空间的最重要部位，写她的文字始终呈现着永久，附带着的大唐奢靡、诡异，全都是因为"诃子"的暗香袭人啊。

风华正茂时武则天活在衣服里。金花红袄是她一抹机巧的显露和召唤，也是她的主要手段。

说到宋代，宋代把兜肚喊为"抹胸"，穿着后"上可覆乳下可遮肚"，整个胸腹全被掩住，因而又称"抹肚"。平常人家多用棉制品，俗称土布，贵族人家用丝制品，绣花，花开富贵。宋比唐瘦了一圈，或许是因为"抹胸"？不要那么多繁盛，像宋徽宗的瘦金体，只是一种雅趣。宋代把抹胸穿得最有雅趣的是李师师。传言是古老生活的轨迹。幸好悄掩着的沉重的木门扇，入睡前已经用麻油把吱吱响的门轴涂了一下，才有了文字里的春夜。"并刀如水，吴盐胜雪，纤指破新橙。锦帏初温，兽香不断，相对坐调筝。低声问：向谁行宿？城上已三更，马滑霜浓，不如休去，直是少人行。"急促的短暂，由一片抹胸抹紧了被无限感动的那一刻。

元代叫"合欢襟"。仔细品，有点儿迷晕。有一些些儿艳俗，可叫人想入非非，是媚感，更是手段。仁字组合得真好。不妨想象一下，审美经验和生命态度下的情趣，是关乎生命最高秘密的隐喻和福音。合，欢，襟。"生命"终归是一样"动物"性狂欢。

也只有清代才把它叫了"兜肚"。棉、丝绸，系束用的带子并不局限于绳，富贵之家多用金链，中等之家多用银链、铜链，小家碧玉则用红色丝绢。那是由颈部滑下的曲线，沿肩往两侧顺畅而下，与腰线到骨盆处向外那种圆弧状构图有上下辉映之美，肩颈处微微看到锁骨，隐隐有一种风姿。像曲折幽深的花径，低调的张扬，是不是"世界的本质就在于它有一种味道"？真是这样的，因为它携有无所不在的繁华。

黛玉的衣着在《红楼梦》里少有具体描写，世人似乎都喜欢她那灵性，我总觉得好像她的衣衫是没有颜色的，只是简洁的一种布，纤腰一搦，樱桃小口里吐出的尽是尖酸刻薄。《三国演义》里有一句歇后语：张飞绣花——粗中有股细劲。一种丝线，是一种情感，几种情感重叠在一起，就出了浪漫的效果。我记得外婆给我母亲留下一个兜肚，一枝并蒂莲缠绕着向上，在外婆的胸口开放得十分美丽。然而，在兜肚的最上方又绣着一个小人儿驾着一辆马车，通常图案叫"骅骝开道"，表示马车载了无数金银财宝进门。它绣在装钱的荷包上才对，可它停留在外婆的兜肚上，外婆早已驾鹤西去，没有人能告诉我为何绣在肚兜上。

我喜欢看绣在布和绸缎上的花花草草，但也只是喜欢看，说细了，其实是在那里像读书一样读绣在上面的心情。寻常花草、日常物事，一些些逸出，一些些荫幽，一些些深情，一些些洇出的小颓废，花语心影，缱绻醉意。绣是养眼的物事呀，养心，养情，养命中的俗事。花瓣的质地，是用语言形容不来的。而它的鲜艳，我只好说它像花朵一样鲜艳。

绣有夕阳的寂静之味。往事在回忆里，有什么心事搁在心里了呢？是童年吗？我还记得端阳，妈妈为我做下的兜肚，一个香囊挂在上面，艾药味儿的香，如今妈妈已步入晚年。秋天了，光照的草地露珠烁烁。不要跟秋天说话，只看炕边、枕上、墙体吉祥的绣，有图必有意，有意必有吉祥。离尘世无比远，我忘了我是谁。那份心情炊烟般散散落落舒缓，一读一千年。好么！

现在城市里真正懂女红的不多了。偶见一两件上品，也是电脑制作出的。电脑绣品，仿佛毕加索草草勾勒出的草图，被人们期待憧憬的东西，多数怪异得遥远。好的绣品是拨动清水的手，一针一针扎出来的，一种丝线，是一种情感，几种情感重叠在一起，就出了浪漫的效果。我记得小时候有过一双扎花绣鞋，红绒底面，裹了黑斜纹布口边，带扣的，小女孩的脚，站在黄昏的底色里，大老远地就看见了鞋面上细碎的"梅"。洗净铅华的自然之美，多了一分野趣。那双绣鞋，后来给了表妹秋，秋穿了它继续在乡间走着，一路撒欢的香甜快乐，布置了秋生命的翠绿。

南方的女红和北方的女红有很大区别（原谅我，我说的女红是只指丝线绣品，古典的）。南方叫"刺绣"，北方叫"扎花"。南方的绣品大都细腻温润。锦绣风景在一方绣床上，刺绣人脸上浮泛着一些暧昧。一块丝质的底布就这样在时间中一点一点地温柔起来。南方的刺绣有一种喧嚣世界的宁静韵致，贤淑得美丽，安逸得幸福，也让在外做事的男人，越发地有了做事的感觉。正如对于以往温馨事件的渴望。儿女们在这种氛围中成长，个个都干净清爽，个个都俊秀飘逸。这都是南方女红真性情中恩养出来的。因此被恩养出来的男人大都看上去很精明，而且精明中有一点儿挑剔的婉转，这也是观看女人的绣品，咂摸出来的。嫣红姿影，春也罢，秋也罢，她不会为取悦俗世红尘而改变性情，任你蓄意鹄守也好，无意相逢也罢，顶多只给你满眼惊艳，自在轻飘的栖止，相知相惜。

北方的扎花就不一样了。南方的一个"刺"字是一种滋味儿，可北方的"扎"是一种"痛"，这种痛从一开始就注定与生活情绪血肉相连。一个"扎"字可能是光明，是和煦的风儿，可能是咸如海水的苦。因此北方女人的扎花是俗世的，热情满怀。北方女人做女红不用绣床，连绣花绷子也不用，绣什么，就在物件上扎什么。北方女人把一年两季的蚕茧卖掉，剩下那些晚上谷草的懒散的末梢子儿，取下来煮了，抽出丝，用颜色染出黄绿蓝等，凉透了在指间缠绕成一把一把的小绺，粗细不均珍藏在包袱里，用时拿出。

或一个兜肚，或一双鞋垫，或男人出门在外体己的钱夹，带着欢喜吉庆，大都花花绿绿，没有内敛的风格，对比鲜明，如北方女人的相思——要惦记，要相守，要呵护，要不惜一切争得。大红大绿是激情高亢是恒久的期待，是乡间地垄上的日头，历经一生，拟无终极。被扎花扎出来的儿女们，感情也是大起大落，心灵坦诚而不虚伪，直出直入，挺胸拍肚十二分热情。因此上北方的好男人，大都质朴劲勇，趋险耐劳。社会上常有镖客拳技之勇，好讼轻生，呼朋引类，动称拜兄，对女人也就多了分拳脚呵护。

北方的扎花色艳，活儿粗针大线，女人的笑容也是那种醍醐灌顶的爽，丝毫也不含蓄。更多的痕迹是那肥硕的体态偎在炕沿上，有一搭没一搭地闲聊，绣牡丹成了莲，绣鸟的看上去像鱼，总体看去是野性的，不拘一形一体，不随它意只应本心。

世界万物都没有再走回来的路，有些东西已经永远地不在世间了，美，除却被时间吞噬以外真的再没有其他消耗的途径了吗？

喜欢老绣的人心里都有一种风气，那么就在衣饰上变化一些小格调吧。多年前茨威格写道："所有生活的安定和秩序最高成就的获得是以放弃为代价的。"事实上，不放弃，一定要把"民间"说道成一句"津津乐道"的成语。

# 每一道岭都有一段历史

早年间过沁水和高平县搭界的老马岭，总觉得周遭的天色会突然变暗，绵延在眼目之内的青峻，森林覆在它之上，有时候一只鸟，它飞翔，我能感觉它的眼神都露出了忧郁。

贫穷的日子让老马岭上出没强人。在山头上过着一种非秩序化的生活，月黑风高之夜，当过路人不能隐遁自己的行踪时，他们的出现比人们的想象来得神速。

老马岭开道不知何年，战国末年秦赵长平之战，秦国军队便是越过老马岭而走近长平。长平之战的遗址，便在老马岭、浩山、董峰山之麓，至今有些名字依然冤气十足：省冤谷、骷髅山、白起台等。老马岭下的高平县至今吃一种水煮豆腐，菜名叫"白起豆腐"。说是吃秦国刽子手白起的脑髓。一县人吃了千百年。无奈让他们默认了苦难，同时借用一道菜吞咽下了仇恨。老马岭之南五里有空仓山。雍正《泽州府志》记秦赵长平之战前夕，秦将白起诡称运米置仓于此山，引诱赵将赵括抢仓，括中计而败。小道消息的猖獗古已有之，一般人谁能洞见其中奥妙？这世界，小道消息有自己的道场。

唐高祖武德八年（625），泽州治于老马岭下端氏，成为一个州府，端氏由此上升为泽州五县政治经济文化中心。泽州由高平县进入端氏的往来客商，必取道老马岭。所以，老马岭同时又是上党地区通往河东的必经之路。因为山高所以林密，因为林密所以僻静，更主要的它是一条商道，强人为利而来。在沁河两岸众多的名山胜景中老马岭的诗文最少，只有元朝初年，金元文冠秀容（今山西忻州）元好问进入沁水时，为它写了一首《马岭》：

仙人高台鹤飞度，锦绣堂倾去无路。

人言马岭差可行，比似黄榆犹坦步。

石门木落风飕飕，仆夫衣单往南州。

皋落东南三百里，鬓毛衰飒两年秋。


元好问被誉为金元文冠，在文学史上他的盛名了得。当年，他写老马岭心态一点也不恐慌，不过似乎也告诉了我们，元朝之前，老马岭上还没有强人。老马岭上的强人，是明代万历年后才出现的。

明万历预告了后来明的覆亡。当一个国家覆亡的时候，最早的信息总是来自民间。

明代万历年间泽州知府河南人贺圣瑞《空仓岭城堡记》称，当局在空仓岭建有城堡用以防盗："高平、沁水界有岭空仓，势迫两山之间，中通一线之路。盗贼之渊薮，行旅之陷阱也。取货如寄，积骨如丘，咫尺之地，不复有王法。谁司之牧，令民困虐至此，能逃其罪耶！余乃会两县，相地度形，请之当道，议设城堡，为安旅之计。"

历朝历代最清楚不过的是它的当政者，当一个国家出现强人并且目无王法时，一个王朝临终时的败相就露出来了。

老马岭承载了明王朝的败象。

当年顺水而来的强人大多是陕西农民，沁河两岸是他们生活的开始。强人来时天不长眼。沁河中上游地处高寒地区，有四十里寒冰之地，见苗可望三分收成，一般自然灾害，不会给沁河两岸带来太大的损失。然而在历史上，常常发生一些非常之灾，而且灾难发生时总是人患相继，使两岸百姓看不到一丝微弱的光焰。明代万历年间，沁河两岸遭受了一次空前蝗灾。蝗灾让杂生的大地一片空茫。灾不单行，雪上加霜，官府赋税不减，明末蝗灾之后陕西农民军依水而来。

河流的繁华在它的中游地段开始彰显。沁河的中游地段阳城、晋城、沁水，两岸的古村沿河而建，彼此有攀比显富的风气。强人们走来时，富裕叫他们惶惑了，四围杨柳葱茏，河道汹涌而来，寂静的阳光和农田，它不同于长安的气味，它古典优雅，夕阳下两岸的气势让他们看到了热闹和奢侈。对于陕西乡下黄土塬上的来客，贫穷落后潦倒，除了长安城，他们啥时候看到过这般的富贵？这样的日子真叫人不知天高地厚亦不知今夕何夕啊。造反者难活了，绝望下为自己生长期的破陋烦躁而羞愧。难活的人骨子里都有攻陷占领别人的欲望。天有多么不公？绝望下的快意潮水般涌来，他们对沁河两岸的破坏是毁灭性的。

从一开始起城堡里的人就决定对抗，面对滚滚而来的黄尘，城堡在扎下根基时就已经埋下了抵御的种子。沁河岸边的湘峪、窦庄、中道庄等，不同程度都修建有大大小小的河山楼，以中道庄的河山楼为例，它是城堡中最高的建筑，有"河山为囿"之意，又名"风月楼"，登楼四望，风月尽收。中道庄陈家的山河楼，楼平面呈长方形，长十五米，宽十米，高二十三米，共七层（含地下一层）。崇祯年间沁河岸边竖起七层高楼，它的修建对安抚乡民占据了多么大的比重！楼外墙整齐划一，内部则逐层递减，整个河山楼只在南向辟一拱门，门设两道，为防火攻，外门为石门，门后施以杠栓。楼层间构筑棚板囤贮人员物质。作为一座民用军事防御堡垒，河山楼的设计是智慧的。楼三层以上才设有窗户，进入堡垒的石门高悬于二层之上，通过吊桥与地面相通。楼顶建有垛口和垛楼，便于瞭望敌情守护城堡，底层深入地下时开辟有秘密地道，便于转移逃生。同时备有水井、碾、磨等生活设施，以应付可能出现的长期围困。

依靠河山楼的庇佑而逃过兵灾活下来的村民多达近万人。因久攻不下河山楼，他们甚至想在沁河岸边归顺朝廷，想借以归顺依附朝廷政权力量，在此守着这一块肥沃的土地享受一世的富贵荣华。

想象中的结果还没有到来时，将领们就在横生出的争功面前，因分配不均致使归降失败。一路前行，对沁河两岸的繁华依依不舍，崇祯六年（1633），陕西农民军至河北武安，依然念念不忘，决定向朝廷乞降，依旧是不能统一，在朝廷犹豫下遂彻底放弃。农民军势力越来越大，终于在崇祯十七年（1644）年，推翻了不愿招降农民军的朱明王朝。如果当时明军能够统一指挥，陕西农民军可能会在沁水接受招安，明朝可能不会遭受后来的亡国之运，中国的历史可能会是另一番情形，可见世上之事，农民和土地依存的重要性。

强人出世，天下便有英雄要诞生了。

英雄莫问出处。明王朝的灭亡诞生了农民英雄李自成。

强人的出现成为天下和平的障碍，当强人转换成英雄的面目时，强人的强悍就演变成了强权社会的基本秩序。

很多人一提起老马岭上的强人，就会想起《水浒传》中冒名李逵的李鬼，黑脸黑胡，黑衣黑靴，彪形大汉，手提一双黑斧，趁着天高风紧，夜黑杀人。其实20世纪90年代老马岭上有一个强人。强人骑嘉陵摩托往返山巅，车藏树丛中，见有人走来，他总是很神速地出现在对方面前，一把菜刀划一个弧度，走路的人只看到强人脸上一脸黑挂一副墨镜。强人不像古人一样见来人会说：此山是我开，此树是我栽，要想从此过，留下买路财。他只说一句话：留财过命！

许多被抢劫过的人从来没有敢认真看对方的脸。有一日黄昏来临之时，强人出现在三位过路人面前，黄昏很容易叫人眼乱，强人只喝了一声：留财过命！三人中的一人走上前说："今日我就命死你手！"强人停顿片刻手起刀落，尖叫一声骨软落泥，后两人夺命奔跑而去。落地之人说："爸，你吭啥气哩？我也就是想一辈子能娶上媳妇盖个房。"爸说："原来你每天外出打工，工作是打家劫舍的营生啊！"

这父子二人是我本家叔父和叔伯哥哥，黄土崖下，掘洞而居的村子，隔着山梁喊话，放羊，种地，跨过山，爬过坎，娶回婆姨生一堆娃，这就是他们祖辈的幸福生活，贫穷让他们为自己的幸福梦想铤而走险。

现在因为沁河古堡对外宣传大，来沁河流域旅游的人多，全国各地的都有。叔伯哥哥开饭店已经脱贫，模样也变得和大老板似的，挺胸凸肚，年老的叔父脸上曾经褐黄色的肤色也泛出了金色的温暖。

"穷绊倒了双脚，总得爬起来。现在的政策好哇，我都想把饭店开到老马岭上。"叔伯哥哥说。

没有比农民更知道用劳动换得感恩了。土地离我们饥肠辘辘的生命最近，离我们对田野的热爱最近，干旱的土地给了他们成长，任凭风吹日晒，这是他们今生拥有的日子，他们懂得好，他们的好里有刻骨铭心的苦难岁月。

我以沁河为背景写下了一部行走散文《河水带走两岸》，写作为媒，传达个人经验，个人经验千差万别，我的人情物理发生在乡村，乡村的人和事和物，可以纵观历史，因此，对于故乡的人事，我是不敢敷衍的。

# 生命在水中

这是西欧 19 世纪末象征派画家莱昂·弗莱德里克的作品《冰河·急流》。

画中人类从遥远的洪荒时代逐浪而来。一嘟噜，一嘟噜，形成一条美丽的涌带。

这幅画，曾经是一本挂历的 8 月份，8 月份，生命浓绿到苍郁。画中的上游，也就是时序远一些的地方，有成堆的边缘模糊不清的浅黄色彩，那也是一些将被大水涌来的生命。这时的窗外笼罩着一层浅白的雾气，在初晨的阳光中泛出闪闪的光芒。

空气中渗透着一股微蓝、芬芳的潮湿，泼洒在莱昂的画上：生命在水中，在一条河的上游，迷蒙得灿烂。我的精神包存了这幅画最后的亮度，这种亮度，不单取决于画家对色彩的选择运用，主要还让我从中看到了其对待人类最早出现的倾向与态度。

从 1987 年的 8 月份，到现今又一个世纪，我的目光从未间断对这幅画的注目，只为感动，只为身不由己。

生命在水中，一切朗照在澄明天空之下，彼此依存、依托，像呼吸一样散布在河面林中。这幅画就放在我玻璃拉门的书橱里，每天我走进书房去摆弄我一天的光阴的时候，我总会在摄取的光线中被它吸引。

我常想人类上古神话的开始，无论西方和东方，生命的最早，都潜隐着弹性，并具有飞翔感，造成拔地而起，背负苍天，飞乱浮云的形象和气势。

神话的开始，是生命最早形成的一个升调，音色凄厉，在并不必然的联系中，把生命导向了理想的福地。那么莱昂的生命是何时诞生于水中的呢？

我想，肯定长于人类的历史。

那时古地中海弥漫着紫气，庞大的喜马拉雅鱼龙和许多海洋生物逐浪嬉戏，欧亚古陆和印度板块还没有遭受冲撞，春风吹拂，阳光普照，一种水生细胞，在海洋深处孕育成熟。当有一天欧亚古陆与冈瓦纳古陆轰然相拥，终于使广阔的古海不堪挤撞裸露出洋壳时，酷寒降临了，柔软的海水变成了永久的冻层。这种水生动物被寒冰封冻，当阳光温暖的季节，它们就随冰融，从邈远处涌来。莱昂完成了时间对于生命的描述，为我们面临生命最初寻找到了一片静谧的天空。

生命在水中。

正如拉塞尔所说："它永远固定了人类进化多次关键性的时刻。"画中，女人和儿童，荡漾着恩慈，没有罪孽、仇恨和操戈，透过文明的视野是时空浩瀚着的生命律动，是阳光，是亲爱，是衍生着的虚无与明确、历史与未来……

在生命神话的牧歌年代行将终结的时候，莱昂可说得上是最后一位堂·吉诃德。他梦着他所恪信的，梦着生命涌动的季节，梦着自由的愿望。

看莱昂的《冰河·急流》，心中会生出一种不可言说的际会，我们不能仅用感官来欣赏它，消遣的愉悦不能够感受到它的美。

就像我们观赏舞蹈，并不在舞蹈者运动变化的肢体本身，而是由肢体富于节奏的姿态变化所显示出来的超越人体本身的韵律、情绪和力感，并不始终附着在舞者身上，而不断向外辐射，扩大想象的空间。

莱昂思考出了古远诞生的人类与自然的困境，也无疑是时间的困境。

时间是一个永恒的静止之物，只有生命在时间中流失。时间是一种已有之物的将要到来。

莱昂执着于这种倾向，带给了人类自然之音。

我保存了上世纪第 87 年 8 月份的挂历，挂历有莱昂的《冰河·急流》，这幅画感染了我，感染我的原因是生命在水中。

设想———一个世界，无水的人类能走多远？

# 孤独者可以灵魂出窍

## 一、苦难对于天才是一块垫脚石

假如一片树叶寄居着一个阅尽人间冷暖的生灵，树叶落去，那灵魂将归何处？一部《聊斋志异》居然收留了所有失意、落魄、游荡、饥寒的幽灵。作为中国道教最大派别全真派的十方丛林之一，崂山有着"神仙之宅，灵异之府"称谓，这座道教名山在全盛时期，曾有九宫八观七十二庵，住有上千名道士。可惜这些都不敌蒲松龄的两篇小说——《劳山道士》和《香玉》，对世人的吸引来得直接。

身无长物，就像烦琐的论证不能带给人想象的空间一样，时间和现场仿佛并不存在，书生蒲松龄用书写暗示出崂山另一番诗意的况味，却让后来人迷恋到痛彻肺腑。

太清宫关岳祠前那一墙矮小的照壁，解说人在这里驻留的时间恰好是一个故事的长度。听故事的人心已变得麻木、冷硬和多皱，但是，故事结束后还是会无可避免地照相留影，用手触摸一下那墙，没有温度的墙，恰似触到了岁月的荆棘。

蒲松龄生于明末，长于清初，卒于清康熙五十四年，享年七十六岁，就是现在也算是以高寿终。"作书能养气，也能助气。"对人的心理和生理方面都有一定的调节和锻炼作用，久而久之，可使人灵心焕发，无疾而寿。

与寿有着类似的质地常用来相互寓意的植物是不老松。寿比南山不老松是下联，上联是福如东海长流水。浩浩荡荡的东海里挟着时光一往无前，而往事总是像沙砾般在竭力挣脱和沉淀下来。

蒲姓在淄川是望族，蒲松龄最初走科举道路，有一个春风得意的开始。十九岁应童子试，以县、府、道之第一补博士第子员，被赞为"观书如月，运笔成风"，拔为秀才第一。

好的开始未必有好的结局，接下来的是几十年的科举不第，连个举人也不曾中。七十一岁时，接受了一个政府行为的安慰奖，"始援例为岁贡生"。

年、月、日，三个日子算死了人的一生。

追求已经淡漠，祈盼能面对相逢已成梦想，蒲松龄和仕途绝缘，一介寒儒，以坐馆授教为生，命运为他关闭了仕途之门，幸也？运也？坎坷是世上捉摸不定的东西，让弹性的空间常常生出转机。

据说蒲松龄不但擅长文学，对经、史、哲学、天文、农桑、医药等也有研究。

1672 年 4 月，蒲松龄与淄川乡贤同游崂山，蒲松龄一行，先在王哥庄的修真庵住宿，然后游历了崂山上清宫、下清宫及八仙墩，因遇雨而住宿在青石涧，在他们返至番辕岭（今返岭）时，浓雾狂涌，万物失态，天与地混沌一团，当风锐利如剪刀剪开雨雾，海上出现了海市蜃楼。蒲松龄作《崂山观海市作歌》一诗，记录了这难得一遇的自然奇观。

据《蒲松龄年谱》记载：康熙十一年（1672 年）夏天，蒲松龄与高珩、唐梦赉、张绂等八人，同游崂山，并且非常幸运地看到了海市蜃楼。又据唐梦赉《志壑堂文集》卷十二《杂记》记载："壬子（即康熙十一年）之夏，游劳山，见海市。时同行八人。初宿修真观（在今天的王哥庄），历上清、下清庵，登八仙墩（今天还是称八仙墩），水尽山穷，连天一碧。再宿青玉涧（地名不可考，疑似青山村附近，这样才接近返岭社区），观日出。回至番辕岭（今天称返岭社区），微雨初晴，东望海际，一城在白云中，堞数十仞，炮台敌楼，历历可数。俄见一人青衣出，路南行。后一人肩挑雨具从之，向西望，若凝眸。吾辈者同人方惊疑，云去时未见此城，且迁海以后，宁复有存岛乎？询之土人从行者，乃曰：'此海市也，是处为沧州岛。'"

崂山，古称"劳山""牢山"或"辅唐山"，被誉为"神仙之宅、灵异之府"。在这里有幸目睹难得一见的崂山海市，对蒲松龄等人可说是要交好运了。因此，同行诸人多有不同形式的文字记载。尤其是唐梦赉，以杂记、诗、词、曲多种样式对于观日出、见海市的奇遇做了非常详细的描述。蒲松龄则写了《崂山观海市作歌》：

山外水光连天碧，烟涛万顷玻璃色。

直将长袖扪三台，马策欲挝天门开。

方爱澄波净秋练，乍睹孤城悬天半。

埤堄横亘最分明，缥瓦鱼鳞参差见。

万家树色隐精庐，丛枝黑点巢老乌。

高门洞辟斜阳照，晴光历历非模糊。

褦属一道往来者，出或乘车入或马。

扉阖忽留一线天，千人骚动谯楼下。

转眼城郭化山丘，猎马百骑皆兜牟。

小坠腾骧逐两鹿，如闻鸣镝声飕飗。

飘然风动尘埃起，境界全空幻亦止。

人生眼底尽空花，见少怪多勿须尔。

君不见：当年七贵赫如云，炙手热焰何腾熏。

海市开始时如万顷碧波，澄净可见，忽又变为天边孤城，之后，狂风大作，尘土飞扬，所有景物全都消失得无影无踪。

海市蜃楼，生命的华光快速消逝，它们从容汲取纯净的空气和阳光，之后，昙花一现，生命回归自然回归本真。

海市蜃楼洇染了许多事物的边缘，使一些原本并不相干的情景有了关联和共性。

这是一个刻骨铭心的人生经验，看见和消失是两个多么疏离而感伤的词，在脑海里变得清晰、浓郁，经久不息。崂山给了蒲松龄递进和转折，然后把追求功名一点点放手。

崂山是道教名山，脱离了俗世凡尘，看白云苍狗，观沧海潮起潮落，心中顿时又升腾一股隐逸之气。

想到了巴尔扎克对后人的谆谆告诫："苦难对于天才是一块垫脚石，对能干的人是一笔财富，对弱者是一个万丈深渊。"

人的命运像时间流走般带着某些神秘和不可预知性，像水流一般的变异和不可确定，天才总是在靠近自然的原始力量面前赢得生命的重生。

## 二、孤独者可以灵魂出窍

时序给了蒲松龄一生最重要最坚韧的一根绳索，他把从此的过去扎紧后，安放在天高远望的崂山，那些欲望悱恻、血脉偾张和涕泪滂沱的往昔留在被掩埋的尘埃里。

世上没有几个人可以在时光的波涛汹涌中靠文字获救。

时光可以把什么都改变，时光本身却永远是一副没有表情的模样，似乎只有这样才足够盛载悲喜。

时光在亘古不变地前行，只有时光流转才具有总结一切、梳理一切、收割一切的力量。

在飘着飞雪的日子里，太清宫阳光普照，来来往往的人各自奔向不同的方向和目标。历史并不常常在某个特定的时刻让一切发生改变，只是在每个人心里，人们习惯寻找一个开始。

太清宫内蒲松龄雕像呈坐姿，面容安静，不远处，拾级而上，就是关岳祠。祠内有座木制飞檐小亭，灰石底座，名为蒲松龄写书亭。坍塌后重建的亭子，是蒲松龄构想文学作品的次要地址。

亭子西边的穿墙壁，已经几次听说只有心无、不染纤尘的人才能穿过此墙。尘世人在墙壁面前碰壁，红尘滚滚，天地很近，人欲很远。

道士伴着冷风清扫着庭前的落叶，又扫去了多少人世间压抑在心头许久的疑惑呢？人鬼善恶都躲不过先生的神来之笔。

中国的文人已习惯了观望帝王的颜面诵读诗书，衣带渐宽，只要博得龙颜愉悦，便甘心情愿做犬马为之奴役，鞠躬尽瘁。

读书人潦倒一生，悲愤一生，能放下胸中块垒的能有几人？

《劳山道士》写的是一个叫王七的青年，慕名来到崂山学艺，但他不想吃苦就想得到法术，崂山决定了他"学成"，之后离开，"自诩遇仙，坚壁所不能阻"，结果在离开后表演"穿墙术"出丑，碰得头破血流。

崂山于所有人都是一个观赏者、一个过客。过客与落地生根的人，在观察同一件事物时，眼光绝对是不同的。就像我见到过的一个修道人，坐在高远的崂山顶上，山穷水尽处体味着时光的演变。他的眼里，定然看到了与我们不同的东西。空间对他来说也仅仅是一个舞台，他甚至痴迷于把舞台缩小在一方石上，时光闪展腾挪，他静静地打量着时光在人的面孔和内心里的发酵，以及由此产生的各种化学变化。

他若孤独就不会日日在此打坐，其实我看到的是我的孤独。

孤独是四维墙中的我，过客无法穿墙。

上世纪 60 年代有一位姓韩的老道长曾经给世人口述关于蒲松龄创作《劳山道士》的故事："当年蒲松龄上山写作的时候，在路上就遇到了一位上山学艺的年轻男子，男子自称在家不爱读书，经常受父亲责备，听说崂山道士都很有本事，所以想上山跟着学点本领。当然这个男子不姓王，但道人们推断蒲松龄创作《劳山道士》时很有可能就是以此人为原型加以艺术创作。"

这里有一个关键性的人物——王士祯。

王士祯是清初杰出诗人、学者、文学家，号渔洋山人，人称王渔洋，著有《池北偶谈》《古夫于亭杂录》《香祖笔记》等。

蒲松龄与王士祯有着深厚的友谊，蒲松龄写出《劳山道士》正是受到这位好友的启发。喜爱创作的两人因志趣相投，经常交换各自的作品请对方提提意见，因为蒲松龄年龄小于王士祯，所以一直以前辈的礼遇待他。

王士祯出生于官宦世家，官至刑部尚书，喜爱到处游历，除了写诗也爱写写短篇小说。他比蒲松龄先到过崂山，回来后不仅大力推荐蒲松龄前往，还创作了一篇不足三百字的小文，名字就叫《劳山道士》。

在王士祯的小文中，蒲松龄了解到崂山道教的玄妙，于是有了崂山一游的念头。

道士穿的墙是一道虚无的墙，是隐蔽的时间留在心上的一道壁障。

一本书上有这样一则寓言，一只蜈蚣因为被一只好奇的蚂蚱问了一个愚蠢的问题而陷入困境，蚂蚱见蜈蚣长着数不清的腿就煞有介事地问："当你左边第一条腿移动时，右边第一条腿在干什么？左边第二条腿在干什么？左边第三条腿……"蜈蚣被这个庞大复杂的问题难住了，它停下脚步仔细想了想，突然就僵在原地走不动了。

人类世界的欲望之"腿"不仅远远多过蜈蚣，而且步伐更加纷乱。

这是一道神性而隐秘的墙，有着一切阻挡和切断的力量。

假如天地会像书本那么大？假如拥有自信就拥有成功？遗憾的是人总想超越常识。

对于崂山，蒲松龄是过客，他所写的道士是不是也有自己的影子？他想大喝一声来证明自己，却发现海市蜃楼已经隐遁。

道家和道教信徒认为，"所谓得志，非轩冕之谓也，轩冕在身，非性命也，物之傥来寄去者也，其来不可圉，其去不可止也"，"故不为轩冕肆志，不为穷约趋俗，其乐彼与此同，故无忧而已矣"。

只有山与天地最接近，"夫大莫若天地，然奚求焉而大备矣"。

在崂山，人和更多的物在这里可以赢得更长时间，他们可以从容吸取纯净的空气和阳光，生命可以回归自然，回归本真，可以丢掉身上背负的枷锁，可以在空气稀薄的高处奔跑，在极度严寒中独立荒原。

真正的孤独者是可以灵魂出窍的。

## 三、千古浪传白牡丹

《香玉》是《聊斋志异》描写爱情的作品中最优美的篇章之一，他以太清宫为背景，描写了一个住在宫中的胶州书生黄生与宫中的白牡丹花仙香玉恋爱的故事，牡丹枯死后，黄生日日啼哭，他的真情感动了花神，使香玉复活了。黄生遂入山不回，和香玉过着美满的幸福生活，死后自己也变成了牡丹。

文中还有一位重要的角色，是由宫中耐冬树幻化成的绛雪仙子，她既是香玉的挚友又是黄生的知己，陪伴黄生度过了最难熬的日子，又助其让香玉复活，可谓是两人的真挚爱情的见证人。

难熬的日子都和爱情有关。

如今太清宫内"绛雪"尚存，却不见"香玉"的身影。

"香玉"的原型本就不在太清宫而是上清宫。蒲松龄当年在游览上清宫时，见到有牡丹数丛，其中一株白牡丹，株高花艳。

宫中道士对他讲，这株白牡丹有几百年花龄了。

许多年前有一个势力很大的官宦，见她艳丽，强行把她挖去。但过了段时间，一天晚上宫中道士听到有人敲门，从窗口看出去，是一个美丽的白衣少女，嘴里还不停说着："我回来了，我回来了！"道士不敢开门，但第二天清晨，却发现那株被强移的白牡丹的旧根已经发出新芽，不久就重新开放了。

蒲松龄听了这个故事，又联想到吴元泰《东游记》中有吕洞宾在崂山偶遇牡丹仙子，并与其结成神仙眷侣的记述，于是就写出了《香玉》。

几百年前上清宫里的白牡丹，已不见芳踪，或许真的像蒲松龄写的那样随黄生的逝去一同枯萎了，但"绛雪"却没有追随他们而去，直到2005年才香消玉殒。

三官殿内看到的"绛雪"已经不是蒲松龄看到的那株，这棵"绛雪二代"其实原本是位于"绛雪"旁的一棵同样有着六百多年树龄的山茶树。但树前的那块石碑，却是真"绛雪"曾经用过的。

原青岛博物馆研究员王集钦先生就曾在《崂山刻石纪实》中提到过这块石碑的修建过程。1989年4月，崂山的刻石工程进至太清宫三官殿院中大耐冬树下时，要在此立一石刻。时任青岛市委宣传部副部长董海山说："蒲松龄在此院写《聊斋》中的《香玉》篇，就叫'绛雪'吧！"当时王集钦想让董部长题字又怕他不肯，于是就有意问："哪个'绛雪'？"于是董部长用硬笔在纸头上写下"绛雪"二字，随后王集钦找到书法家王梦凡先生把硬笔写的笔画修描了一下，又写了边款"聊斋志异香玉篇中之花神化身"。而这块一点五米高的石碑也算是就地取材，从太清宫湾海滨选取的。工人刻好字后，立在树下，字涂朱红，俨然成了三官殿内的一道风景。

蒲松龄写下了著名的《香玉》篇，开篇即说；"劳山太清宫，耐冬高二丈，大数十围，牡丹高丈余，花时璀璨似锦。"

崂山太清宫（俗称下清宫）关岳祠旁旧时有小亭，道人名曰"写书亭"，蒲松龄游崂山时借宿此地，曾坐于亭中歇息。人的命运像时间流走般带着某些神秘和不可预知性。遐思是一种包裹着的爱与被爱，在这里先生陷入一种无声、沉溺其中。

透过枝节横生瞭望那些敞开的窗口，山茶花红色花朵开在头顶，喷薄的花儿粘着绵密的花粉，微风让这些花粉纷纷扬扬落个不停，无暇拂去，安宁的时光放纵了季节的香腻。瞬间，营构奇妙、想象诡奇的故事诞生了。

今日游客纷至沓来往往据此探踪寻迹，求索盎然。也许是蒲松龄确实经历过一次巨大的情感震撼，看到蓬勃生长的植物，始知磨难与不幸在美丽的植物中只会唤醒善良，正是这善良播扬了崂山盛名。

《香玉》篇为蒲松龄《聊斋志异》中篇幅较长的作品，共二千五百余字，人物摇曳生情，情节开合多姿，意境奇幻瑰丽，乃为《聊斋志异》中人皆熟知的名篇。

万物都有禅机存焉，这恐怕只有博大精深的道士们才可悟得。

明代高弘图《崂山九游记》中有记载。宫有白牡丹一本，近接宫之几案，阅其皴干，似非近时物。道士神其说，谓百岁前，曾为有大力者发其本，负之以去。凡几何年，大力者旋不禄。有衣白人叩宫门至，曰："我今来！我今来！"盖梦谈也。晨视其牡丹旧坎，果已归根吐茎矣。大力者之庭，向所发而负者，即以是年告瘁。事未必然，谈者至今不衰。复指宫后两枯柏，亦神物而有年，忽若羽化，不知何因，仍听其戟立宫庭，无敢擅伐取。余叹曰："山灵实呵护之，松柏未尝凋也。"宫之花树有此生死两异，虽两咏之，颇似为向之有大力负牡丹去者解嘲。

高弘图（1583—1645），《明史·列传第一百六十二》为其本传，明末山东胶州人，万历三十八年（1610）进士，崇祯帝时官至工部右侍郎，耻与魏党、宦官共事，乞休归家十余年，其间筑"太古堂"于崂山居住，后再起为官，南明福王时，任户部尚书、文渊阁大学士，南明灭后，绝食殉国。居崂其间，崇祯十二年（1639）农历五月游山后，著文《崂山九游记》。是文收于明末黄宗昌所著《崂山志》及同治版《即墨县志》中。文中记载了其游历到崂山上清宫（在下清宫后山）看宫中白牡丹时，道人所讲的神异故事。

可见在蒲松龄游山三十年前，崂山就已经有了宫中牡丹被移栽，死而再生宫中的故事。

二百年来，此花尚存，花之神也、仙也，千古浪传。

而蒲松龄据此传说而为的演绎之作，"虽尚不离搜奇记异"，然而"叙述宛转，文辞华艳"，与"粗陈梗概"之志怪故事原型相比，"演进之迹"甚明，是"有意"而作的"小说"，一如鲁迅《中国小说史略》中为唐传奇文所作的概括，《香玉》篇正是一篇"传奇"之文。

## 四、时代里的人无法置身事外

人世间给予蒲松龄一个枯寂、贫穷、饥饿，甚至命运与渴望背道而驰的人生。如果精擅笔歌墨舞的文人不以自己过人的特长去展示，反而想换一种活法，这会是怎样的一种不实际呢？也许正是科举消磨了他意志的棱角，他看不惯社会上一些人的仪形，行走让他生活在民间，生机勃发的民间故事调节了他的性格，笔墨荒疏，不免感时叹世，还有什么比民间更生动活泼呢！

蒲松龄写《聊斋志异》，也许本意是打算把自己一生的坎坷困窘、生活阅历与情感都寄托在孤鬼花妖的诡异世界里，他有苦无处诉说，文字成了排解苦闷的武器。对逸史和民间传闻都十分喜爱，同时代社会风气也是志怪小说盛行，大家都喜欢谈鬼说狐，时代里的人无法置身事外。

借鬼明志，一生穷困潦倒的他不仅看着妻儿缺衣少食的生活，自己也饱尝了科考的酸甜苦辣与人间冷暖，备尝孤独寂寞。外出经历看到上层官场和下层百姓之间的生活对比触目惊心。踌躇满志的思维通常是在纵笔驰骋中的想象世界出现，文人才可得到最大的满足，嬉笑怒骂尽随己意，生命才可升腾出旺盛的力量。

创造的灵性和恣肆通脱的情怀喷薄而出，用鬼狐写人生，寄托一己之愁，以幻写实，以笑写悲，把自己的情怀融进故事里。他不断更新的故事让他认识了更多的人，在穷途的路上他得到了一些安慰。民间来源的八方之闻，通过蒲松龄点石成金，用了移花接木的手法，有些故事天马行空，从这些故事中我们看出蒲松龄对生活的独特感受和认识。

在爱情中蒲松龄极力歌颂的女性多为异类，这些异类对爱大胆追求，率性而为，摆脱封建礼教的束缚，充满了理想化的影子。

这些特殊女子不嫌贫爱富，美丽多情而又独立自主，对待爱情的态度认真而严肃，具有超人的智慧和胆识。

许多鬼怪，都慢慢脱离了原有的意义，而转化为新的意义，在他笔下，所有的女性，都具有世俗的温度和可以原谅的缺点。

把民间传说和野史轶闻，把花妖狐魅和幽冥世界的事物人物化、社会化，写人写妖高人一等，刺贪刺虐入骨三分，鬼狐有性格，笑骂成文章。

时间，是个多么无用而难以描绘的词。所有的事物，都在时间之内，又在时间之外，所有的人声消退，只有在时间中放大的事物依旧在黄昏里凸现。

一只猫头鹰半睁着眼，让会心者会心一笑。

在晋中与手艺照面

## 一、手艺，一生承重的支点

农耕时代，自然生存，人通过什么活着？手艺。手艺能把万事万物送达远方，送向未来。

在山西，不只空间的概念被拓展，时间的概念也被改写。被改写的山西，大，可形容表里山河，小，可比喻姓氏大院。山西古建是山西的一个符号，许多家族，由贫瘠而富贵，有钱了就要修造自家的宅院。大院是聚气养命的地方，享乐的时候将骄恣和得意溢出院外，如果说墙内的生活是物质的后花园，墙外的寺庙则是一个家族的精神府邸。

手艺人用丰富的想象来对抗时间，他们让村庄里的人忘记了大地上满目都在的荒凉。我一直认为寺庙是村庄长出的最好建筑，它的出现，始终没有因为土地贫瘠而寂寞简单，反而成为乡村百姓偏执的精神高地。

这是两个世界。宗教和世俗的世界，又很难分清它们之间的关系。如同树木始终守在四季交替的枯荣中，宗教也是世俗生活最高处的阴晴圆缺。

山西的大地上有多少个村庄？村庄里岂止一座寺庙？

神化的痕迹和宗教的幻想给山西民间一个巨大的安慰，人们太需要这种来自宗教的体贴了，他们对虚无缥缈的东西充满感激。也许是民间书生从书本里读到过，抑或是在人寰中梦想过，神佛住的地方，它的瓦楞应该轮廓分明，光亮夺目，它的屋脊更应该是天庭欢乐。

历代老百姓认为琉璃对于供佛、辟邪和镇宅都有强大的正向能力，在封建社会森严的等级制度下，琉璃是民间可望不可及的重器。令壮丽无以重威，威，恰是一个满怀壮志的王朝给自己的定位。

童年印象中，寺庙是走远或归乡的人一个无形的客栈，走至朝南开的庙门前都要愣着看两眼，步子停顿的瞬间心里会默念着平安。回头看，老树掩映下，端着海碗坐在庙前广场说古论今的人，正说读书识字不如学一门好手艺。人们的眼睛就集体往高处望。孩子们淘气，拿起弹弓瞄准屋顶上的琉璃脊兽，年长的人站起来怒目呵斥他们。

生为凡人，就必须普通，因为来自普通，所以我们应该知错。

山西民间古城多，大院多，寺庙更多。那照壁、牌楼、香亭、寺塔、神像、供器、花坛以及镶贴在墙壁上的花砖等，从内容到形式，我甚至无法成为一个完整的阅读者。文化从来都不是大众化的。就像文明的薪火传承，一定都是聪明人。看风景的人更多的是听民间富贵，很少有人看工匠手艺。也许对一个局外人来讲，内部的秩序对他们是陌生的，欲望高举的双手永远无法企及现代人所渴望的境界。

月亮奇异地分属于每一个人，从本质上说，贫穷的日子是没有作为的，和仅仅因为旅行而留一张相片一样。对峙才能显出意义，手艺比庙脊立得更高。

我想到战争、厉兵秣马、发家致富、娶妻生子，几代人的努力，几代人的争斗。山西大院在艳阳高照下给了我巨大的震撼，同样，我的脚也总是无法走入它更深层的内部。

麻雀飞离树梢，墙头上两只猫望着叶片一样扬走的麻雀心怀难过，而它们爪子下的院落的繁华，是手艺连成的。那些自然街巷和非规划街巷是走向外部的道路，共同构成方格网式的道路系统，连接各个院落，在院落之间进行交通疏导。手艺就停留在这些巷子的犄角旮旯里，总有人会被这样的和谐空间所感动，这是有别于现代人生活的居住。大院里的女人在旧时代都长了一个模子，杨柳身材水蛇腰，薄嘴皮儿，杏核眼淡眉毛，一袭锦衣，手艺在与他者的生命组合成一个世界的时候，大院里的世界总是会生出翅膀来。

过去的院子是密闭的，有专供女人的通道，可以在巷子里随意行走而不被阻挠。院与院之间的自发性和控制性相互统一、融合的过程中有男人的规约。

男人一直企图改变这个世界，他们的改变从内部开始，因此，大院内部的街巷最初都叫宅内路。匠人把手艺留在宅内路，尽量把自己固定在一个无法走开的位置上，静止、安定，唯有手艺，始终虔诚着一世烟尘。

反复出现的寓意，仿佛心底一遍遍回响的信念，同时也是一座巨大的精神殿堂。成长不仅仅存留在具体的个体身上，更是宽泛的承续环节的连接点，是寺庙、大院里的建筑寓意，它们像一道咒符，护佑着后来人。薪火相传的时间流程中，由贫穷而成为富贵人家，富了贵了，最后告老还乡，一是要告慰自己的祖宗，再是要告慰乡党。人活着就该是来世上扬名，人一生只为炫耀而活着。

可谁又会想起手艺人？

希望像鸟儿一样飞向天空，茫然的我，于是看见了琉璃。

## 二、怀揣故乡上路

琉璃，被人们赋予了蓄纳佛家净土的光明与智慧的功能，它吸纳华彩却又纯净透明，美艳惊世却又来去无踪，化身万象却又亘古宁静。琉璃澄明的特质契合着佛教的"明心见性"的境界，不觉顿悟——净如琉璃，静如琉璃——照见三界之暗，照得五蕴皆空。

晚照下暮鼓响了，那一声响，空灵澄明，悠远浩渺。

"孤村树色昏残雨，远寺钟声带夕阳。"随之而来的还有晚夕中琉璃的光芒。

时节是大规律，之后才是人能够做什么。

中国建筑的屋顶形式是丰富多彩的，《周礼·考工记》中记载，"前朝后寝，左祖右社"，从布局看君权之无上权威。

琉璃最早体现的正是帝王威仪。故宫建筑屋顶满铺各色琉璃瓦件。"各色"就是等级。主殿座以黄色为主，绿色用于皇子居住区的建筑。其他蓝、紫、黑、翠以及孔雀绿、宝石蓝等五彩缤纷的琉璃，多用在花园或琉璃壁上。

见过皇宫屋脊的山西富人开始偷偷摸摸用在自己家庙屋脊上。庸常生活中的小人物，需要的是更智慧的眼力。知道在时间里守候那些恒常的规矩，更懂得边缘的安妥、接纳和装模作样。"这里聚集了无数小小的有趣之点，这样不停地另生枝节，放恣，不讲理，在不相干的事物上浪费了精力，正是中国有闲阶级一贯的态度。"

让琉璃从寂静的暗夜中苏醒，是手艺。除了寺庙建筑构件之外，历史上还诞生了一朵琉璃奇葩"唐三彩"。

我在一所琉璃作坊听一位姓谢的师傅讲唐代烧造不同色彩的琉璃釉，需要使用不同的氧化物，如浅黄色为铁和锑，深黄色为铁，绿色为铜，蓝色为铜或钴，紫色为锰。

他和我说了一句叫我吃惊的话：琉璃烧造，要从道士寻不死药说起。

一个叫我吃惊的手艺人，他在回首岁月中突发奇想。那么宋代呢？秦观的《春日》里写道"一夕轻雷落万丝，霁光浮瓦碧参差"。屋脊上那琉璃，天水滋润，那美好，延伸到王实甫的《西厢记》里，就有了"梵王宫殿月轮高，碧琉璃瑞烟笼罩"。民间出高手，一庙堂化就死了。

手艺人生性对劳作存有一种喜好和沉迷。我在琉璃作坊看那些佛、那些俑、那些陶胎的龙和凤，我同时看到了墙角切割开的明代屋脊正中的"胡人献宝"，它的眉眼都模糊了，它的脸部和手脚是"茄皮紫"，献媚的神韵还在。众多的琉璃中它吸引了我。

谢师傅在烧造琉璃的炉前，脖子上搭着一块毛巾，汗水糊住了眼睛，他拽下毛巾来顺势抹一把。

我说："我买走你那一块吧？"他看着我，伸出舌头抿舔着嘴角的汗水。"你要它做甚？"我说："因为喜欢，所以要。"他说："那是我用来做样本的。"我说："嗨，这么模糊的眉眼早就印在了你心里。"他一定很想听到一个女人这样对他夸奖。他扭头看着那块"胡人献宝"，说："简单放几个钱拿走吧。"

"简单"二字是一种境界。

山西烧造琉璃的匠人正是以简单大气横行天下。

万有的缘法都是偶然凑泊的。我得到它，我便得到了我的情有独钟。那个姓谢的匠人，借用佛家的一句话说叫"因缘现身"。

住在近山的地方用石造屋，住在近水的地方用贝壳和着涛声造屋，住在自己心境里的人用宗教造屋。

晋中是山西最富庶的地方。山西的煤矿、坩子土、石英砂、铜、锰、铝土矿和方铅矿等资源极为丰富，充足的原料为琉璃的烧制营造了基础条件，山西人用琉璃造屋。琉璃瓦、脊筒、宝顶、脊兽、鸱吻、瓦当、滴水、琉璃影壁、琉璃塔、牌坊、棺罩、香炉、狮座、童枕、熏炉，中堂前几桌上的佛像、狮子、烛台、供盘，家居用的净手盆、鼓凳、缸、佛龛，继秦砖汉瓦之后，琉璃在建筑领域广泛应用的典型范例在晋中介休又入了厅堂。

从前有座山，山上有个庙——老掉牙的故事了。齐格蒙特·鲍曼说到这世界的爱时认为："以不可终止为条件建立长期委身已经被视为老朽，甚至是理性的人不会选择的道路。"人和自然之间，目前尚无沟通的语言，宗教、山水与人其结果会是怎样？我知道现代人不信。

自春秋时期有了介子推割股奉君之说，便有了介休之名，又因出过春秋名臣介子推、东汉名士郭林宗、北宋名相文彦博，晋中介休被誉为"三贤故里"。

与介休琉璃相比，我认为历史上的这些名人都该退居次位。

介休的琉璃，是水陆之间一道绮丽的自然与人文景观，当琉璃在庙脊上成为一种观念和传统，就派生出山西古建这一世不得不精彩的亮相。

在明代，晋中介休的琉璃烧制达到了前所未有的高峰。介休匠师除在本地及周围的平遥、文水、汾阳、灵石、洪洞等地区活动并留下大量作品外，明代还有迁居外地者——有多少人从洪洞老槐树下走出，就有多少个手艺人怀揣故乡上路。

离乡人成了外乡人。

山西历史上有过六次大移民，据史载，明初从山西迁民，不管老百姓家在何府何州何县，都要先集中到洪洞县广济寺。明政府在广济寺为移民登记，"发给凭照、川资"，而后再由此处编队迁送。

生存是漂浮在水上的一块薄冰，据说当时是按照"四家之口留一、六家之口留二、八家之口留三"的比例从山西向全国各地迁移。此时的离家，一切障碍物都荡然无存，悲剧不仅仅在于它的结果，还在于它的过程，远方锯齿一样锯割着离乡人的道路和心。

当时，负责迁移的官员下令："如在限定时日内抵大槐树下报备，可以不迁。若未到者，全部迁移。"立时各地百姓携家带口齐聚大槐树下，却被官兵绳索捆缚，一连串连接起来强行迁移了。渐行渐远，只看见冬日广济寺前"树身数围，荫遮数亩"的大槐树上，错落其上的老鹳窝有黑鸟惊厥起落。

"问我故乡在何处，山西洪洞大槐树；祖先故居叫什么？大槐树下老鹳窝。"

明代的山西移民基本都是无地、少地的底层贫民，既无社会地位，更无高贵的门第值得炫耀，离开老家后他们用一技之长反哺故乡。所移之民不仅是普通老百姓，更多的是工商业者和手艺人。一旦站稳脚跟，有钱人便开始修建寺庙和会馆，寺庙和会馆是寓居一地同籍人士的汇聚之所，是同乡人复制乡井氛围的一种思乡延伸。

手艺人用流动创造出历史。

所有的契机都在流动中出现。

上世纪 70 年代，在山西介休洪山镇北宋古瓷窑址中发掘出土的唐贞元十一年（795）"法兴寺碑"碑文载："神峰北，地一所：东至大烟头，南自至，西至琉璃寺，北至石佛脚。"记录介休在唐代即有"琉璃寺"，彼时琉璃烧制技艺的运用已在洪山一带出现，其琉璃制品已经用于建筑上，这也是目前能证明介休琉璃烧制技艺年代最早的文物碑刻记载，距今已有一千二百年的历史。

没有什么东西能够挽留住时光的步履：金井澄泉玉液香，琉璃深殿自清凉。

琉璃烧造有两种技法，都叫琉璃却技法不同。一种就叫琉璃，一种叫珐华。珐华也写作珐花。我一直不明白琉璃和珐华的区别，烧造琉璃的师傅告诉我，珐华有松香黄釉、孔雀蓝釉、孔雀绿釉、茄皮紫、葡萄紫。

珐华肇始的年代，现在已经很难考证了，从釉的质地上看它和琉璃是有区别的。明代的珐华用途比较多，陪葬品占了绝大多数，用在寺庙上的一般都是人物和小兽，大的器物、鸱吻和龙脊则用琉璃。

清雍正年以后，珐华就用得少了。书上说：珐华，是陶瓷装饰技法。始于元而盛于明。珐华釉以牙硝作助溶剂，制作时，使用特别的带管泥浆袋，在器胎表面勾勒出凸线的纹饰轮廓，再按设计需要用色釉填出底子和花纹，入窑烧成。珐华器以陶胎为主，器型有花瓶、香炉、动物等。珐华器物别开生面，虽器物小却比琉璃更华贵美好。

法华器的胎与琉璃器完全一样，釉的配方也和琉璃器大体相同，只是助熔剂有差异：琉璃以铅作助熔剂。在古代华和花是一个字。为什么在色彩上要加一个法字？研究琉璃和法华的专家是沉默的。

现在这种手艺已经失传了，有人似乎想再造它的辉煌，却是连那配料都研制不出来了。

看介休后土庙的麒麟琉璃照壁、祆神庙琉璃脊兽、太和岩牌楼的琉璃牌坊，张壁古堡空王佛行祠前孔雀蓝琉璃碑，当你明白炊烟始终做着变化为云的梦时，"光临"才是人间承载享乐的同谋。

手艺人真是佛遗留在人间的一双手眼，佛有千手千眼。美，源于人类千百年以来的感官经验，我的视觉是在丰富生动的客观视觉世界中进化过来的，我们祖先习惯于、也就使我们习惯于这种丰富生动。

美，体现在一个尺度上，远观和近赏，两种不同的感觉和距离，且近且远都叫观者心动。

## 三、三晋大地上十万烟火

人在地上，繁华在地上，月亮在天上，日头在天上，人们站在那样的天地间，想做好事，想做坏事，都去做了，时光没有留住他们的脚步，留住的是手艺。

我在一份史料上看到，在古代、整个中国内陆版图就像围棋棋盘，山水纵横，如果说东依太行山，西、南依吕梁山、黄河，北依长城，与河北、河南、陕西、内蒙古等省区为界是山西四角，那么晋中就是山西的中央腹地。当然，这里主要是泛指，作为一个独立的地理意义上的单元，地域都有一些地理上的险要之处，比如山，比如水。都是以山为隔，以水为分。飞禽择木而居，是天之道。人择水而居，则是刀耕火种以来，从大自然的丛林法则中得到的吃堑长智。

山西的风物标志是大院，有谁知道深宅大院是手艺人的道场和手中春秋。

"何知人家出富贵？一山高了一山高。"王家大院除了建筑的恢弘壮观，最让人叹为观止的便是那精美的雕刻艺术。砖雕、石雕、木雕，无处不在，楼梯的扶手，窗格的造型，屋檐的设计，庭院的扇窗，甚至下水井盖上，都有着形态逼真，丰富多姿的雕刻图样。北方的气候，没有四季葱绿，它的色彩自然就略显黯淡。但它无处不在的雕刻，却是匠心独具。

没有一马平川而一点斜坡也没有的土地，没有一往无前而不返回的运动，没有始终平直而不遇险阻的物事。"积土成山，风雨兴焉。"荀子的认识有一定的道理。山高水长流，对普通民间来说，山水是最为宝贵的生产资料和财富。他们相信"天人合一"的观念，对自然首取尊重。

一个生机勃勃的宗族社会，虽然被后来者瓦解了，但依然喂养了我是山西人的自豪感。尺木皆画，片瓦有致，寸石生情。家是一座院，院是半个城。我喜欢在这匠人的道场中穿行，和无所事事和拥有奢侈的时间照面。

我的脑子里重叠闪出与之有关的往昔：时间到底也没有让一切躁动和激奋归于平淡，依旧我们还在吃大户人家这盘菜。

晋中张壁古堡为子坐午向，南高北低，有悖于古代城市选址"子午"坐城须北高南低的说道，为了弥补缺陷，张壁村人的祖先对北堡门和周边祠庙一再改造，他们在北堡墙上修建了"二郎庙"和"真武庙",庙顶高度一定要高于南堡门,以顺应北高南低的造城法则。由于绵山的地势高陡,"冲"气足,于是又在南堡门外建造了关帝庙,以斑斓色彩的琉璃来遮挡来自绵山的"煞气"。

土地是有情感的,就像人与人之间的嫌隙,如若不生长亲爱就会生长仇恨,人不可能自成一世界,生命本身的存在就是你以外的其他存在,充斥着各种变量,就像存在必须呼吸一样,地脉和谐之地有土地饱满的情感和跳动的心脏。

## 四、走往远处的手艺

"山乡庙会流水板整日不息,村镇戏场梆子腔至晚犹敲。"这是一副来自民间旧戏台上的楹联,当今人想要和历史对话,能找到唯一的活物实际就是舞台了。其他还有什么呢?得天时之利益于一世,扬个性通达于舞台,时风时雨造就了读书人的飞黄腾达。

山西依赖戏剧和电影出名儿,俗世快乐永远都是世俗的。从前世俗快乐可是赤裸在天地间。最好的建筑除去寺庙和大院就是戏台子,在黑夜里能瞥见丽日天光的地方,也是给普通人再现富贵昙花一现的地方。

戏台上重檐歇山顶、青灰筒瓦、正脊鸥尾艰难涌动直刺青天；只有那左右垂脊立瓦神戏文武将靠旗长枪，等待着大锣亮声好腾空远望。然而都安慰不了我，天地间只活跃着我的喘气声，我清醒得过于明白：修补是必须的，不修补就是毁灭，但往往修补就是另一种毁灭。一个注定逃不脱没有任何保护伞的边缘与岁月无奈抗衡的建筑，它生或者说它死，谁来多问几句？！

那是一座由斗拱组成放射状的戏台藻井，覆斗式八卦形，盘龙圆心结顶，周边复套小八卦，并由八条游龙镶嵌其间，一座富丽纤巧的舞楼。改革开放后它的挑角塌落了，匠人修复时看到一条橼上写下："比我工匠好的少上一根橼，不如我的多上一根橼，再好的工匠也有多少之差。"拆卸时是编了号的，修复时现代的工匠多上了两根橼。

手艺消失得如此快速。文明的复兴是历史进程，慢下来吧，难道像生物体的衰老那样，建筑也无可逃避？笼天罩地下，沉郁的秋，深邃明净，丈量不出的广阔与深厚，黄昏甫至，该是"余霞散成绮"的季节，为何沉重如铅色？

我再一次看到了琉璃。

《战国策》所说："楚王遣车百乘，献骇鸡之犀，夜光之璧。"夜光璧，星月下烂漫，那可是琉璃的银片在闪亮？

《魏书》其《西域传·大月氏》中记载："世祖时其国人商贩

京师，自云能铸石为五色琉璃，于是采矿山中，于京师铸之。既成，光泽乃美于西方来者。乃诏为行殿，容百余人，光色映彻，观者见之，莫不惊骇，以为神明所作。"

这说明从公元4世纪开始已把琉璃制品，当作功能和艺术的统一体应用在了建筑上。因"贱民"的喜欢而变得"贱"成了寺庙的屋脊。

如《魏书》所说："自此中国琉璃遂贱，人不复珍之。"

不过再捡拾起琉璃，我们要感谢隋。隋在历史书上，仅仅维持了二十六年，一个男人的长成、娶妻、生子的年龄，当它使湮灭数十年的琉璃技术得到恢复时，唐终结了隋朝。

手艺在迅疾的时间中流逝并被重新捡拾，是"贱民"开拓了它们的前程。《隋书·何稠传》载："……时中国久绝琉璃之作，匠人无敢厝意，稠以绿瓷为之，与真不异。"

何稠就是就把琉璃技术从"久绝"境地恢复起来的人。他只是一个手艺人，用手艺来丰沛岁月的"贱民"，他们只想给那些守着流水和丰收的人修筑一座看得见的天堂。这世间有天堂吗？天堂，是我们在从容与喜悦中拥有我们所得，而我们又必定是具备心感幸福的人。

二者无其一则天堂无。

民间，以虔诚之心对待生活，他们始终相信，寺庙里供奉的是自己的前世今生。

寺庙是一个有着完整管理体制的地方，一个人可以没有任何好处献身寺庙，一个人却绝不可能没有好处献身权力。二者和谐，在这里，佛家思想脱颖而出，敬畏，以至于礼教治国成为了封建统治恩威并加的又一公共监督。

一个家族在一块公共的土地上建立起了自己的王国。这个王国里便有了文庙、关帝庙、真武庙、文昌阁、魁星阁和宗族祠堂，儒家礼仪所规定的神庙社坛在村庄。我突然想到，古代并不是一个法治社会，但是宗族社会家族里庙宇的存在活生生地发挥了伦理作用。

当我们去想象一个五谷丰登六畜兴旺的农耕场景时，它的富贵也只能说是田园牧歌式的。晋中人的精明并非一味地沉湎于传统文化中的轻商，他们从不会放弃隔岸招手而来的财富。晋中是晋商故里，纵横商界六百年，曾经创造过举世瞩目的经济奇迹。从某种意义解释，占尽山西风水的晋商，让历史上陷入红尘滚滚中的手艺人，心都变得飞扬跋扈。

手艺人的命运像时间流走般带着某些神秘和不可预知性，像水流一般的变异和不可确定。物质的欲望让他们胜任了人类视觉对未知事物最迫切最真实的记录，那时的他们丝毫不敢有任何含糊之心凌驾技艺之上。

在工业化生产占主导地位的时代，"守艺人"以倔强的精神守护着手艺。中国传统手工艺经由一代代匠人的口传心授，获得穿越历史的生命力，成为仍具活性与温度的文化符号，但是，一代人又一代人，生死之间将情义带走，谁能抵挡住现代化？

8月的苍蝇安之若素飞起飞落，它们让我想到了人世间的翻天覆地。"朝为田舍郎，暮登天子堂"，从古到今背影下都有一个偌大的影子，在这个影子里不知过往了多少人和事，鸡变成了凤凰，狐狸变成了精，这就是我们庸人的岁月道场。

看那垂兽顺序排着的龙、凤、狮、麒麟、天马、海马、狻猊、押鱼、獬豸、斗牛、行什等，神态生动到一声喝令都能活蹦乱跳起来。

但是风生水不起了。

山西遗落的明代整修和新建的寺庙较多，烧造琉璃大体要经过选料、成型、素烧、施釉、釉烧等几个阶段。琉璃的原料大都是就地取材或就近取材，以往因缺少有效的原料检测技术和设备，制陶匠人在原料选择上总结出了一套简便实用、行之有效的土办法，有经验的匠师通过"看""捏""舔""划""咬"等方式判断泥料的成分和性能。

琉璃釉料的配置在这一行业中是最难掌握也最具隐蔽性的技艺，尤其是像"孔雀蓝"这类釉料的配方，匠人视其为"绝

技"。一件琉璃的制作，除劳动之外还有更多方面的相互依存关系，尤其重要的是它包含了那些个匠人的生活挣扎形式下的十万烟火。

烧造琉璃中两味配料我是知道的，它就是：山西陈醋和山西麦子磨出的面粉。

# 劳动人的风景

一

　　呼绿雄的故乡在内蒙古伊金霍洛旗，地处呼和浩特、包头、鄂尔多斯"金三角"腹地。位于鄂尔多斯高原东南部，毛乌素沙地东北边缘，东与准格尔旗相邻，西与乌审旗接壤，南与陕西省榆林市神木县交界，北与鄂尔多斯市府所在地康巴什新区隔河相望。地处亚洲中部干旱草原向荒漠草原过渡的半干旱、干旱地带。

　　水蚀沟壑和坡梁起伏的故乡，风沙肆虐。

　　他说：蓝、绿、白三色勾勒了家乡，虽然只有三种颜色的家乡，但却并不低调。如果你碰巧遇到了牧羊人，那他一定会请你去自家的土房子坐。一个黄土搭起的房子，加上一些稻草。这就是一个土房子。一个火炉，一个桌子，一个土炕，这就是摆设。

此时的家中只有两个人，父亲和呼绿雄。屋子里没有女人，父亲不是亲父亲，是养父，是他的大伯，内蒙古人喊"父老老"。

他的大伯无妻，光棍一个，大伯的兄弟把第一个孩子过继给了自己的亲哥哥，是连筋带骨的疼爱。养父有手艺，也是一个聪明人，会木工活计，甚至懂一点阴阳八卦，遇见婚丧嫁娶也替人看好日子。按说怀揣手艺的人吃遍天下，可他的养父对自己的手艺并不看重，更多的时候是放松自己的一种方式，借手艺找一个可以喝酒吃席的热闹地儿。

养父怕孤独。

会木匠的人，屋子里没有一件自己的手艺活，土屋，灰冷的泥墙皮常常因鼠患"啪嗒，啪嗒"掉落。他就这样生活了几十年，屋子里没有女人的声音，没有香胰子味道，没有搽脸油的香气，有风时窗口上吹进来一缕花香，都惹人很馋。土屋里唯一的女人，是土屋深处八仙桌子上摆放的两张照片，斑驳的绿色相框，其中一张是一位清秀的女人，刘海挂面似的挂在前额，豌豆眼睛，嘴角儿微微翘着，因了久远，照片上的女人眼睛迷离。

这个女人是呼绿雄的祖母。

很小的时候，下学回来的呼绿雄常一个人面对土屋，一天一顿饭，煮饭时多添一碗水留出晚饭。养父出门揽生活，走哪儿住哪儿，酒喝多了烂醉在外是常有的事。从童年开始，孤独一刻不离陪伴了他，白天的某一个时间，他常望着相片中年轻的祖母，他的心腹中，有一种难过始终如虫般地蠕动。

她微笑着。一个人死去，难道不可以用另一种方式迎接她的到来吗？死亡在他的脑海中有一个不确定的交叉点，这是一道数学公式，如同一加一不能成为二，一减一也不能成为零一样，许多前人对魂灵回转的描述让他充满了期待。

饿极了，不想回家，走到同村叔叔屋前，屋子里的欢声笑语像一团火，弟弟回头看他的眼神很陌生，婶子走出屋招手要他进屋，那一瞬间，他和这个家有了一种距离，他退后一步跑开了。

十岁时开始学会生火做饭，生活所迫，他被屈服了。

自尊已经怯懦到了不可救药的地步，每天只要经过叔叔的院子，见到声音传出，就心跳加速，十分害怕叔叔家人看见他，因为他无法避开心中的尴尬，或者说是怨恨。

上高中时家里已经有三千元外债了，会手艺的养父用手艺换酒换肉，酒肉连带着的朋友，古话叫酒肉朋友，民间叫狐朋狗友。此时的外债是吃喝拉下的，古话又说：吃不穷穿不穷，计划不到一辈子穷。读大学有什么用？花一堆钱，从哪里赚钱？有一次听见养父和叔叔吵架，关于他上学的问题，叔叔希望这个儿子上学，养父含糊其辞不同意，兄弟俩为了争上风，为了把自己的道理挑明，争吵中有些话很伤对方，谁也无法说服对方。固执真是似曾相识，弥漫多重语调的争吵导致最后兄弟俩反目。

呼绿雄还是在"父老老"家，只是在他的问题上井水不犯河水。

呼绿雄夹在亲情的缝隙中，看着立场透明的他们，会觉得世界突然就剩下了自己，无法解救的无助和孤独，在成长的年份里常常这样，一面享受着这种隔绝一切的孤独，一面自哀自怜，对这个世界充满了不信任。有一次听当地的年轻人说："想赚钱就去煤矿下井，来钱快。"

一次招工，他跟着人义无反顾走了。

煤矿井下作业是一件十分艰苦的工作。也是一件十二分危险的工作。他没有高学历，到煤矿工作，一、凭仗的是年轻人，二、因为没有学历只能做劳务工。

如果你没有下过矿井便不知道井下事。黑笼罩了一切，黑煤的墙没有黑影，黑甚至可以淹没人们的羞涩，如果你愿意分享大自然的赐赏，将世间一切忧烦涤除荡尽，那么黑可以让你剥下身体上所有累赘，还原自我。

2002 年，呼绿雄入榆林榆家梁煤矿下井，开始并不是在一线，只是井下打杂。一天的工资是十七点四元，正式工一月是六千元。正式工有班中餐，他没有，他是劳务工中的最下层工种。看着班中餐剩下的稀饭，他喝一口，准备喝第二口时他落泪了，一口稀饭再一次伤了他的自尊。

## 二

一年后他去了榆林补连塔煤矿。背着家庭的三千元债务，一年了，一毛钱没有还上，成长的自尊日日横亘在他眼前，怎么样省着花钱，钱都很难赚。

此时，家里捎来信说，养父酒后驾驶三轮车翻到沟里了。

那时的夜晚，白天忙于生计的人们显得异常亲切。人们放下白天的活儿，解开生活的枷锁，敞开心扉说话。呼绿雄希望和养父来一次长谈，当然是关于成年后日常生活的琐事，读书考学已经成为过去的想法。

养父从黑暗中拄着拐一瘸一拐走回来，手里吊着养父的挚爱：酒和肉。生活的奢侈品是养父赊来的，赊欠对养父来说，只要是为了嘴，一切赊欠都值。养父的身后是村庄里一干闲人，他们被养父招呼来喝酒。礼貌、体恤、客气、悲悯都忘了。冷眼看着这些人，他们没有心肺地说笑，好像呼绿雄的存在会减轻他们喝酒的快活。

熬夜是酒徒的日常，养父用筷子夹着煮熟的一块肉让呼绿雄吃第一口香。肉香冲鼻而来，口水泛起又咕噜咽下。他倔强地把脸扭向门口，那一瞬间他忍着情绪，甚至想一辈子不吃肉。

没入黑暗中的呼绿雄，独自一人走着，这时的夜不再恐惧，人不再孤独，他和夜较真，任由泪水跌落。哭着走往叫叔叔的（亲父亲）家中，他在夜色中听见了屋子里的欢声笑语，灯光是柔和的。他停下脚步站在院边，夜晚是回忆往事的最佳时间，而此时的夜空，新月如钩，钩在一丛缀满情愫的相思树丛外，钩出夜色的无限委屈。一个完美的充满欢声笑语的家，这个家不属于他，站在窗外的他走不回去，已经是无法改变的事实。

生活中的双重压力再一次让他选择坚强。他离开榆家梁煤矿去往补连塔煤矿成为一线采煤工人。在此，他干了三年，遇见了神东第一批劳务工转正考试，一共九百七十人参加的考试只有二十五个正式工名额。他考了第一名。

人生改变身份的一瞬间，亮晃晃的日头都和从前不一样，他小心翼翼托着命运给他的赏赐，用生命艰难地抗争着自己的定数，也提醒了他，假如按照现在的成绩，当初是不是可以考上内蒙古大学呢？反复想，真是有意思的事，他想到最后给自己一个肯定：呼绿雄是内蒙古大学毕业生。

井下的所有机械设备，只要正式工会的他都会。人心就怕长眼睛，多看多学是他超越他人的最后本事。他知道，这世界上只有不学的，没有学不会的。

2006年2月，呼绿雄拿到了转正工资六千元，此时他已经是副班长。由十七点四元到一千元，再变成六千元，也许它的变化看起来比那些浮泛的所谓的幸福更有意味，但是，痛苦是不会飘散的。正式工是一张贴了金箔的名片，有如高中考上大学。

拿到工资的第一时间，他请班里的人吃了一次饭，让所有人点贵菜，贵菜是荤菜，他想到了养父。

一位刚转正的神东矿矿工怀揣着正式工人的第一个月工资，回到内蒙古鄂尔多斯市伊金霍洛旗纳林希里镇其根沟二社，满怀喜悦地站在自家的土屋门口，面带笑容很真诚地和年老的养父说："爸爸，我请你吃饭，我们喝酒吃肉去。"

养父吃惊地站在土屋门口，望着笑容满面的儿子，平生第一次没有抵触情绪的邀请让养父流下了眼泪。

呼绿雄的儿子这一年两岁了，和养父一起吃饭时他说到了孙子，说到了儿媳。养父第一次说："我是会木匠的人，我没有给你打下一件家具，总想着有机会，可是现在没有机会了，一来人家都不时兴手工活了，二来我的眼睛坏了，看不清走线，身体也越来越糟糕。我是会掐算好日子的人，我儿子结婚不敢算，要别人算，我就怕那个日子算坏了。现在看来世上的日子都是好日子，我哪里能够想到有一天我儿子请我喝酒吃肉，这日子说到眼前就到了。"

呼绿雄看到养父已经不是当年的养父了，喝酒也少了，吃肉更少，似乎半天都不动筷子，酒和肉在眼前摆放着，也就是一个气氛。

呼绿雄说："爸爸，我要带你出去看看身体有没有啥毛病，你从前可不是这样，酒肉放在眼前就没有命了。"

养父说："我没有啥病，就是人老了。你妻子是一个好女人，不嫌弃你，她也等到你今天了。"

呼绿雄想到妻子，想到当年妻子来土屋相亲，土屋内家徒四壁。

## 三

对自己妻子的任何赞美，都会显得虚假。平常和卑微、索取和奉献、尊严和地位，在爱情面前获得改写，赋予了具体而真实的内容才可谈得上爱。社会底层被人们遗忘的角落，这些普通的事物中，普通人的爱情就是亲吻泥土。

呼绿雄的妻子当年是神东煤矿酒店的一名服务员，2003 年通过朋友介绍认识呼绿雄，那时呼绿雄还是一名井下劳务工人。两个人有同样的背景——贫穷。或者说都是因为贫穷无法继续学业，过早走向工作岗位。呼绿雄还记得第一次领着女朋友回家，那时的乡村普遍修建了砖瓦房，他们家还是土屋。他有一种豁出去的感觉，就这样的家，就这样的人，接纳这个人就必须接纳所有的一切。

他捎话给乡下的姑姑，要姑姑去收拾一下屋子。家徒四壁的屋子姑姑洒水扫尘，一边扫一边难过。收拾得干干净净的土屋内，最扎眼的是炕上的花床单，这是姑姑的杰作，也是他有生以来在土屋唯一看见的春天。

面对一切他不想虚弱地躲避什么，很直率地和女友说：

"我的家，回来之前让我姑姑收拾了一下，有些装点我们走后，姑姑要拿回她自己的家。我家的土屋没有色彩。你爱我这个人就一定要接纳我的家，我的父亲。这个家里我没有母亲，你是这个家里唯一的女性，我不想欺骗你，我的家里缺少正常家里的其乐融融，我父亲喜欢喝酒，酒后的父亲对家没有牵挂，喝酒是他一天里最快乐的事情，你如果爱我就不能嫌弃我的父亲，因为我的父亲内心很苦。"

后来成为他妻子的女友说："每个人的家都不一样，但每个家庭都有说不得的苦。"

第一次拥抱女人，蜻蜓点水似的，没有电视剧中那样的煽情。

为了掩饰家徒四壁的羞愧，养父说："农村人都这样，慢慢会好起来。"

结婚时不能免俗，岳父家提出彩礼钱，呼绿雄没有存款，这些年他一直在还债，旧债新债，天旱，养父刚打了机井又欠下债。岳父由一万元彩礼降到三千元，可他也只凑到两千二百元。他和岳父说："没有钱，但是，我有一天会有钱。只要我努力工作，劳动不会亏待我。"

岳父家也不好，但是岳父有岳母，有完整的家，聚气也是聚财。

巴掌大的村庄，住土屋的光棍儿子娶妻，生活的"里子"都成了问题，哪里顾得上这些"面子"？岳父顾及他的面子悄悄递给他四百元，让他在人前宽裕一些。他不是少心没思的人，他记得人的好。住进土屋的女子带来了香胰子的味道，妻子让他要强的个性经住了命运的冲击。呼绿雄和妻子说：

"不改变我的现状，你爱我就没有意思了，相信我能把最好的给你。"

2004 年结婚，2005 年有了娃娃，那时的工资一个月八百元，结婚、生娃，有一个月一分钱没有了。他和朋友借钱渡难关，朋友怕他还不了钱，只借给他五十元，三口人一个月花了五十元。贫穷带来的不信任、怀疑、小瞧、防备等等，让他难过到了极致，但是，他得领人家五十元的好。

如前面所说，2006年劳务工转正，他回乡请养父吃肉喝酒，但是他发现养父已经吃不下肉喝不进酒了。养父得了重病，肝癌。

一辈子喜欢酒肉的人，长一句短一句的吆喝变成了长吁短叹，眼泪就在眼眶里转。从四岁开始抚养他成人的养父说完就要完了，人生经不起富裕生活的开始，假如一定要拿一个人的生命来换取他现在的一切，他宁愿回到从前。但是，人生永不会这么换算。

一顿饭吃得天就黑实了，呼绿雄在伊金霍洛旗登记了一家不大的宾馆，宾馆有热水，养父一辈子没有洗过澡，洗洗身上多半辈子的泥，也让他舒服舒服。

洗澡出来，浑身冒着热气的养父不好意地说："不怕你笑话，爸爸身上的泥也没有你想象的那样子厚，泥星星，浅浅的一层。有钱了真是好啊，一天洗一次，唉，一辈子要浪费多少水呀！"

父子俩笑，两个人的笑都控制着，生怕一动笑过头了又要生出什么幺蛾子来。

一个人的一生中会有许多幸运和遗憾，其中又有一两件特别刻骨铭心。而对一个煤矿工人来讲，许多幸事和憾事往往又与自己的奋斗有关。但是，对他们来说，很少听说某件事既是天大的幸运又是头号的憾事。

当一个人的胸口总是被两种极其矛盾的情绪纠缠在一起时，对一个善良的人来讲，其难过是可以想见的。

2006 年，呼绿雄陪伴养父进京看病，其实看病已经成为一个借口，他就是想领着养父去北京看看，看看天安门、故宫、长城。一辈子没有离开过伊金霍洛旗纳林希里镇的养父，在睁着眼睛时让他看看世界，看看天下的好。

这时候走路都开始气喘的养父，或许是儿子对他的孝顺让他感动，他坚持着在天安门看升旗，脸上始终都挂着笑脸。走到故宫时养父走不动了，停下来看着偌大的故宫，故宫行走的行人让养父说了一句有趣的话："北京人不如咱们那里的人穿戴得好看，说明他们也过过穷日子。"

隔天，去看长城。书本上说"不到长城非好汉"，现在到了长城脚下，爬不动了，力气也有用尽的时候，哪里敢说自己是好汉？

望着高处的长城，长城像铁箍一样缠绕着山，任凭怎么想象也不为过。一道峁梁上，一位打扮得过火的陕北农民用粗粝的嗓子吼着什么，好像是在拍电视，那种表演的样子让养父周身战栗，仿佛觉得，虽然这老农打扮的样子很陕北，却感觉有点戏剧得煨煳了。来北京做啥来了？啥都不如安安稳稳待在家舒服。回。只有回家是正理。

养父和呼绿雄说："明天咱就回家。你妻子带着娃在家，咱父子在北京游山玩水，情理上说不过去。回家，好吃好喝，自己家自己说了算，没有心情看这看那了。回，爸爸想回家了。"

呼绿雄也觉得北京太大了，这种完成任务似的看景搞得人很累，何况一个病人。既然养父想回，由着他，回就回。人到了熟悉的环境中也许才能压得住惊慌，才能找得到幸福。

回去的路上，丈母娘打来电话说，你媳妇怕是又怀孕了。呼绿雄告诉养父妻子又怀孕了。养父咧着嘴笑，笑着笑着泪出来了：

"爸爸真是没白养活你，你真是在爸爸脸上左一下右一下贴金了。"

四

入冬，第一场雪下得早，天空是阴沉的铅灰，地上是天衣无缝的银白，似乎一切都已经冻结。汽车开过的声音显得黏稠和凝滞，雪花在空中纷飞乱舞，如千千万万格外活跃的精灵。家乡很难见雪，即使落雪的时候，事先至少也需要两三天的酝酿，然后才见零零星星的雪花飘落。室外温度骤降到零下三十多摄氏度，几乎是从秋天直接走进了三九。这场雪下得好，干裂的土地可以饱饮一顿了。

呼绿雄从医院接回养父。人已经坐不起来了，回家也就是等着准备后事了。拉开车门的一刹那，风雪成了无数把锋利的小刀在脸上浅表处横割竖割。衣服突然变得又轻又薄，风像冰水一样轻易地浸过外套和毛衣直抵五脏六腑。

四个小伙子抬着养父回土屋炕上，土屋内姑姑已经生了火，温暖的土屋，风雪给人的那种最初的激灵过去了。养父挣扎着伸出手招呼脚地上忙碌的呼绿雄过来，他似乎要说什么。抓住呼绿雄的手，仿佛抓住了温暖，儿子给自己带来了些许的生命延长和瞬间的坚定。他无力地大口喘气，眼睛漠然地停在某一处，似乎在等待合体的魂灵。往昔再一次闪现，那些顽皮的小事或者话语间的顶撞一遍一遍闪回。

歇息之后养父说："爸爸要离开你了，这个世上你没有爸爸了。没办法，爸爸知道你的办法想尽了。爸爸要交代几件事给你。第一件事，别人家都修了新房，爸爸没有能耐修不起，土屋子显得寒酸，我死了，你别嫌弃它，从前的记忆都存放在里面，不要让土屋轻易塌落了；第二件事啊，我使唤过的农具就叫它们在，我和它们有感情。儿啊，人这一生还不如农具哪！人制造了许多长生不老的东西，人就是救不了自己的命，没办法；第三件事，家里喂养了二十多只羊，你卖了羊，换几个钱，爸爸没有给你留下一分钱，卖几个钱算几个钱吧。你不要埋怨爸爸不让孙子来看我，我脱相了，人鬼不分，害怕吓着他。"

该死的病魔就要夺走这个老光棍的命了，努力是一个多么虚弱的词啊！呼绿雄抓着养父的手慢慢没有了体温。

老天没有恻隐之心。

老光棍养父带着一生的福气走了。同时也带走了自己的苦难，走到一个再也不会回转的地方。

出殡了养父，在分配他身后事情时，呼绿雄把二十多只羊送给了他的亲生父母，他们给了自己生命。叔叔不要，呼绿雄赶着羊走到叔叔家大门口，跪在叔叔门前，门前立着惊慌失措的"父母"。呼绿雄说："叔叔、婶，羊赶到门前了，我感谢你们给了我一个苦难的爸爸，羊是你们的了。"

说罢，起身头也不回走了。

那些干活的农具在墙角安稳地等待着自己的命运，因为长时间不用已经长了锈斑，农具有爸爸的手温，农具和泥土亲近才是它们的富贵命。呼绿雄在土墙上钉下一排钉子，用清油擦洗干净，挂上去的农具，像艺术品似的，和时间与意义无关，它们是养父在世的牵挂。

雪纷纷扬扬下着。

雪地上的土屋在积雪之下已经看不清眉目了。

钻天杨纵横交错地分割了连片的村庄，它们光裸的枝丫凝固在乌灰的空中，整体上保持着爆炸的姿势。一只乌鸦从土屋顶上飞起，将苍凉的聒噪带向广阔的草原。呼绿雄锁上门，对飘雪的天空充满敬畏，他第一次带着情感认真对视土屋，从前对他形成的那种苦寒的挤压突然消失了，那么温暖和不舍。

不住人的土屋子，很快就开始往下掉墙皮。呼绿雄害怕土屋子塌落，想到用一种什么方式可以阻挡四季对它的伤害？他最后想到了用塑料布把土屋子包裹住，大大的一个包裹，有水分在塑料布里面也许土屋子会活得长久一些吧。

有两年时间，伊金霍洛旗纳林希里镇其根沟二社，被包裹着的土屋子成为大地上一种风景。

两年多时间，每当呼绿雄回到故乡抬头看见它时，心中就有一种酸楚。两年时间，它就像他健在的一位亲人时时刻刻在告诉他什么、启发他什么，可是他一直无法读懂它的深意，也就无法读懂养父。

# 五

几年后土屋子还是塌落了，没有声息。

每次回乡，面对土屋子一直有一种刀绞的感觉，养父的三轮车已经被雨水和阳光侵蚀得面目全非。从前，很大的一个原因很可能与贫穷见识少有关，因为胡绿雄清楚，贫穷让他忽略了土屋子的好，再好的日子也回不去了。但是，当他再次独自一人痴望它时似乎越来越悟出了一个道理：世界上有很多东西远比一大箱黄金珍贵，钱也许能买来奢华，但是绝对买不来亲情，买不来苦难和坚强。土屋子里的记忆让他受用一辈子，养父不舍得它的原因也许让经了岁月的呼绿雄找到了答案。

2016 年，呼绿雄开始在土屋子的基础上修建新房，他要修建一座伊金霍洛旗纳林希里镇其根沟二社最好的房子。修建好的房子里，呼绿雄把养父的三轮车放在院子里，曾经土屋子有过的都放进去。伊金霍洛旗纳林希里镇其根沟二社的人们笑话他，这么好的房子就为了存放没用的旧东西。

只有呼绿雄知道，怀念自己的成长，不是钱能够衡量的，没有钱花，可以通过劳动赚得，但人活着不能没有回忆，回忆中更不能没有亲人。劳动给了他知足，这份知足让他懂得了人活着更应该要知恩图报，世间许许多多的事、物、人，无不如此，每一个环节中，正是因为残缺，所以生活变得努力，也变得更美。

艰苦环境下工作的煤矿工人，形成了其特殊的群体品格。这种品格一旦形成就成了工友们共有的行为规则和行为方式，它甚至影响一个企业的生产力；这种品格会逐渐外化成一个企业的品格，它也影响了一个团队的凝聚力；这种群体品格又直接对应着这个行业的心态，并影响整个行业的走向。

文学是语言艺术，作品以故事取胜，打动人心的故事一定来源于最基层。在这个重要的年代里，伟大的文学不可能脱离政治，不可能失去同社会的联系和人类命运的关怀，真正的作家是富于文化理想和道德责任的。面对生活的真诚和勇气，写作者内心有光才能看见喜爱光明的劳动者。

# 看戏去

一

想起春天便想起桃花挑开的月色，一壶热茶退隐到呼应的气息之后，一群女子挽腰搭背吆喝着看戏去。

戏在民间，让历史有一种动感。大幕二幕层层开来，开，好端端的历史开合在人间戏剧里。乡间的风花雪月都是在舞台上和舞台下的，舞台上的行事带风，一言一行一招一式，程式化，"上场舞刀弄枪；张口咬文嚼字""台上笑台下笑台上台下笑惹笑；看古人看今人看古看今人看人"。

过去的人说，台上是疯子，台下是傻子。疯子和傻子的世界是虚拟的，两种人的世界会让历史变成精神性的瘫痪，会回到舒服的、基本妥协的生活中去。戏剧在夜晚逗历史开心，都知道是假的，可生活就是偏偏喜欢假，不管理由是什么，假让人联想到掩饰技巧的日臻成熟。戏剧是人唯一用来对抗真实的工具，并得到大多数人的认可。人的感官和精神之间存在某个桥梁，有时达到神化的程度，并暗含了江山的分离和愈合。

《三堂会审》剧中苏三受审那场戏中，潘必正问："鸨儿买你七岁，你在院里住了几载？"苏三答："老爷，院中住了九春。"刘金龙问："七九一十六岁，可以开得怀了，头一个开怀的是哪一个？"苏三答："是那王……啊郎……"苏三那兰花指一翘，那些花荫月影下，照他孤零，照奴孤零，轻弹浅唱出奴给你的温柔就全部涸出来了。

那是"情"之一字贯穿古今的热闹啊。兰花指，挑拨岁月的一种味道。兰花指，纤长而优雅，举手投足间便有了一种情绪、欲望的指向。我极喜欢那一翘。在古代，翘兰花指是男人的专利，是他们显示男子气概的标志，如今，男子极其单调且流于僵直的手势，怎么看都缺失了一种内敛的气质。

戏是用来教化人，看戏的人很会看出戏剧人物的深刻。生活中的吕不韦是大流氓，流氓的行径都出自一个套路，偷而奸。说他是大流氓，是因为他钓得一个难得的女子，这个女子生了一个皇帝，不是一般的皇帝，是始皇帝。好像没有后来者，有偷而奸者，没见生出过皇帝。帝王家的史料并不能直接产生艺术感染力，它必须经过戏剧化转换之后，才能作用于观众的情感，吸引观众的感性关注。

真或假？"以史说为内核，以戏说为外衣"，说是"戏"，可人人都相信始皇帝的爹就应该是吕不韦。我一直觉得吕不韦之后再没见过超越他的商人。吕不韦画像中，大多把他画得很丑，奸诈干瘪的瘦老头儿，太卡通，有点无厘头。人不及的人，都会产生厌倦、妒忌，站在矛盾中，以虐待来享受那些优秀者。其实，古时选拔干部大都要相面的，做生意也一样。戏剧中的吕不韦和始皇帝相比有极大的反差，很戏剧，反而有点伤了历史的筋骨。

人总是喜欢选择性的遗忘，这几乎成了一个定律，于是，秦始皇成为秦国称霸天下的一个绝好范例：凡是有本事的人都没有一个正经出处。

除了演绎历史，戏剧脸谱也好看，来源于生活，也是生活的涵括。生活中晒得漆黑、吓得煞白、臊得通红、病得焦黄的人脸，在戏剧中勾勒、放大、夸张，成了戏剧的脸谱。关羽的丹凤眼、卧蚕眉，张飞的豹头环眼，赵匡胤的面如重枣，媒婆嘴角那一颗超级大瘊子等，夸张着我们的趣味。不管怎么说，历史是一张张面具，戴着面具审美才会很近。

上海有一位艺术家，因人权问题，常没事琢磨把秦桧弄得站起来，不管缘由对否，这不是拿棍子在广大人民的精神心理积淀层搅乱时局吗？戏剧是啥东西？就是老不正经。人间又有多少正经事情呢？你看看秦桧老婆裸露在外的那一对乳房，被参观者摸得油光黑亮，走过路过不错过，手掌想伸出去时，究竟出自什么样的欲望？

## 二

早几年我在京看人艺一台话剧《俄亥俄小姐》，是以色列重要剧作家、导演、诗人哈诺奇·列文的作品，讲的是一个老乞丐，一辈子都梦想找一个高档次的美国妓女——俄亥俄州小姐，共度浪漫良宵。七十岁生日这天，他决定送给自己一件可以安慰一生的礼物，可由于囊中羞涩，他只能找一个街头流莺舒缓一下饥渴的灵魂和肉体。

戏剧就这样不正经，一面是美好的理想，一面是崇高的理想；一面是肮脏的现实，一面是卑琐的行径。剧作家的本事就是在充满矛盾和多样性中肆无忌惮撕开来给大家看，让你笑，让你哭，让你感慨，让你妥协。

戏里演绎的看似生活，实际是梦幻的殿堂。

从前的舞台上没有麦克，声音不装饰，将自身作为人物的一部分，尽量让音乐从人烟当中响起，那热闹糟乱到极致，现在不是了，变幻多端的灯光让戏剧花里胡哨。

我很迷恋戏剧里的戏文，有时候听一段唱，不无寂寞地面对着空无学两句。在一个时间段上，我觉得只有戏剧才是人性的：一个熟悉的故事，一定不要给观众以陌生的感觉，舞台始终处于居高临下的位置，它看到的一切生活和一切艺术都具有纯朴的性质，都具有观众不被政治染指的生活气息，那是真实的生活，真实的生活是戏剧化的。

看电视，我只看戏剧频道和少儿频道。《功夫熊猫》看了好几遍，每琢磨熊猫有那么细小的一个爹就想笑。美国人不违背科学，鸭子是生不出熊猫的，可不排除收养。鸭子期盼熊猫能够梦见面条，但终究熊猫梦见的是功夫，这里有出身论，本来就是娱乐的，所以进一步阐释是没有意义的，因为出场人物活动在我们头脑中是中国式的。熊猫为什么会梦见功夫？原因只有一个，那就是熊猫在身体里本身就蕴涵着深厚的功夫基因，它的身体里不可能是汤汁。

中国民间有句话：我不是吃素的。可熊猫是吃素的呀。戏剧化就出来了。可以想象，一个熟悉的事物，给它以陌生的感觉，将变得如何奇妙！美国人居然如此理解了中国的戏剧化。

历史上乱世英雄，都是来历不明的飞贼，都是由戏剧演绎出来的。

《林冲夜奔》一出戏养活了多少后来人。林冲身为"八十万禁军教头"，一夜之间被高俅以莫须有的罪名，褫夺了一切——功名利禄，妻子家庭；一夜之间不仅变成了赤贫的无产者，而且被脊杖、枷钉、刺颊，流放两千里外的沧州，看守天王堂和草料场。昔为天上，今入炼狱，前后反差之大，想必林冲感慨切肤。但是即使如此，林冲也并没有"反"的愿望，而是安于命运，只求存活。直到陆虞候等人要害他性命，林冲才奋起反抗，杀人逃亡，最终被"逼上梁山"。

人想要改变日常生活的定式思维是很难的，命运取舍，与权贵融为一体的欢乐，永远是人性的缺憾。

戏剧总是叫一个人的命运雪上加霜。如果没有风雪，茅草屋就不会倒塌，林冲也就不会上山神庙，就不会遇到陆谦，就不会知道他们的阴谋。

林冲说："千里投名，万里投生。"

由《林冲夜奔》衍生出后来的画作，大都是画林冲一肩长枪，一身罩袍满纸雪白，似乎因"那雪下得正紧"。显得林冲有些怯懦，造型清秀多于凶猛。

实际上施耐庵笔下的林冲，外形豹头环眼丈八矛，应该是一个凶悍威猛的武人而不是落难公子。

呀！又听得乌鸦阵阵起松梢，

数声残角断渔樵，

忙投村店伴寂寥。

想亲闱梦杳，

想亲闱梦杳。

顾不得风吹雨打度良宵。

落难人念念不忘生活质量，这就是戏剧里的林冲，心躲在自己身体的角落里梦想天真。

三

《苏武牧羊》里的苏武，一身单薄的青衫，天地苍茫间，大片的雪花飞落在他身上，他手握那根汉使节杖，那一声："娘啊——"会叫我难过好久。再看那演员，一切酸苦都隐藏在那副严峻的面孔后面，一身单薄，一身骨节，一个最有意志的人，一身尘埃，一身岁月，世间没有一个人能从精神和信念上战胜他。

有一段时间，苏武就是我喜欢的那种男人的样子：瘦，高，耐冻，最主要的是有一颗满怀对国家无限忠诚的心肠，成长期间宁肯让自己的世界变得狭小。

历史中有些人物天生就是来入戏的，现实中真要有那样个人在，爱起来怕也吃力。

看戏多，且老与乡间观众坐在一起。

戏看进去才有味道。

看戏看热闹，台下的看见哪个女子水灵了，一拥一拥，拥到人家跟前，拉人家手一下，有些时候两个人就往庄稼地去了。

生活和戏剧一样，只要能动情，合理性也是要大胆忽略的。

舞台上唱到激动处，舞台下男人们沉重的咳嗽，妇女们尖利的噪音就小了。

苏武牧羊，贝加尔湖的北海，那一声异族的声音响起："你什么时候能让公羊生下小羊，我就放你回去。"就这句为难人的话，我就觉得苏武就是整个汉朝的气节。

看到这里台子下常常是嘘声四起。

戏剧演奏乐器里我最喜欢二胡，真要能配合上演员的唱是板胡，各个剧种有各个剧种的头把。京剧里有京胡。两根弦，拉出来的音千娇百媚。

我无端地喜欢悲情的东西，二胡很适合对我煽情。

现在戏剧乐队里增加了许多西洋乐器，只是还没有钢琴。舒伯特和托赛里的小夜曲也好，但我还是喜欢二胡。克莱德曼的钢琴曲也好，比较下来，我也还是喜欢二胡。

我根本就是个土包子么！

小时候，家里喂养了一头猪，生了小猪，不知何故不愿意喂小猪奶水。我爸用他自己做的二胡在猪圈上坐着拉，狗脖子竖着，不能发出正经音调。我爸拉了一段梆子戏哭腔，并配了唱，那声音灌满了整个村庄，悲凉、凄苦、不舍、求饶：

> 杨延辉坐宫院自思自叹，
> 想起了当年事好不惨然！
> 我好比笼中鸟有翅难展，
> 我好比虎离山受了孤单，
> 我好比南来雁失群飞散，
> 我好比浅水龙被困在沙滩。
> 想当年沙滩会一场血战，
> 只杀得血成河尸骨堆山；
> 只杀得杨家将东逃西散；
> 只杀得众儿郎滚下马鞍。
> 我被擒改名姓身脱此难，
> 将杨字改木易匹配良缘。

萧天佐摆天门两下里会战，

我的娘领人马来到北番。

我有心出关去见母一面，

怎奈我身在番远隔天边。

思老母不由人肝肠痛断，

想老娘不由人泪洒在胸前。

眼睁睁高堂母难得见，

儿的老娘啊！要相逢除非是梦里团圆。


我爸号着唱完收住弓后，母猪主动靠墙躺下叫小猪吃奶。

人养一个定乾坤，猪养一窝拱墙根。猪是家庭中最没出息的家畜，也最懂得人间悲凉。我认定是戏剧的特质美感动了母猪。

戏剧乐器里没有箫，有笙。汉人的箫极好听，比筝和古琴都早。是否与剑和简书同一时代产生？箫是竹子做的，很适合淡泊仕途的人吹奏。

也有神仙眷侣的戏中有箫，也只是一段落落寡欢的吹，不和众多乐器合奏。

徐悲鸿先生画过一幅画《箫声》，画作于 20 年代，那幅画很唯美，据说画中的青年女子是他的前妻蒋碧薇。朦胧的色调下那个吹箫的女子很闲雅，有云端的意境，犹如遥远的天籁。

箫的独奏名曲有《妆台思秋》《鹧鸪飞》等，但都很适合月下或空谷里孤独吹奏。

不知为什么，我一听箫声就感到山水要起雾了，大概箫声中有古典文化气息吧，喜悦和哀愁都是淡淡的，有一种含蓄的内敛。

箫有安详知足的与世隔绝的大美，辽远空阔，但我好像没有见过在麦地或稻田里吹奏。

陕西出土过一种乐器：埙。陶做的，粗粝，不匀称，甚至有些变形，吹出来的声也很古远。

戏剧里的乐器是可以进入岁月的，凡是能入了岁月的东西都很适合生存。能存活下来的入了戏，存活不下来的，只能停留在某一个时期顾影自怜等待入了小说中的传奇。

## 四

舞台是一扇窗户，如果你是演员，你可以由此而向外观望，如果你是观众，舞台是四维空间，它是你选择观望历史和现实的途径。

《两狼山》是杨家戏，由杨家衍生出来的戏很多。杨家的男子、女子，就连风烛残年的佘太君最后都要向她的国家交还一把骨头，有大国子民的气魄。

杨家戏在舞台上用得最多的是马鞭，马上马下，奔波于疆场要依靠的是他们的坐下强悍的马匹。

马是龙的近亲，工业文明没有到来之前，农耕文明推动了战争，良马可以使萎靡的军队振作起来。

我的一位本家爷爷喜欢唱戏，也算民间把式。唱《两狼山》里的杨继业，唱到《苏武庙》碰碑那场戏，台上台下遍地哭声。盖世英豪，撩起征袍遮面，一头向李陵碑碰去！叹怀苏武，愧煞李陵。

苍天啊，泪雨漾漾，洒向人间都是怨！

我的本家奶奶，性子滚烫，地里做工不输男人，搂苴割麦，打场，没有人敢把她看作是个女子。家里也是一把好手，做黄豆酱、腌萝卜芥菜，捎带做醋，日常生活拿得起，还要赶会，看丈夫唱戏。

有一年看丈夫唱《两狼山》，在台下看到丈夫碰碑而死，她托小腰，一步三晃，走上舞台递一罐头瓶胖大海泡开的水给她的丈夫，台下笑场。

人间纷扰，形形色色的诱惑比仙界多得多。白蛇变化成白娘子下凡来了，想过人间的日子。说白了，是下凡找性爱来了。

《白蛇传》是佛和俗展开的内心搏斗和尖锐的世俗交锋。

人生会有这样的世俗情景，它需要某个人成全某件事，假如没有法海，一本戏就泄了；假如没有许仙左右摇摆的性情，两个人的爱情则无戏可演。

断桥是《白蛇传》里的重要背景，背景对于剧情有非常重要的凝神作用，极大地形成了故事的向心力，并告诉我们爱情是在雨中诞生的。

一把伞是"爱情"到来的道具。

下雨的时候，关于天空是什么颜色，我好像觉得就是灰蒙蒙，伞下是什么颜色？是两个人的气息；气息之下呢？是一层雨水，摇曳着无数的雨涡涡。昏沉沉、冷飕飕、脏兮兮、湿漉漉，而这正是尘世里才有的东西，云朵之上谁见过有雨？

雨都在有爱人混沌的心里，就得失爱了号啕大哭。

戏剧就是这样，在熟识的世界里尽量叫你感觉陌生化。

西湖最美好的季节是秋天，道路两边长满了粗壮的金桂树、银桂树，地上星星点点，树上趴着一遇冷风就射尿的蝉，蝉鸣声却很有感觉。白蛇就出入在这里。

我一直不喜欢许仙，没有啥好喜欢的，动不动就来句："啊呀呀，娘子救我——"倒得牙一嘴酸水。

戏剧讲究"无巧不成书"，一个"巧"字，就有戏看了。

# 五

我喜欢去恭王府的戏园子，它暗藏着青砖莹润内敛的霸气。享受在演出中，有昂贵的欲望，那是王爷和珅的府邸。

嘉庆四年正月初三太上皇弘历归天，次日嘉庆褫夺了和珅军机大臣、九门提督两职，抄了其家，估计全部财富约值白银两千万两，相当于清政府半年的财政收入，所以民间有了"和珅跌倒，嘉庆吃饱"的说法。

在这样的园子里，喝茶嗑瓜子听戏，一时间觉得很知足，历史上的政治舞台，此刻自己存在的当下就是历史中，想想，就有了几分出息，从前，那可是连死后的鬼魂都进不了这戏园子。

说实在的话，去恭王府听戏，我更喜欢享受夜晚走过那胡同的幽暗。

我在恭王府听过一次古琴演奏，如裂帛，撕开丝绸的感觉。觉得古琴是接近古人的唯一路径。

听音，听的是山水，是胸襟。

陶醉，醉的是寄寓，是心曲，是志趣。

朋友说，古琴有点孤寂冷涩，有点不近烟火。

仔细想想也是，少一些意浓姿逸，人心世情的气温。本来嘛，清风月白之夜，一曲《广陵散》就是鬼教给嵇康的。竹林七贤中性情最真的一位，也是最有骨气的一位。一进境界，则魂魄升腾。

那一晚我听了《仙翁操》《秋风辞》《关山月》，听到最后忽想起"清风明月不用一钱买，玉山醉倒非人推"来。古时还有两种乐器叫"瑟"和"筑"。瑟无徽而有柱，是二十五弦，李商隐的"锦瑟无端五十弦，一弦一柱思华年"，现在也无法争清楚是瑟五十弦，还是人五十寿。

至于"筑"，现在能知道的也只有《荆轲刺秦王》里高渐离在易水河边"击筑"送行了。

每一次听琴，我都要焚香打坐，全身心进入，想那些曲子背后的戏剧故事，仿佛自己也穿越到了古时。

有一年朋友来长治，大家吃了喝了，意蕴不尽，有人提议抱了筝去山头上演奏。那夜是否有月？那夜弹奏了什么？完全记不得了。醉了。

只觉得在山头上通体雅了起来。筝和琴相比就单薄了，虽清丽明净，婉转激越，毕竟它是通俗的俳优之器，是用来娱人的。那夜如果弹奏的是古琴，我想我会醉而死。

有时候无望而心酸也是死。

我极不喜欢大红的艳，比如，看谁一袭红装会极其不舒服，不想多看，我的心眼实在是不好！

舞台上却是一定要艳，艳若桃花，满台都是锦绣。

我们这个民族是喜红的，比如国画里桃子、牡丹都是很生动的色彩，很民间，我赏读它们时会心生一份雅童的眼光，觉得世俗是喜人的。

再比如女人的兜肚，红似乎是人生大吉庆的专利，开合之间少女变成了夫人。

舞台上大富贵之人都是黄袍加身。

黄袍成为皇宫颜色的专利，似乎是汉武帝太初元年的事，用"五德""以土代水"说，宫服才有尚黄之举。"天子常服黄袍，遂禁士庶不得服。"

读历史仿佛看戏，舞台上凡是讲情义的都会落个好下场，历史中凡是讲情义的都没有好下场。

比如《霸王别姬》，刘邦先入关，是想为王称帝的，但他见了项伯时，却说自己无心称王。

刘邦说了假话，项羽听信项伯的话要善待刘邦，结果鸿门宴上范增连续三次举玉玦暗示项王下手，项王皆默然不应。

戏文里写刘邦谦和、项羽粗鲁，谦和的人掩藏着自己的野心，粗鲁的人反倒明着讲信义，讲信义在历史中是行不通的。

夺取天下的人有多少讲信讲义？导致一个政权胜利的最主要

因素就是不讲信义。

舞台上，锣鼓家伙一响全都不安分了，金枝欲孽都摇曳在舞台上了。我们看到舞台上演出的帝王将相，全都是不讲信义的人，都被演绎得合情合理了。历史让戏曲生生教坏了民间，我们这些民间人，便日复一日纠缠在两面三刀的嘴脸中，乐此不疲。

春暖花开了，我要看戏去，戏剧里生动的色彩，让我眼睁睁地醉下去，醉在快要被人遗忘的戏曲里，到最后遗忘了我自己，才叫个好！

乡村，一再被我
看得贵重

一

　　这是一个世俗化和文化化并存的时代，民间的魅力已经远不同于上世纪七八十年代，那时乡村情怀主要来自于写作者个人命运和乡村生活的纠缠。现在，中国人的精神开始一步一回头地，由城市转向乡村，由现代转向传统。对应着现代化城市的弊端，对于进入历史记忆的乡村，文化赋予了各种幻影幻觉，现代化乡村被审美化之后，对日益浮躁的现代人起着清凉油和平衡器的作用。

　　村庄、古庙、戏台、木雕石雕、贫穷和富贵；古画、刺绣、铜器瓷器、书籍和碑帖，一切遗弃的都会告诉我，中国每一个时代都是一个伟大的时代，创造伟大而美好的社会者永远都是普通人中的手艺人。

当土地的记忆泛化为大地，传统更多地升华为一种精神和感情的彼岸。日出而作，日落而息，想要了解中国农民几千年来的传统本色，对于写作的记忆可能已经停留在童年的记忆中，或者，有些情境原本是只存在诗文或想象中。思想中原有的毕竟还是一种富有诗情画意的期待，这种期待实际上来源于诗文或自己憧憬中的梦幻，是那种想象生造出来的清风明月式的幽雅与闲适情调。如果我们不俯身贴近泥土，走入百姓生活，我们根本不知道生活本来的样貌。

我不知道在这样的状态中文学会出现什么样的作品？

我的写作素材很单一，只关心那些乡村小人物的故事。对小人物的体悟，比离奇和喧嚣更重要的是，我从他们身上看到了奔日月、奔前程中——劳动的力量。

再没有如此深刻的提醒能告诉我记住什么。劳动可以把日夕改变，劳动本身却永远消耗的是人的精神面貌，似乎只有这样才足够盛载悲喜。没有比自由的疯长更闹心的事情了，日子不易，在四季轮回面前，只有时间才具有总结一切、梳理一切、收割一切的力量。

# 二

道路，蕴藏着无限的成长方向和发展可能，远方的城市有文明照耀和财富的积累。一个普通的农人参与社会化大生产的意义类同一个国家对全球化世界的格局参与，决定性作用总是艰难的。有多少农人在长满万物的土地上劳作，在释放生命力量的行进中，以创造财富来经天纬地。他们是自由的，自由的代价有可能和获得的财富不沾边，但是，自由又是多么叫人向往！

我在乡村看到了两个字："走失"。

这个词在乡下人的日子里虚幻不定。一转眼，阳光可以从屋顶的缝隙中照射进来，炎热而又潮湿的日子突然就走失成了去年，只有和泥土打交道的人才知道，当你想选择生活时，人已经老了，如同夕阳不想西下。

每一个活着的人都在追赶走失的自己。

我写故乡那些没用人。那些没用人不走正道。

山野之间崖壁上都有攀爬的路，日夕相遇，有丰而茂的草木。乡下人很性情，实而真，直而诚，长得丰富极了。人和虫草鸟兽，以及四季中的风雨雷电，都是说话对象。

我见过母羊和小羊在羊圈里分开的情景。母羊要出山了，小羊，如一个人的童年，不知脚下深浅，小羊要留在羊圈。放羊人挥舞着羊鞭，一下两下，母羊开始往羊圈栅栏门方向走，小羊在鞭声中跌跌撞撞，找不到母亲，见任何一头羊从身边走过都认为是自己的亲娘，用羊角顶撞母羊的可爱劲儿，那一瞬间，生活的剧情向前展开。

母羊们在鞭声甩击中走往山腰，长长的羊群，荡起了黄尘。

坐在村庄的空阔地带，听留守在村庄里的人讲一只母羊死去，放羊人用小羊的胞衣涂抹在其他母羊的身体上，血水淋漓，小羊跌跌撞撞寻着娘的味道。

娘的味道，前所未有的疼痛，勾勒、构建并呈现村庄之所以为村庄的光亮属性。娘的味道就是故乡啊！

网上说，每天中国的村庄都要消失近百座，村庄里的人呢？城市的方向一直是他们富足的梦想地儿，那么土地呢？大面积的土地开始闲置，人总是在万不得已的情形下才会想到土地。

章太炎曾经感叹中国的国民性流转得多，持守得少。

人的坚守一再动摇，世相多变，性格中固执坚守是不是就是人的福气？

我对所有村庄里的物事充满认知欲，比如我和说书人去聊天，和贩卖牲口的人做朋友，只是好奇，常被一种现象感动。我认同他们的手语和黑话，一个没有社会背景、家庭背景的人，追求一切的难度很大，在这个貌似很简单的社会中，他们很难把自己复杂地呈现出来。

从底层寻找一种民间语言，民间，那一片海洋我无法表达：

一个女子坐在坟头朝着你笑，一眨眼之间你看到海棠开花了。民间语言鬼气十足。还有戏曲、鼓书、阴阳八卦等等。某个阅读，某个细节，在某些方面以鬼魅的方式呈现，让我的记忆宏阔、深邃、精疲力竭。

## 三

没有规矩地乱开乱合的民间知识，是我明亮或者幽暗的知识河道。

看那二里三里高的地方，晚夕挂着，只有远离尘嚣走入民间，我才能寻找到我的方向。其实，作家的蜿蜒走势皆因为写作者的命运和定力。

生存的风险系数越来越大，人们对从前的怀想与追忆越加显著。

我常听到的一句话是：物质极大地丰富了人们的生活水平。我们习惯于猜想物质的丰富和生活水平的提高，应该是什么都有，是不是人们的真正需求？似乎又是两码事情。

事关个人，个人生活水平和个人归宿，城市化发展和生存质量，比如空气、比如水质、比如粮食、比如城市噪音，健康已经成为人们的首选，除了缺失了自然山水和心灵，物质富有的城市简直是一无所有。因此上，乡村，一再被我看得贵重。

我看见手艺，他们赠给我一段历史，是那么生动，虽然屈服于生活，却充满人性地在世俗中开花结果。

每个写作者都有自己的生活经验可资使用，不一定是建立在当下的准在场，而是建立在自认是好的"过去"之上，用记忆中的经验寻找故事。对我而言，生命里如果出现一个心仪的朋友，那一定是在乡下，乡下人用"填充"来满足我缺憾的空间，大度地让我抄袭他们的人生。每个人都经历着社会变迁，从一套价值观到另一套价值观，社会不是稳定不变的。回到从前肯定不可能，但是会以一种什么样的形式回归？我选择写手艺人，写乡村，相比时间，他们是有重量的，他们的故事透彻地穿越时间留存下来，他们的回归也许让我能够看见远方。

# 月下，永康江穿城而过

一

那一年去兰州，记得也是入秋时。同行中一位写诗歌的永康女孩叫杨芳，一路走一路熟识，同一个瞬间感受到了世界的广袤，同行在通往河西走廊的戈壁滩上，夜明如水，漫天星雨，黑暗的世界里闪烁着难以胜数的星辰，偶尔间也会有流星闪过，划出一道两道长线陨落。

杨芳说："我的故乡方岩的天空此刻也是满天星斗。"

那时便知道了永康的方岩。自然、世界，真是无比奇妙，想象着此刻的天空下我的故乡会不会看见流星。现在想来，这种不可思议的结论应该是：对于万物来说，时光的流逝是平等的。我仿佛像个孩子一般，并非从知识的角度，而是从感性上对这个世界有了最初的惊喜。

八十年前，郁达夫在《方岩纪静》里写道："从前看中国画里的奇岩绝壁，皴法皱迭，苍劲雄伟到不可思议的地步，现在到了方岩，向各山略一举目，才知道南宋北派的画山点石，都还有未到之处。"

悠远的时空，就在我们每天生活的同一瞬间，我，对于南宋北派的画山点石未到之处的方岩，神秘感逐年递增。

郁达夫先生的那份悠然与放任，我是不敢想的。在千篇一律的生活面前，能够得暇来到永康，将自己放牧在悠幽的山林，置身于往事中寻梦的方岩，呼吸一口濡湿而清新的空气，秋日的出门人，的确有一种窃喜在胸。

九月的永康在一条"永康江"岸上，江边的树叶浓密得铺张。江水青绿凝碧，在秋阳的拂照下，耀金闪银，鳞波泛泛，轻风吹皱了江面，缕缕潋滟的光带，宛如一条条素绢在水面上漂动。

微风徐去，江中倒映出重檐廊桥西津桥，这是一座始建于清代的石桥墩木结构重檐廊桥，在永康城区南苑路与西津路交叉路口，南北走向，横跨于永康江之上。西津桥真是适合被远望，暗藏着梁木莹润内敛的潮气扑面盈怀，单步梁，歇山顶，阴阳瓦，真是风雨莫及。

西津桥墩高于岸，下可通航。

一座风雨廊桥，是这个城市久远的记忆符号。审美来自于一切事物的外表，我喜欢美丽外表下蕴藏的与众不同的心。书上说，对一种事物的真相所知越多，便更有远见也更懂得这种事物对人的生存呵护。

月亮的存在对于夜晚来说有着非同寻常的意义，风雨廊桥在江面上，月亮皎洁的光辉照耀着外来人永远不能穷尽的远方。永康人在风雨廊桥上眉开眼笑，波涛般的灯光扑面迎怀，月亮在湛蓝色的天幕上渐渐饱满和清晰起来。

唯有月光，始终虔诚地挂在遥远的星空。

好的城市，一定有一条月下江穿城而过。

二

开始进入方岩的腹地，山体平地拔起，四面如削，直耸云天，峻险非凡，远望如城堡方山，故名方岩，山高三百八十四米。书上说：自宋以来，游人络绎不绝。

江河溪海，名山大川，雨露霜雪，历来都是文人骚客的审美客体。方岩不算高山，整座冈峦拱绿耸翠，蓊郁莽莽，灼灼青青，但见山岚缥缈，聚散无定，冉冉旋升，铁锈色的方岩石山耸立其间。

中国画的画山点石，画不出方岩山。

那一刻看到的石山我无法忘怀。郁达夫游方岩时曾说，方岩附近的山都是绝壁陡起，山势险峻，令人望而生畏。山上瀑美洞奇，重峦叠嶂，随着天气和光线变化，方岩也呈现出不同的体态。

此时是午后，在少了人烟的方岩盘山小路上，面对无言的万物，我伫立很久，只觉得一股气势迎面扑来，这样的山形，为什么偏偏是这种状态？天地造化中的灵性，形诸宣纸上，很难重现方岩石山鲜活的生命真实。无论回忆也好，捕捉光影、勾勒情怀也好，充其量只是粗具形体的原始素描，就算是原原本本的照相，也不可能是那种记录三维空间整体信息的全息影片。

郁达夫说："一般宋儒的每喜利用山洞或风景幽丽的地方作讲堂，推其本意，大约总也在想借了自然的威力来压制人欲的缘故；不看金华的山水，这种宋儒的苦心是猜不出来的。"郁达夫是一个对于人欲有特别体会的人，这在《沉沦》《伤感的旅行》等作品中有相当坦诚的表露。

从郁达夫这一段话里，我们可以体会到，一方面是自我的放纵和发泄，一方面又想借助某些外在的力量来压制这股强大的人欲。贯穿于这两者之间的，是人性中的比人欲更强大的负罪感。他讲到的"宋儒的苦心"，何尝不是他自己的苦呢？

达夫笔下的"公公岩""婆婆岩""老虎岩"等等，依然矗立于地面之上，一目了然。

一目了然的方岩，带着野性，像植物上欲滴的露水，凝结着时光，纯真着永康人的山水岁月。

从方岩的南麓拾级而上，行至山腰，有一依山而筑的楼阁，名为罗汉洞。相传方岩开山祖师"正德禅师"最初在此修行。洞旁有蛟龙泉，泉水清澄，人称方岩"虎跑泉"。从罗汉洞往上，坡陡如梯，称"百步峻"，峻上建有步云亭，亭虽小却甚精致，额有"名山活佛"。

"活佛"应该是说不远即至广慈寺里敬奉的"胡公"。北宋兵部侍郎胡则，字子正，永康人，尝向仁宗皇帝奏免衢、婺两州身丁钱，百姓感德，故立庙纪念，香火颇旺。山顶尚有读书堂、听泉楼、千人坑、金鼓洞、龟雀亭、"眼睛睁"等胜迹。

如果说一切的宗教产生于苦，对宗教产生的皈依使人们有了解脱法门。而圣人，所发生出来的仁心善念、积极进取、坚韧不拔、厚德载物等精神，则成为中华两千多年以来的中国精神，其事功可称得上光耀千古。

我称永康的胡公为圣人。

胡则生于永康一个普通的农民家庭，由于家里条件并不好，胡则还帮着家人种过田，也学过不少农活和手工活，即是"田舍郎"，因此，对老百姓的生活便有了切身体会，以至于在之后的为官路上，一直记着百姓的难。

中国是一个熟人社会，熟人社会的有效运转不能依赖强权，而需要的是道德垂范与对人心世故的熟练运用，这也是儒家而不是法家最后成为传统中国主流意识形态的原因。

自古以来，民间社会中生长成为一个圣人太难，体会传说中胡公的仁心善念，修身以德，积极进取、持之以恒，将自己的善以身体力行的方式向外投射，以成圣为目标做好每件事积累事功。口耳代代相传，生生不已，有着很强生命力的胡则在永康很"赫灵"。

民间传说，北宋末年，发生了《水浒传》中提到的方腊农民起义。一开始，起义军声势浩大，所向披靡，一路打到了永康方岩，却死活打不下来。当地官员就向朝廷奏报，说是胡公显神。于是，官府就封了胡则为祐顺侯。

之后，宋高宗赵构应百姓之请求，用"赫灵"两字作为胡公的庙额。

"赫灵"是很灵的意思。

这让我想起了平凡琐碎的人生一定有看不见的秩序，如同在茫茫大海漂泊了一辈子仍然相信这世界有陆地存在。

"赫灵"是一种公道和护佑，哪怕成王败寇，它总是给你有希望的伟力。

三

五峰书院在方岩山脚下，一沟林木，犹如洪荒时代的河流。

我不知道，人类最早的房子是出现在什么年代。泥和石头，使人类告别洞穴，有了家园。方岩山脚下的五峰书院，让我体验了石檐滴落的水珠，汇聚成潭，获得一种安静和力量，它遵循了精神的运行轨道，使转动的生活车轮慢下来。

一杯茶中的闲适，人与自然悄悄融合了。从山的豁口处仰观一下远山，翁蔚从树林升腾，烟霞在天际变幻；俯察几眼近处，修篁在晴空中播风，清泉在山涧鸣唱。

以一颗新鲜活泼自由自在的心领悟这世界。千般污浊，万种思虑，都在一刹那间消遁；物我契合，精神自得，生命也就获得了新的意义。

# 大地是马的长旅

　　我一直喜欢往事，比如往事中的从前，离绿水青山都很近，更主要的是骑一匹瘦马，把自己简单地放在马背上，风刮着青草的气息，驮着我和比时间更清醒的天空，在人世间，我走我的长旅。

　　时间对人的侵入，说到底是情感的侵入。我出生在马年，一头神秘走兽。在人间，当夜晚隐身于朝露，我的出生以一双赤足走来，没有异相。

　　童年时站在半山腰上，看风从谷底扬起，风涌浪一般拂过坡谷，涌浪一般冲上山梁。那哪里是风，是一匹马，张着扩大的鼻翼，它奔驰而过，轻灵得让我啜泣。一匹马走过，在我的往事里永在。

峰谷之间，假如有灵魂生成，嘚嘚的马蹄能够敲醒。

生肖，这人类世界的奇特现象，不仅中国有。费尔巴哈在《费尔巴哈哲学著作选集》下卷指出："人之所以为人，要依靠动物，而人的生命和存在所依靠的东西，对于人来说就是神。"生肖起源于人对动物的崇拜，世界大同。

我的马神，你藏满了我命运密码的天机，我走，我觉悟，我庆幸我出生在穷人家里。我虽然不能把一生的悲喜交给泥土，但是，你护佑并告诉我，只有劳作，才能知道季节的冷暖。你山脉一样引领我，顺着大地的谷地，让我从来都没有离开过土地跳动的心脏。

青年时我读李贺的《马诗》，押着汉字的韵脚，精神深处的诗歌。如果让我回到唐朝，我愿意做一件三彩，一只陶马，不去糟蹋和消耗五谷；如果可能，我要嘶鸣一卷经文给不通佛语的月亮，并用我的背驮着携雨的云走往干旱的地方。

"此马非凡马，房星本是星。向前敲瘦骨，犹自带铜声。"（唐李贺《马诗》之四）。

如此喜欢。哑默的空气被撕裂了，在视觉里留下鳞状的踪迹，让我冥想云的波纹。

马是我的神，同时我也是马命之人。

马从历史中穿越而来。马的形象最早见于甲骨文，一般都状其侧面，发展下去又见青铜器上的狩猎图，马的形象被结合在复杂的图案中。从著名的四耳猎盉可以看到，马，甲骨文先书后契，铜器图文先画后刻，一路而来，马在艺术中滥觞。

唐王朝为了开拓疆土，巩固国防，如此重视骑兵力量。明皇开元初有马二十四万匹，开元三十年增加至三十五万匹，天宝十年据陇右牧使报告，仅这一牧区就有马三十二万五千匹，偌大的马都是唐王朝的保卫者。

世界上如果有一种动物既懂人性又善用骨力追风，那便是马。"顾自清高气神稳"，唐王朝辽阔的疆域，被六匹骏马驮着疾驰。一个王朝，那些吟诗的唐人，缎子一样的吟咏，最后石化出了雕塑的悲伤。

马到成功，愿马年天下文章多见筋骨！

我这一生一直拽着一匹走马的缰绳，它牵着我顺着大地的骨缝走出村庄，走往远处。然而，可供我耕读的不是远方，我的心跳一直诱我怀乡，我不能遗失我的马坊，还有那马粪和谷草的清香。老马识途，庆幸它从未让我脱离开季节，想起今夜的小米稀粥，想起简单从没有多余话语的娘亲。如一匹马不能失去丘陵，我的走马盯着村庄白天和夜晚的容颜，告诉我，一座村庄比一座城市更为重要。

脚步是养不住的，我再一次走进马年。

马，马年，马神，马命，马蹄踏着鲜花走过大地，我愿我是马年村庄里一个最浪漫的人。我的走马牵着我就这样行吟土地，就这样孤独成一张剪纸，就这样在大地上走着。我从不怕失去形象的重量，只要在大地上，走到下一个马年。我满头白发，在阳光的切面上，我和我的马神说：兄弟，大地是我们的长旅，搭伴儿走日子，一路都会遇见太阳和星光。

# 采桑的女人顺着河走了

三十年前跟着父亲坐班车路过沁河岸边的端氏古镇。车停下来拉人，一股黄尘荡进来，透过黄土缝隙眺窗外，端氏的繁华在尘埃落定下丰富起来：小摊小贩在桥的两边，青菜萝卜豆角，桥下的沁河水清澈得一展到底。

扒开车窗居然可以看到带有颜色的河卵石，那些长成须的青苔在流水间快意地摇摆着。那一刻我很想下车买一个烧饼或橘子什么，口水在我的嘴里汹涌澎湃。

荡进车里的黄尘叫我激动，多么繁华的大地方呀！

我的一个本家叔叔就住在端氏西街，他叫葛王八。因为小的时候大人怕不好养活，起个赖名字神鬼讨嫌。记得很小的时候跟随父亲搭村人的驴车来走过亲戚，第一次见本家爷爷站在胡同口喊着："王八，王八，爬回来吃饭。"

那时候王八正是捣蛋的年纪，从胡同口出现的时候，一张脸烧红了半边砖墙。

三十多年过去了，没有再去走过亲戚，只知道葛王八青年时修自行车，中年转修汽车，是不是发了不知道，只记得当时问过他端氏有多大，他说："端氏大，有多大，没天边。"

我和父亲站在桥头等驴车，两只眼睛看不全端氏，然而端氏在我的眺望中诞生了幸福：幸福就是大，就是无知；幸福是自大、自满、无知。

葛王八在河道里，望着桥头上的我们喊一声："哥——"一步赶一步往上跑，我怕他跑快了喘不上气来，刚一张嘴驴车来了，父亲提起我放进了车篓里，赶驴人一声"嗯"驴夹紧尾巴一阵风似的就把我带走了。

葛王八在父亲的视线内越来越小，端氏镇在我的视线内背过弯儿不见了。

端氏有多大？我问父亲："没天边在哪？"

父亲说：眼皮关生死，也关没天边。

闭上眼睛时，我无法抵挡睁开眼的光亮，我不想关掉没天边。

端氏有多大？隋朝至元代它一直是县治所在地，千年兴盛，还一度为州治，用朋友的一句话说："红得尿血。"

兴盛就是大。端氏东依㟙山，隔沁河与㯕山相望。古县河由北而来，至端氏汇入沁河；沁河由西而来，至端氏南折而去，留下一块三角洲沃地，端氏建于其上。

端氏是沁河的中游，是沁河流域第一重镇，是沁水的富庶之地。

沁河流经沁水县境内一百三十余里，自三郎始，至尉迟终，全沁河之锦绣，几乎全聚于此地了。光绪年的《沁水县志·山川》记："又西南数里，有㟙山，西下数里滨于沁河，而端氏镇在焉。㟙山与㯕山东西相望，翠巘争奇，而沁河绕其中。故自端氏而下，二十余里之间，民居稠密，人文蔚起，灵秀所钟，盖不偶矣。"

一个"稠密"二字把端氏镇大到没天边的形容挤对得傲慢十足。

说端氏是旱码头，是因为它的声名在外。

一个人的声名，是这个人把本事亮给了世人，一个镇子的声名，是它神色不动站在那里饱经沧桑的模样。

其县治从西汉至元延续一千多年时间，既是沁河岸边最繁华的商贸之地，也是沁河流域的文化中心。倘若置换成视觉形象，热闹在起伏跌宕的吆喝声中激动了多少代人奔涌而至？

岁月让人们把钱财投向了广阔的社会，钱财散尽，声名与热闹比肩而行。

从端氏镇风格迥异的历史建筑中发现，摆布看似杂乱无章的镇，却无形当中构筑了无数个不同的视角，可以叫你想象，古人占地是颇具匠心的，不像今人，粉饰的斑驳仅仅能遮住骨子里的钢筋水泥。

还记得小时候往沁水县走时看到河岸上的桑林，稠密的树，阔大的叶片，日夜不息的河水，采桑的女子跟着水走。

那时候的沁河两岸家家户户养蚕。据说早在唐代，在古老的端氏东街就集中着众多的缫丝、织绢等手工业作坊。后来，才有那些和人们生活、生产有关的粮店、日杂店、骡马店陆续发展起来。

耕种五谷得以食，植桑养蚕得以衣。

"遍地罗绮者，不是养蚕人。"养蚕人没有衣穿罗绮的奢侈，他们穿棉花线做成的粗布。

蚕商起源于皇帝元妃西陵氏嫘祖。嫘祖是在中条山的夏县发明蚕桑业。考古学者曾在夏县发掘出半个蚕茧化石。

沁水临近夏县，翻过历山就是沁水，通婚通商，蚕茧是神赐给这一方土地上的幸福。

因为打丝，端氏镇整个秋冬季节，大朵大朵生丝一样散乱在天空的云朵因水雾积聚着，家家户户逼仄狭小的地锅前，蚕茧在铁锅里煮沸，一双手逗弄着丝线，一同逗弄的还有日子往前走的热望和奢想。

青雾在端氏镇上空歇足，一路顺河而来的乡民，抵达端氏镇的脚步是散乱的，当他们看到端氏镇上空吊挂的青雾时，他们的步履不由得飞快起来，同时还有加速的心跳。

硕大的云影落在沁河里，有骆驼驮走打成麻花样的生丝，有人见过八驮的驼队，麻纸、盐巴、生丝、药材，小山头一样沿着沁河一昂一昂走远。

因为打丝，端氏的声名在时间之外延伸，无比广阔。当年哪家女子出嫁，娘家人不来端氏买几床洋红缎子被面？

有老人还记得1958年在端氏村小河西筹建端氏缫丝厂，正是大闹食堂、大炼钢铁的时代，东西沁河两岸的女子进厂大闹生丝。1960年建成投产，当年生产十九吨，经上海商品检验局审定达到了3A+38级梅花牌厂丝。桑叶用来养蚕，桑皮用来做纸，沁河畔手工捞纸作坊开有十几家，原料大多用桑皮、绳头、麦秸生产绵纸、土纸。有人计算，三个捞纸池，每天可生产二乘四白绵纸三捆，每捆折合小米五斤，年生产总值折小米一千三百五十斤。1964年春，端氏河北自然村捞纸池有八个，年产量三千一百二十捆，年产值折合小米一万四千斤。

小米是北方人们日常最主要的粮食，从生养的女人喝下一碗谷子水开始，小炉台的砂锅里小米熬出的米油子不仅养月子里的女人，也养奶水不足的子孙。小米，金黄中浸出光泽，温软、厚实，甜香沁鼻，有了小米，其他农作物都淡了。

有很长时间端氏镇人因为缫丝来钱快，谁家还种庄稼？

沁河两岸人只有最没有出息的家户才种庄稼。

米香让端氏每一条街道的犄角旮旯都朴素而温和，但是，在生长的时间里那些腰身笔挺、横眉竖目的人依然不是种地人。

有了蚕茧，谁还舍得大片的土地不去种桑树？

盛夏，细密的纸浆铺陈在沁河岸边，被光芒铺亮，一种气味在空气中走得晃晃悠悠，明亮的、冷艳的，在固定的地理位置上以自己的方式变化着四季的不同色彩。

端氏因为蚕，成为最锦绣的地方。

端氏镇的浪漫以一种燃烧的姿态装饰了举目远眺的"没天边"。

手工业的繁华如现代文明一样，极易抵达的热闹瞬间开始了。

再一次走进端氏，"萧瑟秋风今又是"。

在端氏桥上遇见一位干瘦的老人，岁月抽干了他的生气，他挽着篮子，篮子里装了花生，他想绕开我，桥并不太宽，但绝对不窄。

晚夕的光尘包裹着他的身体，他的躲避无用，我迎上去，我只是想买他篮子里的花生。他说话的时候，我看到他眼角的泪往外渗，他说："人老了，得了风眼，见不得刮风。"

站在桥头上说话，往来的车辆呼呼呼，一股一股煤灰袭来。

老人说："自从有了高速路，这路上的拉煤车就少了，煤把乡下人毁了。"

话到深处老人还记得端氏镇有"复兴楼"，金银首饰制作店铺兼营丝行，有"源顺祥布店""资源和布店""同兴和"烟坊，"聚汇源"烟坊，"育合昌"油坊，"源茂公"油坊，"复兴昌"麻铺，"东顺合"油坊以及染坊、糖店、药房等等，当时在城东从郑庄、朗必沿沁河至西古堆、东西峪、十里至柿庄河、玉溪河、从端氏以下沿沁河至阳城县的广大地区均为端氏商业的贸易市场。

相应而起的饮食、旅店等服务行业也增多。老人说，当时端氏进出商品以绸缎为大宗，以油品、粮食、黄丝为多，仅端氏粮食市场日销米、麦、豆、芝麻即可达百余石。

那时流行着："梳分头的不戴帽，镶金牙的见人笑，戴手表的露手腕，穿皮鞋的挽裤脚。"

多少人路过端氏镇都要住下来，旅店里养了"姑娘"，姑娘们个个儿风姿绰约。站门的姑娘常叫男人感受一股春风迎面涨潮来，他们为此痴狂，好端端的人就骨软腿酥了，不在端氏逗留几天就不叫"出门人"。

那时去端氏镶金牙成为一种时尚，两颗大而鲜明的金牙，天光下一忽闪一忽闪的，紧挨着吐出的话，听话的人能听见金属和气息之间那一声呼哨声。

老人豁牙露口讲故事，牙掉完的时候即将把他的生命带走。

想象不出他五十年前的青皮后生样子。黑干细瘦的手指着桥下的沁河，生命在岁月和欲望的摧残下已经失去了优雅和尊严。

旱码头也有冷下来的时候。

当热闹满溢出来，社会仿佛被一股粗莽的力量牵扯着，来得太容易的私利像一地无法聚拢的心事，人心不足蛇吞象，当伸出去的手无法收回来时，沁河记忆里是否藏着曾经染绿过的河岸？

老人说，听过去的人讲,1916年"东裕合"盐店缺斤短两，被群众抓了秤杆，当时聚众闹事的人有几百人。"东裕合"盐店是端氏望族贾家背后支持的盐店。贾家长子贾景德是阎锡山的红人（秘书长）。出了这种事是要叫人妒脑凹的（指着脑袋骂）。

自古官家就好在自己的官位上兴风作浪，人家一句话，河东盐运使便要求仓销阳城、沁水两县盐务，随后立马关门。

后来贾又在端氏开了"积成厚"盐号，总号就是现在端氏的盐店圪洞，共设四个分店。他怎么去台湾的？不给阎锡山上号（行贿）他能过了海？不在生意上做鬼他能上得起号？从来都是："官商一张嘴，两张脸一个屁眼，屌！"

老人的言谈固执而决绝。面对政界的腐败瘟疫和商界犯罪之潮，似乎官商结合才是成功的强有力手腕。

在城市我们能看清什么？去看看乡村的破败。从前狗见了陌生人，叫得很凶；现在狗看见陌生人打远处一脸和颜悦色，人一走近和它笑就能把狗笑跑。

一条老街悄无人声，一座老屋黯淡在怀旧的惆怅里。

狗多么热望门前的热闹啊！

从前的狗叫声点捻子似的，一串响儿引爆一村的屋檐，檐头飞花，村庄的幸福是一种背景，世俗在灵动的青山绿水间，寂寞下来的一个"闹"字因狗叫爆了。

世事更迭的无奈，一镇子的古物都叫现代人敷衍过去了。人的习性自古都是一样的，权力面前人都喜欢自顾自的表演。可是，古时候啊，那住那行那日常那诚恳，所有发展都是围绕着耕读传家理想家园开始的。

现在的人真是一群演技高超的演员，好端端把村庄搭成了布景。

我和老人一起往镇里走，想去看看贾景德的住处"贾谷洞"。

贾景德故居坐落在镇内东西老街之北隅。由于其父辈在清朝为官，属于当地有钱有势的大户。1934年，贾景德任太原绥靖公署秘书长时，回家乡大兴土木建筑"贾府"，同时整修祖茔并亲撰墓志铭。除了贾府，端氏还有南门里、聚江园、史家院、曹家院、贾宅院、大花院、盖家院，这些富贵都尘封在往事中了，任由观者的眼睛与想象力天马行空地去感受，我看到了什么？除了乡愁，我什么也找不到了。

书上说由于战争及历史原因，临街的豪华大牌楼和许多建筑已被毁。现仅存一院三排古式砖木结构的房子，以及人称"贾谷洞"以北的一座门楼。房子均面阔五间，进深两间，青砖砌墙，屋顶覆素板瓦，从外表看显得古朴大方。院东南仅存的门楼，为歇山式屋顶，上置琉璃青瓦，斗拱相叠，美观精致。可惜门两侧的石鼓、石狮子早已不存，但仍能显示出当年官宦人家的威严和气势。

走到这里，记忆突然复苏了，若干年前我来过，王八叔叔家在拐过去的那个弯道里。

王八他爹，我的爷爷，一个会唱戏的老艺人，他作为贫下中农分下了贾家一座偏院。他唱上党梆子，专攻大花脸，一生尝尽江湖之险恶、艰辛甚至屈辱。

外头传言他底功瓷实，每到一处演出，常常有掌声潮起的场面。

老人说他认识王八，说他不如他爸，他爸在世时是个硬人。

传说有一年夏天夜里赶戏，剧团拉行头的毛驴车走到贾家的坟茔前突然有老者出来挽留唱戏，青花瓷盘里放着金元宝，哪有艺人见了不眼馋的。随即扯起大幕，演员化妆，台下的男男女女老老少少叽叽吵吵乱开了。

这边厢因为赶台口路过端氏王八爹留宿在家，想着明天晚上的夜戏不误，正在炕上睡囫囵觉，那边厢剧团差人来隔窗叫王八爹快快起床。王八爹随来人赶往舞台前，一时想不起来这是哪个村庄，来不及问就被团长按在了化妆桌前。

大花脸几笔勾成。戏是《秦香莲》，他演包文正。陈州放粮途中遇见状告陈世美的秦香莲，王朝马汉上场，包文正手拿马鞭，一捋髯口二道幕穿一袭黑蟒袍上场，不等第一句唱开腔，他突然发现台下之人个个都是骨头架子，叽吵声是沁河的哗哗流水。

包文正在舞台上大喝一声："小鬼作怪！"霎时灯灭幕谢，一干人呆在一大片广阔的河滩前。

假如唱下来会怎么样？老人说，到最后都落进沁河喂王八。

沁河曾经是有王八的。王八是河水的寄宿者，也是河流的生灵。什么时候我们的河流少了王八呢？

在1958年"大跃进"期间，端氏镇就开始安装锅驼机、提水灌溉。引北城后河水沿村中到南头挖池蓄水提灌，当时只能浇三十亩土地。延续到"文革"后期，从1968年开始正式建立高灌站，到1975年已建立十三座电灌站，挖建大型水池六个，最大容量为一万立方米，最小为一千二百立方米，加之曲堤水轮泵站的东灌区灌溉，全村当时二千亩土地全部实现了水利化。

沁河两岸何止一个端氏镇在实现水利化？做机砖、炼铁、挖煤，人开始与土地疏离，与河水疏离，与村庄疏离，疏离使人对大地的感情萎缩，谁能喝住虚荣的野心？

有时候想，一个村庄的繁华一定要看它曾经拥有了多少庙宇，端氏最早的庙宇是寨上的庙院和法门寺。明、清两代，又修有汤王庙、城隍庙、端阳祠、文庙、南佛堂、铁佛寺、关帝庙、黑虎庙等八大寺庙，分别坐落于镇内的东、西、南、北、中。而且还在镇的东街，修有大、小两座阁楼，分别矗立于古街的南北。

由于古镇寺庙的不断修建，使城内街道逐步形成了完整的丁字形布局。

当年的端氏是活在规矩里的。

可惜数百年的岁月流逝和村镇的发展，毁坏，从诞生之日起就构成了重而有力的刺激之能事。每一个朝代，每一场运动，每一项手工业的遗失，每一次推倒重建，因为明天的到来从未有过时，甚至还颇有可发展的前景，因为它的爆发力和宣泄的合理程度，都来自人的身体内部，摧枯拉朽。

有时候只是扭了一下头，连叹息都没有，一切就都变得萧瑟了。

繁华永远不能战胜造化的轮回，利欲呢？都在沉默的大多数里蠢蠢欲动。

选择秋天走进端氏镇，喜欢秋天的繁华，喜欢看剥麻晒蕨的农人，喜欢檐头下挑起的新剥下的玉米棒子，喜欢破败糟烂摇摇欲坠的老屋。

天黑下来时老人黑得像一截木桩，寂寞地站在寂寞的端氏镇，像入定的老僧，他已经无奈了。

端氏镇，曾经有过的消失对于我有一种割肉般的伤痛。

# 活在旱地里的环县

我期望环县有一场饱雨，黄土沟梁上的草都旱死了，那么好的景致，既羸弱，又矮小的草，尽管是开花结籽的季节，因为干旱，它们可能遗传给下一代的也是羸弱。今年比往年歉收，从庄稼的长势看，开春地里也还是有墒，看那些农作物的阵势就知道，只是7月无雨，农作物的叶子干了，在阳光下给人揪心的疼痛。

农业，人类最初的故乡，它和民间有着我们难以描述的亲切，包括它给我们带来的甜蜜和苦涩、希望和失望。云从头顶走过，云里无雨，雨对环县有多么重要。当地人告诉我，今年的农作物大部分绝收。无收成的土地，对当地老百姓是一个苦笑。

有一只燕子飞过。在北方，燕子矫健的翅膀，是要把雨的消息剪落在人间的先行者。当大片的燕子飞落时，那一定是燕子喜不自禁地逐雨而来。轻声而鸣的燕子飞过，一切归于辽阔的沉寂。旷野的风火燎燎热，一粒种子回不到种子本身，发芽、开花，不等结果时就旱死了。

环县坐落在甘肃省东端，地处毛乌素沙漠边缘的丘陵沟壑区，辖内山大沟深，山、川、塬兼有，干旱少雨，全县耕地面积三百五十九点一七万亩，农业人口三十二万，靠天吃饭，雨养农业是环县的基本县情。他们的县长告诉我，环县年降雨量只有三百毫米左右，且多集中在7、8、9三月，而年蒸发量却高达二千毫米。这一气候特征，注定环县农业生产的艰难，春季干旱下不了种，越冬的庄稼也常常被旱死，每年春夏两季，环县四野赤地千里，群众往往用"种了一料子、收了一抱子、打了一帽子"来形容广种薄收的农业四季现状。

提起吃水，环县人给我讲起了2006年夏天的事。那一年的6、7月份，该有雨时，空气干猎猎的，云轻薄得很，从环县上空走过时没有一丝害羞的样子。环县辖区：八珠、耿湾、樊家川、虎洞、毛井、合道等川塬乡镇的"一线四川十塬"赤日炎炎。路上的拉水车穿越，人吃水都是高价，谁舍得浇地。庄稼是彻底旱死了。对于常年干旱的环县百姓来讲，一年旱不怕，祖辈留下了经验，家藏粮食够几年吃。辽阔的黄土地上人烟稀少，有的人家一口人可拥有一百多亩地，一辈子种地打粮，就为了应对干旱。我不忍心想象他们的四季，春种秋收，这中间要付出多少辛苦？

拉水的路上，鸟雀拦在车前。鸟们的世界是我们不知道的世界，也是宗教不知道的世界，更是文明世界不知道的世界。它们停留在干旱的地方，它们只是要喝饱肚飞翔。拉水人取桶提水放在路当央，一群鸟飞落在水桶前，有秩序地饮水，饮饱水后鸟飞走。我不想演绎鸟对人的感恩，它们是另外一种生命，无论它们在干旱中经历了什么，它们迷恋、痴醉和旷日厮守的地方，就是它们不想去很远地方的理由。

那些从乡村漂泊到城市的人们，还有多少在怀念家乡的炊烟乡邻和睦劳动的笑脸？我一直在梳理自己纷乱的心绪，尽量调整自己的心情，好使自己进入到另一种状态。年复一年和土地打交道，风吹日晒，起早搭黑，天空中哪一疙瘩云会停留，哪一疙瘩云会快活一方土地？云朵来了走了，他们坐在田间地头，抱着腿，托着腮，从不急躁，谁有本事喊得动老天爷呢？既然喊不动，从来他们就不想留住或改变什么，人不是老天爷的睥睨者，是老天爷的盘剥者，老天给人太多，多到多少是个够呢？没有比农民更知道用劳动换得感恩了。我和当地的农民聊天，我说，既然常年干旱，不如离开。他们笑着摇着头说：离开是最后的事。

我们每个人最后都会离开土地。

土地离我们饥肠辘辘的生命最近，离我们对田野的热爱最近，只要信赖和欢喜，土地让我们习惯，既然已经习惯，那就守着土地等着那一天的到来吧。

2006年大旱之后，由环县县委、县政府统一抽调的六百五十一名党政干部从县城统一出发，奔赴甜水、山城、南湫等县北十三个乡镇，进驻一百三十四个行政村，启动了环县几十年来涉及面积最广、距离农户最近的一项工程——县北部人畜饮水工程。此后几年时间内，在县北六千平方公里范围内，包括乡镇干部在内近一千多名干部蹲点督阵，三万劳动力挥汗作业，数百名县直乡镇干部住到了村子里，数千名在外打工的农民回到了村里，开始做同样一件事情——打水窖。

水窖，夏雨到来的时候，或者秋汛开始的时候，老天闭眼给水，水涨自满的沟壑倾泻而来，下雨的时候，集流场里的水会自动流进窖里；雨水不足的时候，主人们会提前拉水灌进窖里。雨季会消失，水会退去，水不是这里的永久居民，它们去往很远的地方。干旱侵入，然后，干旱用盘根错节的方式杀死了这里的青绿。

一口口水窖，也因此成了环县山区一个个"农家乐"。县水利部门的同志说，人饮工程的实施，不仅可以基本解决正常年景下全县二十一个乡镇、二百四十六个村、四点四万户群众的吃水问题，也把广大农民的一大部分精力从水里面"解放"了出来。可是，土地无法"解放"，依旧干旱。土地上栽种下的树木在大面积死去，如果没有风沙刮来，它们就以树的形象站着，它们慢慢变黄，干黄，那些叶片来不及等到秋天就死在树枝上了。在风沙刮过之后，天色会交替、草地会枯萎、人会老死泥下，干死的树很简单地就做了农人的柴火，一把火点燃。就这样，那些一代一代人的辛苦，总是叫你看不见。一棵树的成活对环县的土地有多么重要，浸满着环县种树人的苦。

又一个春天来了，锁住墒情，打响粮食"保卫战"是环县人挂在嘴上的口号，口号激发了人民的斗志，可激发不了老天的斗志。老天和隆冬一样没有作为，它猫在天上，它从来不知道饥渴，既没有承诺，也没有兑现。老天固定在一个无法走开的位置上，哀巴巴望着老天的农民，不哭，他们的眼泪是他们最后的珍藏。

过去说十年九旱，现在几乎是十年十旱了。靠天吃饭靠不住，他们开始在地上想办法。全膜双垄沟播栽培技术由此进入环县人的视野。2006 年，首次引进全膜双垄沟播栽培技术，在耿湾乡万家湾村试种二千亩；2007 年，在耿湾乡示范推广全膜双垄沟播作物一点零五万亩，经受住了七十年未遇的春旱考验，并获得了好收成；2008 年，县上提出了以曲甜公路为主线，辐射布设方案，推广全膜双垄沟播种植二十一万亩。其中十一点零二万亩全膜双垄沟播玉米，在生长关键时期连续八十天无有效降雨的情况下，平均亩产达到四百四十二点六公斤，较半膜种植增产52.1％，较露地种植增产119.1％。双垄沟播玉米因此被广大农民称为旱不垮的"铁杆庄稼"。

今年年成不好，旱大了，"铁杆庄稼"的叶子也开始泛黄。一位捂着头巾的环县女人挑着担子往山上走，我问她："7月没有下雨吗？"她说："没有。6月后半月也无雨。"我说："没有想过离开环县去有水的地方居住吗？"她说："不想。好地方都是人家的。"

船在没有水的对岸守着河。只有船会痴心地守着河，因为其他不是河的亲人。

环县人是环县土地的亲人。他们不想背井离乡。干旱的土地给了他们成长，任凭风吹日晒，这是他们今生拥有的日子，他们懂得好，他们的好里有刻骨铭心的苦难岁月。

十年十旱也就到头了，干旱的抗争和农作物的粗粮笼罩住了环县人的欲望，干旱的背景中衬托着黑黝黝肤色上挂着的笑容，比我们的笑更有力量。

# 树的荫凉
## 宽容而纵深

古树是崂山的守护神。历近千年，树根不光深深地扎进了地心，还在土里从四面八方伸展开来。或许书中描写的古树，大部分是苍老的，承载着浓厚的历史风尘的，古树总是被人看成受过历史磨难的、深沉的模样。其实在我的印象里，崂山的古树不是像人们说的那般沉重，充满了风尘，古树总是睿智的，充满生机的、坚毅的。

与时间有着类似的质地常用来相互喻意的物质是流水。海，浩浩荡荡地裹挟着时光一往无前，而往事总是像沙砾般在竭力挣脱和沉淀下来。

崂山的古树名木是编了号的，由一株到二百三十一株，主要分布在太清宫、上清宫、太平宫、华楼宫、明霞洞、华严寺、蔚竹庵等庙宇周围。

生长在太清宫三皇殿的汉柏凌霄、耐冬绛雪，三官殿的千年银杏，仰口白云洞的白玉兰等许多珍奇古树都是珍稀的植物资源。这些古树名卉不仅是悠久的历史和文化的见证，也是研究地区气候、保护生态环境的重要依据。

崂山的古树名木大都与宫观寺庵相依共存。崂山是中国道教发祥地之一，佛教历史也很久远。道教与佛教在建设、修复庙宇的同时都喜欢栽植树木和花卉，接下来的时光中，相当多短龄树种相继死亡，部分长寿树木得以保留，与宫观庙宇相伴至今。

尤其是佛教传入中国，改变了早期佛教持钵行乞的苦行僧的生活方式，僧人们建寺而居，置地自种。

寺院常建在山势奇特、林深木茂之处。魏晋以来，佛教兴盛。寺院建在幽静的山林之中，一方面利于僧人修行。又由于文人与僧人交游往来，过一种闲云野鹤般的、适意会少的生活，又可以超脱"红尘"，有利于文人"澄怀观道"，甚至还包括希冀延年益寿的生理需求在内。

道教，更讲究人与自然的融合关系。道士们常常沉浸在青山白云、流水清泉之中，领悟生命的真谛。修道人，以天地为庐、四海为家，到处都可以住。这个树下，既可以避雨，又很凉爽，所以在树下住；可是每一棵树底下住，不能超过三天，只可以住两宿。为什么不可以超过三天呢？因为真正修道的、清净的修行人，不希望有缘法，不希望有人认识他，而来供养他；所以在每一个地方，住两宿就走了。这是因为不求任何人的好供养，所以在树下住。

丛林也是寺院的雅称，和树有密切的关系。《大智度论》卷三："僧伽秦言众，多比丘一处和合，是名僧伽；譬如大树丛聚是名为林。"后泛称寺院为丛林。从宋代起，丛林即有甲乙徒弟院、十方住持院、敕差住持院三种之分。甲乙徒弟院，是由自己所度的弟子轮流住持甲乙而传者，略称为甲乙院。十方住持院系公请诸方名宿住持，略称为十方院。敕差住持院，是由朝廷给牒任命住持者，略称为给牒院。甲乙院住持是一种师资相承的世袭制，故又称为剃度丛林或子孙丛林。

二

太清宫有两株树龄在两千一百余年的圆柏，是西汉建元年间张廉夫在初创太清宫时亲手所植；三官殿西侧树龄达一千一百余年的糙叶树"龙头榆"是三皇殿初建时栽植；三官殿二进院的两株树龄在一千零四十余年的银杏是宋代太清宫修建时栽植。位于上清宫、华楼宫等地的银杏树均属初建宫院时所植。

还有的庙宇建置时间较晚，但因早期就有道人在此修炼并栽植一些树木，所以树龄远远高于建庙的时间。白云洞、明道观的银杏就属于树龄比建庙的时间长。

崂山的不少庙宇中，某些古树与该庙宇历史上出现不定期的著名宗教人物有关，后人出于对这些名人的崇敬和仰慕，对他们亲手栽植的树木倍加爱护，这类古树名木未受人为伤害，寿命得以延长。

以树接引众生，"一为山门添景致，二为子孙树榜样"。

种树爱树，自古就是佛教的优良传统。以树来抒发内心的境界，最著名的公案就是五祖弘忍门下神秀和慧能的偈颂。弘忍禅师准备传法给门人，验其功夫，于是就命大家写出体悟的境界。神秀大师写的是：身是菩提树，心如明镜台。时时勤拂拭，勿使惹尘埃。六祖感觉悟禅不彻底，于是他吟出了：菩提本无树，明镜亦非台。本来无一物，何处惹尘埃。

无论道士还是僧人，都有云游习惯，这在很大程度上促进了各地树木花卉的交流，对珍贵、稀有树种的传播和奇异花卉的引种起到了积极的推动作用。如崂山太清宫和明霞洞树龄七八百年的小叶黄杨、上清宫树龄二百余年的桂花等多属此类。崂山的古树有一部分非人工栽植，属于自然野生植物，起初并不被人注意，长到一定规模后才引起人们的重视。

传统观念认为某地较大的野生树木必有其风水上的原因，任意砍伐会破坏风水，使这类野生植物得以长寿长存。其原生性形成可分为两类：一类是相对集中的原生植物群；一类是零散分布的单株或单独的小树群。

在青岛近海诸岛上分布着中国山茶自然分布最北端的原生性古山茶群。山茶原生地为亚热带，因携带山茶种子的鸟常在青岛周边无人居住或人烟稀少的海岛上进食、排便、栖息，加之对山茶生存有利的海岛自然条件，所以山茶得以存活与生长。

崂山的古树名木除少数原生性形成以外，几乎都与不同历史时期人类社会活动息息相关，因此又具备了特定的文化内涵，构成了与其他遗产类物种相近而又不相同的文化积淀。

崂山的山茶，是隆冬季节青岛地区唯一能在野外露地开花的常绿树种，又称耐冬。据传明朝以前，青岛市区和崂山山中没有山茶，它们都是明代著名道士张三丰从海岛上移栽后慢慢繁衍而成的，现已成为崂山各庙宇冬季观花的主要树种。太清宫的古山茶因为蒲松龄的《聊斋志异·香玉》篇中的红衣花仙而有了一个独一无二的名字——绛雪，随着《聊斋志异》被列入世界文学宝库，红衣花仙——绛雪的名字已走向世界。

崂山的许多山峰上都有高龄野生古树，因地处高山难以攀登，只能远望而不能近观，山里流传着许多关于它们的美丽故事。

崂山棋盘石景区有一座海拔九百八十一米的山峰，山高势险，当地人称"天茶顶"。山峰东侧悬崖石缝中生有一株数百年树龄的山茶。遥看此树，葳蕤如初，似得天助，人们称它为"天茶"，也有人称其为"神茶"。崂山的部分古树名木在生长过程中，有的得益于特殊地理条件，形成独特的形状，有的则与周围环境相互配合，形成了奇妙的自然奇观。如太清宫的"逢仙桥"旁，有一株榆科植物——糙叶树，树高约十九米，树冠极大，主干虬曲，结节突出，形状极似龙头，故又被称为"龙头榆"，此树是五代时期崂山著名道士李哲玄在建造太清宫"三皇殿"时亲手栽植，树龄已有一千一百余年的历史。

三

七八月份的崂山，老树上寄居的蝉鸣声此起彼伏，那真是一场宏大的叙事。

正午的骄阳被挡在外面，趴在古树角落蝉儿发出的鸣声，给漫长夏日增加了无穷诗意。蝉被中国古人视为高洁象征，它餐风饮露，成为盛夏习以为常的雅物。

"一花一世界，一叶一春秋""有声听音，无声听己""弱水三千，只取一瓢""同船不同路，渡人亦度己"，蝉鸣能给人带来野趣、宁静和凉意。那抑扬顿挫的蝉鸣声，还往往会使人追忆儿时的情景。

夏季，当一阵雷雨过后，在树根周围的地面即可发现一些圆圆的洞穴，这就是蝉儿出土的地方，碰上好运气，还能抓到没有蜕壳的蝉儿。蚱蝉又叫知了、鸣蝉，有些地方叫大妈妈、妈唧妞。

伏了蝉到夏至时才登台歌唱，"伏了、伏了"地连声不停，伏天刚到，它便迫不及待地告诉人们"伏了"。也许它是好意，提前告诉人们伏天就要结束了，请做好气候变凉的准备。

寒蝉，体长约二点五厘米，头胸淡绿色，因它在深秋时节叫得欢，故又称秋蝉。寒蝉入秋才开始鸣叫，它们的歌唱才是这场"蝉声系列音乐会"的压轴曲。不过它们只是"滋滋滋"的一个音符，唱得太单调，其艺术水平实在不堪担负压轴的重任。

蝉之所以能鸣叫，是因为它的腹部有一对鸣器，由盖板和鼓膜组成，当膜内发音膜收缩时，便产生声波，发出嘹亮的声音。不过别忘了鸣器只雄蝉才有，雌蝉是"哑巴"。

"居高声自远，非是藉秋风"，蝉声远传，一般人往往以为是借助于秋风的传送，由于"居高"而自能致远。这种独特的感受蕴含一个真理：立身品格高洁的人，并不需要某种外在的凭借（例如权势地位、有力者的帮助），自能声名远播，正像曹丕在《典论·论文》中所说的那样："不假良史之辞，不托飞驰之势，而声名自传于后。"这里所突出强调的是人格的美，人格的力量。两句中的"自"字、"非"字，一正一反，相互呼应，表达出对人的内在品格的热情赞美和高度自信，表现出一种雍容不迫的风度气韵。

历史上，唐太宗曾经屡次称赏虞世南的"五绝"（德行、忠直、博学、文词、书翰），诗人笔下的人格化的"蝉"，可能带有自况的意味吧。沈德潜说："咏蝉者每咏其声，此独尊其品格。"（《唐诗别裁》）这确是一语破的之论。

张潮《幽梦影》中云："春听鸟声，夏听蝉声，秋听虫声，冬听雪声，白昼听棋声，月下听箫声，山中听松声，水际听欸乃声，方不虚此生耳。"方不虚此生，言下之意，"夏听蝉声"，乃人生快事之一也。

崂山听蝉，从一早开始，树木密集葱茏，夏蝉云集之地，天光发白，一蝉鸣响，众蝉呼应，此起彼伏，阵阵如雨，假如用"蝉雨"二字来形容，不仅不给人聒噪感，而且还送人一份清凉透爽、温润熨帖的快意。

太清宫的老树苍苍，古意盎然；夏日里，枝叶纷披，浓荫匝地，落满了蝉。如若是你站在某个制高点上，蝉声响起，小巷幽深，那蝉声蜿蜒而出，如溪水潺潺，一路行走，一路蝉声，蝉声，就有了一种婉约、杳渺之美。蝉声并不密集，疏疏落落的，那种疏落，自生一分悠然的闲适；有时候，一蝉独鸣，如古筝独奏，嘶嘶悠悠，那种吟唱，便不免生发出一分地老天荒的苍凉感。蝉盛时节，粗粗细细的干枝上，都踞满了蝉——满树熙攘。看树上的蝉，蠕蠕而动，蝉的鸣叫，是极有规律的，总是一蝉鸣响，众蝉呼应，叫一阵后，就缓缓地停下来，进入一种近乎死寂的状态，如此循环往复着。有时候，也会出现众蝉鸣响的情况，那声音，就特别地嘹亮而悠远。

崂山南北没有高山阻隔，东西又与海洋相连，降雨量大，空气湿度高，特殊的地理环境，加上人工引种栽培结果，使崂山植物种类繁多。这里是植物的南北过渡地带，因此也是一个南北引种实验场所，是植物南移北迁的驯化地带，种子繁育基地。在过去的一段时期内，青岛引进了大量的物种，崂山在青岛外来物种引进过程中占据着重要地位。根据野外调查研究和对大量文献资料的整理分析，崂山有意和无意引种植物约有二百三十二种，分属于七十二科。

夜晚时分，二百三十二种林木，枝柯疏朗，月光透过树枝间的缝隙，落在地面上，斑驳细碎，迷离醉人。皎洁的月光照在树上，时常惊得蝉哗然鸣响。真是想象不出崂山有多少蝉儿，蝉声哗然而起，惊人、拥挤，仿佛角角落落、旮旮旯旯都是蝉声，蝉声弥漫崂山，无处不在。

## 四

历史上引进崂山林木的人是崂山的功臣。

耐冬，在崂山赢得更长的时间。早在距今六百年前的明朝永乐年间，道人张三丰从沿海岛屿采回耐冬，在山中居民庭院中种植，后繁衍开来，成为历史上最早引进崂山里的花木。据《即墨县志》记载，早在清朝康熙年间，即墨知县康霖生派专人来崂山教种花椒，从1670年至1672年，用了三年时间，足见其决心之大，从此崂山有了花椒树。

19世纪末德国占领青岛后，为了绿化青岛的山，引进了刺槐。至今山里人还叫它德文名"卡齐"。这种树易活，繁殖快，耐贫瘠。

20世纪60年代，历史上曾声名远播的崂山窝梨因沙大酸重质量差而断了销路，树也快被砍光了。为了利用闲置的大量山坡地，并让崂山人秋冬两季有水果，政府帮助农民引进了苹果树。

20世纪50年代初期，由于日本松干蚧危害严重，崂山赤松纯林几乎全部被毁。为此，崂山林场提出了引进优良树种，改造赤松次生纯林的方针，通过营林措施除治松干蚧的危害。但是由于缺乏科学指导，盲目引进，结果全部失败。

后来，通过普查崂山树种资源，分析自然条件，查阅引种历史，发现崂山曾有人种过落叶松，现长势较好，经过采种育苗观察、育苗试验和十几年的反复实践，获得了引种成功，掌握了一整套从播种、育苗到幼成林抚育技术，从1964到1974年间，进行了大面积生产性造林，十年间共造落叶松林三万两千亩，基本上完成了对松干蚧危害致残的赤松纯林的改造。

70年代，在冬无严寒、夏无酷暑，被称为"小江南"的下宫林区，作为南方树种引驯区，自1974年开始，先后从国内国外引进一百四十多个树种，经过育苗和扩大栽培试验，日本花柏、檫木、鹅掌楸等已获成功。另外在冬季气温较低、积雪多、冰期长被称为"小关东"的北九水林区，作为北方树种引驯区，先后从东北引进红松、樟子松、冷杉等耐寒树种，均获成功。1983年3月，南方树种引种驯化获青岛市科委二等奖。

崂山地处暖温带与亚热带北缘交汇点上，西接华北，南濒黄海，处于温带大陆季风区，受海洋气候影响较大，因而崂山植物成分既有华北植物区系的植物，又有东北地区及亚热带的植物，同时还有与日本、美国相近的植物成分。且由于地形复杂形成不同的小气候区，直接影响着树种的分布类型。

温暖类型区，主要在崂山南麓的下清宫至崂山头一带，为亚热带树种。这一分布区间，长绿阔叶树种山茶（耐冬）、锦熟黄杨、棕榈、洋玉兰、竹叶椒、大叶胡颓子、红楠、络石、金丝桃、南天竺等，与多样落叶阔叶树种相伴生，构成多姿多彩的林木空间。同时这里还是国内外引育树种的引驯基地，引进树种的母本来自日本、欧洲、北美及国内的黄山、福建等地。阴湿类型区，主要在崂山后坡北宅街道的卧龙以东至北九水，王哥庄街道的石人河以东至青山一带。

原有树种赤松曾有大面积的纯林，还有多种伴生树种及大面积的人工林，引进树种有日本黑松、日本落叶松、刺槐，构成独特的植物群落。

干旱类型区，在流河、登瀛、沙子口、汉河一带山地阳坡及王哥庄街道的大标山、二标山东坡。山麓平原区，常见有杨柳、榆、刺槐、国槐、楸树及欧美杨等用材林树种和苹果、葡萄、杏、桃、梨等经济树种。

滨海岛屿区，常见乔木有刺槐、绒毛白蜡、旱柳、白榆，灌木有棉槐、柽柳，偶见单叶蔓荆。

我在海岛长门岩看到大面积的野生树木耐冬、大叶胡颓子、扶芳藤、刺榆、野花椒等，形成特有的群落树种。也许，事物总是阴阳相补的，因为孤独，长门岩的耐冬开得灿烂，并且，向上生长的树和向下蜿蜒伸展的根，两极生长，互相支持（根还有支撑作用），在四季繁茂生命的激烈竞争中获得生存空间。发达的根须，则保持着易于流失的水土，也让生活其间的人，灵魂和肢体得到双重的安顿。

长门岩岛上的树木靠天水生存，天水成就了姹紫嫣红的小岛。行走于古树名木之间，深感树木不愧是贮水器和空气净化器，枝叶间缓缓释放的水分，净化并滋润了生命的空间，好山好水，花草虫鸟，也和树木相映成趣，构成一条有序完整的生命链。树木与我们一样，都是大地上的生命伙伴，只不过生命的形态不同而已。所以宋人张载说："民吾同胞，物吾与也。"人与物的差别只在同胞与朋辈间，而与我们最亲近之物，无疑就有树木。它为我们调节气候、提供生活所需，也提供慰藉心灵的情感思绪。

长门岩岛上的年轻战士们，守着灿烂的盛开，守着四围的浩茫，我为生活在长门岩上的所有生命鼓掌。这个世界是生机无限，丰富而有趣味的，面对长门岩上的年轻生命和盛开的花朵，有些热闹真是应该隐退。孤岛上生活的守海人，他们的使命永远是凝固的历史与活着的生命相拥的奇迹。

# 武汉好

　　这世上的山和水都是自然界给你搭配好的。武汉，一个江岸的码头，码头是依了水的，只有水路上才有码头。虽然武汉作为码头在世界上不算非常有名，但与多数著名的码头相同，武汉建在水的岸边，并且是一条大水——长江的岸边。

　　沿江有一条宽敞的路，叫江滩，恋爱中的武汉人都在江滩上散过步。我也在夜晚的江滩上走了一回，夜幕的深处，长江水无声地流着，它的对面是武昌，武昌城的繁华透着灯光折射在江面上。江面上有船驶过，我能听到江水对整个堤岸的抚摸，长江就在我的脚下，脚能触摸到的地方，就是力量起始的地方。

　　我在武汉的江滩上念天地之悠悠，想百舸争流相映的景观，如此，我也像一条鼓满了风的小船，向前倾去。

武汉原来是个镇，叫江夏，现在没有镇的影子了。不叫江夏的后来叫汉口。"汉口"这个叫法是有来历的。因为江夏在汉水、长江交汇之处，水上交通古时是一条正经路。

水上码头，它容纳往来船只停靠，收留了源自四方八面的通行者。码头要像兄弟一样对待它的宾客。

码头宽厚松弛地接纳南北东西过往船只，首先它告诉世人停靠者目击了码头上的繁华。

长堤街、汉正街、花楼街这些有意思的街道，江夏时就开始相继建成。当时，由水路来江夏做生意的大部分是本省的商人；外来客商中，要算陕西来的商人最多。因为，江夏是汉水流入长江的出口处，而汉水的发源地又正好在陕西。当时在他们中间流传这样一首歌谣："要做生意你莫愁，拿好本钱备小舟。顺着汉水往下走，生意兴隆算汉口。"

陕西人把江夏叫汉口。

他们说：汉口、汉口，就是汉水的出口。汉口成为商人的发财地，江夏结束。汉口肆意在他们中间横行。虽然中华人民共和国的各级政府行政建制中，从来没有汉口这个区划，但是在一些系统之内还是常常将它们在武汉市的机构冠以"汉口"二字。比如：《汉口租界条款》，它说的是武汉发生的事情，那些事情过后，武汉留下了西洋建筑。

其实，汉口作为地名在史籍上出现，该始于明代成化年间的汉水改道。

一条水肥沃了庄稼的长势和商人的情绪。

对于从前热闹的追忆，文字有大量的记载，一条水默默地流着日月，流着阴晴不定、水光潋滟下的陈年往事。当汉水从龟山南边注入长江，到成化年间，其主流则从龟山北的集家嘴注入长江，汉水改道后的低洼荒洲地带，至清嘉庆年间发展成为与河南朱仙、江西景德、广东佛山并称四大名镇之盛誉的汉口。不过民间的汉口似乎就只指武汉？或若是我的印象。

汉口自鸦片战争后开埠通商，欲望像藤蔓一样在脚前迅速生长，如蜘蛛吐丝缠绕不绝。

这世上鞭子都不能成为欲望加速膨胀的有力武器，只有利益。长江之水从古至今泛着金色的光芒。

很小的时候，折一只纸船，船上点半截蜡烛，我轻放在有水的河上，潺潺的溪流带着纸船上的灯光走往远方。我好奇地问我娘，水也有重量，能托得动船吗？

我娘说："船底长着脚，水是一条路。"

"水明明是水不是一条路呀？"

我娘答："水叫水路。沿着水走能找见宝藏。"

"水路有多长？"

我娘答："像黄河长江一样长。"

"可船有走不动的时候呀？"

我娘答："走不动时就歇在古渡滩头，落脚在那里生儿育女。"

长大后，知道古渡滩头是被水夯实过多少遍的地方，水肥沃了码头的历史，建筑肥沃了码头的腔调。

我在沿江大道上走着，夜色流岚，对面的建筑被衬得生机一片。那些建筑成为武汉市的城市地标，衡量着这座城市的文化、道德、手艺、繁华的流向和气度。

地标建筑中曾经都住着漂泊江湖的人。

在武汉市汉口沿江大道中段，江汉路以北、麻阳街太古下码头以南、中山大道东南的滨江地段，长约二点二平方公里的土地，这里哥特式、洛可可式、巴洛克式等欧式建筑一应俱全。世界上没有离开水可以活着的生命，没有。

水从不返回，水的母性如大地一样是万物的种源，搁浅在武汉的江湖，是时代风云历程和心路，它映照出中国社会与政治、宗教、民俗等宏大主题的天光云影。

这些 19 世纪 60 年代至 20 世纪上半叶汉口租界的遗存，按地理方位从西南向东北排列，分别为英、俄、法、德、日五国租界。

历史的细节，犹如历史枝干上摇曳而繁茂的花花叶叶，使后来者如我这样对此有兴趣而又知之甚少的好奇者，好像看到了历史的细微表情和时代的真切面容，而这样的表情和面容是我们阅读各种历史教材无法看到的。汉口租界的数量仅次于天津，居全国第二位，面积仅次于上海、天津，居全国第三位，其影响力位列内地各外国租界之首。

一座城市有一座城市的历史，武汉，作为一座城市，它的码头文化是历史上的大文化。

中英鸦片战争、中日甲午战争、中法马江战争、庚子八国联军，当"强虏由海上来时"，他们绝不是通过海上的炮舰这一单一向度来完成，通过长江航运，他们将一个"亚洲内陆市场"作为帝国旧梦来掌握世界的金融体系。

外国列强根据不平等条约，在租界实行独立于中国政府的行政系统和法律制度之外的另一套制度，成为国中之国。当我现在回过头来看武汉遗存的这些建筑时，这些建筑，成为我接近消失的灵魂最真实的地方。

光阴的味觉，光阴的停滞，客观一些说，也推动了武汉的近代化进程，在城市规划、城市基础设施建设以及城市交通、公共卫生管理等方面，给我们留下了许多可资借鉴的经验。

一切固定的东西都会烟消云散，热闹终究会成为过去。过去的武汉租界其实是设在中国的帝国主义政府。汉口开埠后，各国洋行及轮船公司于租界内外相继修筑轮船码头。1863年，英国宝顺洋行在英租界宝顺街建宝顺栈五码头，为汉口港首座轮船码头。1871年，俄国顺丰洋行在俄租界列尔宾街（今兰陵路）建顺丰砖茶码头，专供汉茶出口外运。辛亥革命前，汉口沿江一带深水港几乎全为外商码头占据。这些码头的背后便是富人居住的租界，他们在此风花雪月，在他们的租界上，外国人不是外来人，而是武汉的一个特殊阶层，也是一个摩登的阶层。

从沿江大道看步行街，江汉关、日清银行相峙左右。作为武汉近代标志性建筑，江汉关庄重典雅的古典风格，从石材的色泽里，从科林斯柱精致的莨苕叶中，浓浓地散发开来。

房屋维修的建筑师对它的评价是：一座有生命的庞大艺术品。

我推开一座由租界改装的咖啡屋，看看门外忙碌的人，这里可真是一个闲散的地方。如果你要忘记光阴，不管说这是你的脆弱也好虚荣也好，在这样的地方你就是一个不为别人的想法而活着的人。

找一个地方温暖自己的寂寞。

找一个可以不掩饰自己的地方，这些遗留在武汉建筑改装成的酒吧和咖啡屋是容纳你情绪最真实的地方。

从租界的建筑里，我依然能够看到租界与租界互相攀比，它们豪华、气派、舒适、美观，我依然要把最美的赞辞、最高的褒奖献给这些建筑，它们遗世独立，成为光阴遗留在这座城市独有的建筑风景。

虽然它们是根据不平等条约，愣在长江边上因利而割出一块块的地进行殖民统治，作为那个时代条约制度的产物，或者说政府对政府的懦弱行为就是割地，我已经不想去追问了。

这些建筑让我了解武汉的从前，码头的从前，一条大江成为入住者的天然条件。

今天的武汉依然隐现着昔日的香艳，每一座老房子都有它自己的故事，承载着繁华的旧梦。徜徉在江汉路，台湾银行、上海银行、大清银行，石头建成的楼房，花饰精巧，线型曲美，繁富整饬，可谓奇妙绝伦。

熟悉江汉路的老人说，江汉路是武汉 20 世纪建筑的博物馆，任何其他地方都无法复制。

码头之后是租界，租界之中是银行。

西方列强凭借种种政治特权和经济、技术优势，纷纷来汉，既倾销洋货，又利用内地廉价劳动力和原材料，加工农副产品运销国外，同时直接生产商品占领中国市场。

我看到沿江租界地区先后有八国商人建立银行，开办汇兑、信贷、储蓄存款、买卖货币、发行钞票等业务。这些外国银行 80% 建立于清末时期，少数建于民国前期，1920 年达到十八家。

最早在汉开设银行的是英国的麦加利银行，它于1863年率先来汉在英租界设立分行，随之英国又开设汇隆、汇丰、丽如、利生银行共五家。美国有花旗、友华、万国银行三家，日本有正金、住友、汉口银行三家，还有德、俄、比利时、意大利、法国等国开办了德胜、清华、华比、义品、东方汇理银行等。在众多的外国银行中，历史悠久，业务最活跃，势力最大，作用最突出的要算汇丰银行。19世纪汉口开埠后，据史料记载，到20世纪初，汉口洋行一度超过百家。

人在适合自己生存的土地上会设法营造自己的福祉，钱是开路先锋，犹如：文官执笔安天下，武将上马定乾坤。

若干年前，我从女作家池莉的小说中阅读过汉正街。历史悠久的汉正街是汉口最古老的一条街道之一，据《夏口县志》等书记载，这条街迄今为止已有五百年的历史。早在明朝万历年间，汉正街就已形成市镇，这里沿江从西至东，出现了宗三庙、杨家河、武圣庙、老官庙和集家嘴等众多的码头，为商埠吞吐，集散物资。

由于水上交通便利，沿街店铺行栈日益增多，贸易往来频繁。到清代康熙、乾隆的经济发展鼎盛时期，汉正街已成为"汉口之正街"。乾隆四年（1739），汉正街修起条石路面。同治三年（1864）郡守钟谦钧在此主持修建了万安巷等新码头。从此，汉正街更是商贾云集，交易兴盛，市场繁荣。被称为"江湖连接，无地不通，一舟出门，万里唯意"，吸引了四方商旅，八方游客，热闹繁华，盛极一时。

于是，本省荆州、孝感各县，外地山西、陕西、四川、湖南、江西、安徽、浙江等省人口纷纷迁入。正如清代汉阳人徐远志的《汉口竹枝词》所云："石镇街道土镇坡，八码头临一带河。瓦屋竹楼千万户，本乡人少异乡多。"眼前的汉正街，游客和商贩整日把它挤得水泄不通，成为一种民间生存背景与氛围，它养育了多少代人，虽然它备受摧残的容颜与那些寂寞的老建筑相比形成了两种境界，也许正是它那柴烟的气息养育了红尘男女的幸福。

武汉是大码头，早就是热闹繁华地，温柔富贵乡。情随事迁，心由物转，江汉平原让我有想和历史靠拢的亲近。凭借文化意象的导引走进武汉，有感于世人喊武汉是大码头，真个是人间有方圆。我喜欢武汉的万国建筑，这些建筑让我看到了幽深曲折、像春天的花园一样绚烂多姿的人间，如今，这样的人间只有建筑才能描绘。

建筑是城市的雕塑群，比如建立在洋人遗留的建筑里的"警察博物馆"，说它是一部大书，实在是不为过，它让我对武汉产生丰富的联想。博物馆采取编年史与重大专题相结合的展陈方式，向社会全方位、多角度地公开展示警察所走过的艰辛历程以及公安在改革开放以来，为维护首都稳定，保卫人民安全，打击违法犯罪和维护宪法及法律尊严等方面所做出的巨大贡献和取得的辉煌成就。

警察博物馆的建筑风格为西洋古典式，建于20世纪初，灰调中有一种压得住繁华的正气，门头上的"武汉警察博物馆"更是体现了警察是和平年代捍卫国家安全和社会安宁的坚实后盾，合体的建筑本身就是一件文物。

灿烂之极归于平淡，逝者如斯，来者如斯，光阴夹击着每一个自信忙碌或无所事事的人，时间带来什么，但同样能带走很多。

这些租界遗留下的建筑给武汉庄重的历史感，一种旁若无人的自在。氤氲生香的酒吧和咖啡馆与这些老建筑联系在一起，明晰与幽古的暧昧之间，那些快要泛滥的窗棂，那些寻常靠椅，种植的花，被光线和色彩相加，异国情调并不豪华或者奇异，而是借助了低成本的民间本色，同时又讲究着人气和搭配，这些当年遗留，是经得起你挑剔的。

文化借助老建筑就地生根，让你好好享受武汉的码头文化。除了洋文化泛滥，武汉还有一群民间艺人，他们是武汉夜晚的歌手，他们在市民的饭桌上怀抱吉他，并制造出了悦耳、智慧和富有冥想气质的调情。

　　　　小小的鲤鱼红红的鳃，

　　　　上江游到下江来，

　　　　上江吃的金丝草，

　　　　下江吃的水青苔，

　　　　金的金丝草，

　　　　水的水青苔，

　　　　不为这些好朋友我不到这地方来。

　　那些老建筑，那些民间歌手，都是武汉高楼下面开放的向日葵，而光阴中，白天黑夜，武汉都是叫你生情的地方。

丑角

乙丑昌笔

# 善陀

善陀是一个村子，若干年前它在一座山的山坳里，它的热闹来自于屋子里的那些人声。若干年后，善陀消失了，植物覆盖了它。冬日树叶落尽时，看过去，备受摧残的村庄显得生硬和突兀，一座寺庙的舞台还在，只是没有了背墙，敞开的舞台犹如一扇落地大窗，更多的自然透过敞开告诉世人，物质完好的东西到最后都是这样一种形式完结。

村庄里一些屋墙之所以还在，是因为曾经村子里的人过于铺张地用了石头。

不知道现在谁还用石头盖屋，这种粗重的体力活计已经被现实中的人们舍弃。阳光从石缝穿透，有青草茂盛，风来它们摇曳，风去它们也摇曳，只要有光，有雨水。

我能想象曾经的戏台下，男女老少，到了赶庙会时分，唱戏的、卖香烛的、卖火烧的、卖丸子汤的、打情骂俏的、偷鸡摸狗的，等等等等，都是围绕着对面的大雄宝殿开始，跳大神的嗡嗡如蜂，与香烟缭绕人声鼎沸的戏台傲然对立，二者之间，总是掺杂着皱纹的脸和骨软的腿。

那时候，入村瞧戏，我们就这样一窝蜂地拥进了善陀。

善陀实在是不大，十来栋石砌的屋子，青绿的草铺天盖地。有些花朵开着，犹如小女孩身上的碎花布衫，望过去异样地舒畅。曾经的庙，高耸在小村中央，有几朵白云，从绵延起伏的山冈走来，庙脊上的琉璃瓦被云彩遮挡了一下，一群不知名的小鸟呼哨飞起来又落下去，小小的跳动，衬托着背后葱茏的山峦，这些庙顶上黄绿相间的瓦楞，更显得轮廓分明，光亮夺目了。红的庙墙，翘起的檐角，善陀在人们无数的好感觉中，一定有触摸到世外文明气息的感觉。鞭炮响起，那些咧开大嘴笑着的人，点燃香烛跪下，高香上的烟气缭绕着，求佛的人根据自己的欲求，还原着自己想象的生活。

我偷看那个卖香火的老人，她在比较两张纸币。她把明显干净的一张装进了衣袋，另一张握在手里，等待找零。她嘴里喃喃：你该烧一炷高香了，看那些开着小轿车的人，有人前呼后拥，都是前世烧了高香啊。

把钱看成一种吉祥幸福是一件好事，新旧是不是她生存的一种好心情呢？！高香，只是要整理出一个干净、没有臭气、看上去庄严的说法场所，如此，它的意义与高矮又有多少关系？我转身走出庙门，惶惑间居然不知里面供养着什么样的神佛？现在想，好像莲花宝座托起的佛，有一张丰腴的脸。

正是 5 月，一大片黄灿灿的油菜花，朦胧的潮气，清水流过，禾苗正在生长。念着牵挂着同时被惦记着，应该是很幸福的事了。爱是平常，有爱心，始终怀念爱的人，任凭时间之水流逝，如此，便看见了那个朴拙的老人。

他正挑了一担水走进油菜花田。他弯下腰，然后直立在花田中央的一块土包上。他突兀地站着，哼着欢快小调，很自在地在油菜花田里劳作着他有意义的劳作。那么，油菜花田里还生长着一种什么农作物？这么宁静致远的小村，因何要修一座庙？修庙人一定怀有梦想接近实现的目的。

一盘石碾。疏疏地有一枝桃花斜过来。"人面桃花相映红""桃花又见一年春""催出新妆试小红""为他洗净软红尘"……你看，有桃花在，一切就必然带着浪漫的寓意了。桃花从一座小院的墙头上伸出来。院内没有人住，春风春生的野草疯长起来。石屋的门两侧有春节的对联："春风送暖驱寒意；幸福不忘报党恩。"多么暖人，像春雪在阳光下就要暖化了。我走近它，记下。没有人住的石屋，贴着暖心的对联，很有味道。

看天。天上有云，云本无根。世人都说那云有一种超然物外的心境呢。是啊，那云，混沌无识无序，依偎戏耍在山的怀里。谁又能说混沌不是一种大境界呢！像这善陀人家，只守着自家的老屋，守着一种不变的生活。日出而作，日落而息，生儿育女，修房造屋，抽几口旱烟，看几朵云彩，心里平和着，吼几声地头田间的秧歌，咂出一些活命的滋味来，你能说这不是一种幸福！其实，幸福是一种自我感觉，体验存在于感觉的过程中。幸福，难以倾诉，也不可理解。就像这云一样，云飞云落，都是平常。

云与人一样，同是一段生命的过程。坐看云低，仿若洞见一段生命的无为和无知。云的家园是山、是江河湖泊、是草丛树林，宁静的自然对于人类，不也意味着一种永恒的家园么？

山、水、草、木、生命、智慧、劳作与汗水浇灌的丰腴。油菜开花，它使我们在生命的轮回中懂得自省与平和是一种美好的品质，让我们知道翻越一座山之后是裸露出的亘古的宁静与庄严。

我走近那位老人。我说你在浇灌什么？

"浇灌坟茔上的树啊，万年松柏。"

他用手指给我看，先他而去的女人就留在那里。那样轻松，这样说，没有一点伤感，但，仿佛，是真的，如延续着的生活的从前。老人眯着眼睛。挽留一些事情真的很难，很多人事也很复杂，到了这样的年龄，如果有痛苦，痛苦就会与生活永远相伴了，不为痛苦去浪费闲余的时间。

老人走过去，从我面前，以一种自在的神态。

他的女人就在那里，油菜花田，等待着亲爱的未亡人。月球和地球的距离，必然带着诗意的浪漫。扳着指头数日期，一日两日，农妇不紧不慢，安稳得惊人。守候着静止在四季轮换的油菜花田，她是这世上最有定力的一种人。

有一天，老人将回到小屋，重新开始旧的生活。空气净了，心也净了，情绪似也变作透明。冬日白雪覆盖，春天幼苗返青，5月百花盛开。葬在这油菜花田的善陀人真是好福气啊。

时间好似昨日。

沉默下来的善陀，山中的花期这般烂漫，得益于毫无阴霾的雨露滋养，洁净而又恣肆。看到过生命烂漫的时刻，那个存在过的善陀，就像黄土地上一块沉默的土坯，站在山上石垒的豁口处，能看见巨大的深壑，它已经走出了人们的生活之外。


有诗意的生活和有过多物质的生活相比，善陀在大山里，就名字而言，暗隐着某种岁月的从前。

## 鱼缸上烧制出的瓷梅

那是小阳春天气，我走在街面上，阳光把我的眼睛晃得似两颗玻璃珠子，反射在不远处的一片地摊上的一个缸上。古旧的浅灰，淡白的梅，深红的蕊。有一只手拍在它的沿上，是骨关节的响声，敲它的人是要把它卖掉的那个人。不说话，就是敲，一是想证明它存在的价值；二是表示它的价值趋向，很完整。它看上去确实是很旧，但是，它不古。阳光下它有贼光。细碎的梅意味着一个季节的韵律，那个季节，洁净得没有一丝龌龊的地表，那个骨杆似锋矛，骨朵如桃花一样的梅，它温柔地开了，开了花。花是一种动作，在一些看不见的地方，常常，会给人一种赏目的愉悦。

它的主人从我的眼睛里发现了我对它的喜爱。他不着急出手，不着急出手的原因是他知道我喜爱。在这件事情将要发生之前，我就买过他另一只鱼缸，那上面画着三个孩童，两只虫子，是蛐蛐。蛐蛐和孩童在烧制成瓷的鱼缸上有一点动感，而翅膀锃亮的蛐蛐，世间善斗的武生，将在宋那个朝代展示它旺盛的弹跳力（我从孩童的穿衣打扮上知道他们生活在宋朝）。我喜爱这个鱼缸。我抚摩着它刚出窑，或者有几天时间的釉彩。那人说，买吗？我说，买。一口价，我买了它。朋友说，贵了。我不觉得贵，原因是：我喜爱。

喜爱。没有比喜爱更容易制造高尚的品德了。

再来说我这只烧制出瓷梅的鱼缸。我喜爱。爱它上面的瓷梅。这是小阳春天气，艳杏烧林、缃桃绣野，它已经过了它自己的节令。远看梅蕊烟枝玉骨，淡淡东风色，早已经勾得春光大半出了。那种冷静的华丽让我再一次喜爱。再一次心动。他看出来了。他不怕我不买。他的骨关节不敲击了，就等我问价。

梅，冰中育蕾，雪里开花。古人说："初来也觉香破鼻，顷之无香也无味。虚疑黄昏花欲睡，不知被花熏得醉。"好！我故意从他身边走了过去，不看。我感觉到他歪过了身体或者是脑袋看着我的背影，手指的骨关节又开始在上面敲击起来。明显有些重。我笑了，阳光从头顶灌下来，我感觉我的笑很神秘，谁也不知道我酝酿着一个秘密。斗智。

我在他地摊的前面一些地方看到了一些陶罐，汉代的彩陶，因为出土，颜色淡了。陶器最初与劳动紧密结合，是伴随着穷苦大众而产生的，很平民。陶罐的装饰艺术是，最初颈部交错排列着的粗乱绳纹。这些绳纹是某些带有绳索的制陶工具在修整器表时留下的痕迹。正是这些痕迹启发了人们的意识，使他们悟到可以通过装饰来达到美化陶器的目的。我看到这几个陶罐的肩颈处有一只是旋涡纹，有一只是菱形纹，还有一只是网格纹。我想买下它。我家里已经有很多这样的陶罐了，还买，不为什么，就因为，喜欢。

　　我在和对方讨价的时候，我的肩上放了一只手，轻拍了一下，听得说：还想要那只缸吗？很便宜的，五百。我抬起头看了看是那只缸的主人。我笑着摇了摇头。不说不买，也不说买，摇头的方式很绝，既说明了问题又留了一个念想。他进一步说：买吧，我可以降一些，三百。我依旧抬起头笑了笑，摇了摇头。他自言自语地说：这东西搬来搬去的很容易裂，自己真是找了麻烦。我和卖陶罐的搞价，一副很认真的样子，我装着听不见他的话。有一只手又在我肩上拍了拍，依旧是他。他说：两百！我就是两百拿的货，想是有人能识得它的，也就你了，你反倒不要！我送你。你要不要？我说，没有理由要送我。非得让我要，就一百五得了。他想了半天说，再加一加，亏得太多。我笑着摇了摇头。他说，卖你。

卖陶罐的站起来拽了我的袖说，我便宜一些三个全给你？我笑了笑说，下一次。

我站起身拍了拍手掌上的土灰，撇开卖陶罐的，走到他的地摊上掏出了钱。我能够学得这一招数是朋友教我。以后买什么东西我都用这种方法。便宜地得到一种喜爱真好。它给我带来的不是一百五的价钱，是三百六十五，或六十六天的赏心悦目。

我在烧制出瓷梅的鱼缸里养了鱼，我们互相找到了满意的对象。想来，得了便宜卖乖才是最大的幸福。

# 当一个人傍晚出去散步

　　我住地的窗前有一队杨树。春天的时候它发芽长出像毛毛虫一样的絮子，我看到的是青白。等看到绿色的时候，天气已经很暖了。等到大片的绿色悬挂在树枝上时，已经基本进入了夏天。我的感觉是：春天来得有点唐突，在我惯常的意料之中很唐突地就来了。我比较喜欢夏天，杨树张开了眼睛，伸出了小手，向着掠过天空的东风招手，在我仰望之中，茂盛着蓬勃的生命力量，也陶醉着我一颗孤独的心。我望着它笑，然后看白云悠悠。绿的树，白的云，懒散地坐在窗前的我，眨眨眼睛，窗户上落着几只苍蝇。我不说话，在电脑上码字，码累了停下来看。窗外有景致。

　　有时候我也会一个人出去散步，通常情况是下午，或者还要晚一些。我住地的四周围有一些很有意思的景致。左边有五十米的地方是一座歌城，右边一百米的地方也是一座歌城。我这样说，是要面朝北站着，而朝北偏东的地方有一座火葬场。有朋友来访，我常常要交代一下，我住地的特殊性。当我一个人散步的时候，常常会遇到一些穿得很透亮的女孩。现在社会上的人把她们叫小姐，和戏文里的小姐的叫法一样，但基本意思有些变了。她们走着，或者说也是在某一个地方来回散步。我看她们，她们不看我，看街面上滑行的车，有车停下来的时候，她们可能身不由己会停下，会笑，一切没有不正常的。我突然会想到，她们就像杨树上飞飞停停的鸟雀，叫着一身的甜蜜，陶醉在绿杨林中。男人们说起她们的时候很是有一些不屑，但常常要光顾她们的都是那些男人们。她们都很可爱，因为这个世界上没有不可爱的女人。

往西走是宽敞的马路，有时候散步我要走到那里。傍晚的时候有垃圾倒出来，豆粒般大小的苍蝇，旋转着飞翔在垃圾上面，它们圆鼓着复眼，有着令人讨厌的嗜腥习性。有一天我看到了一件事情，准确地说，是看到了两个人的肢体语言。两个捡垃圾的人，一个是男人有五十多岁，一个是女人，三十多一点，是长相畸形的那种人。因为是共同捡垃圾，难免就会有看到同一件有利用价值的东西存在，会一起上前去抢。这时候，常常是那个女人不可能得手。一次两次不得手也就罢了，屡屡不得手，女人就伤心了。女人伤心的时候大同小异，找一个地方坐下来，只做一件事：哭。

女人哭了，很伤心很伤心。过路的谁也不会注意她，我注意了。因为，我现在无事，主要是看两边的景致散步。

那个男人有一颗善良之心。他看到女人哭了，他主动张开自己的垃圾袋，取出一个塑料瓶子放到了女人面前。女人还哭。那个男人又取出一个塑料瓶子放在了女人面前。女人还哭。那个男人有点不舍得把手伸进自己的垃圾袋了，犹豫了几分钟后他还是伸进了垃圾袋掏出了一个塑料盆放在了女人面前。女人放下揉着眼睛的手，看着地上的三件可以换钱的垃圾笑了。

那女人也有一颗善良的心。她从地上拿起两个塑料瓶子，站起来，走过去，走近了那个男人的垃圾袋放了进去。

很细微的一个生活过程，一个场景。我有些感动。使我本来很忧郁的心情突然开朗起来。一个人活着，不可能长时间地被一种事物吸引而陶醉，生活是真实的。不善的，不美的，很容易落在眼前。因为，人的欲望在膨胀。在过多的时间里，我们嗅到的是人与人对抗的弥天血腥。

一个很微弱的群体，有他自己的气场：善。

我始终坚信，每一个生命都有着自己与生俱来的生存能力和适宜环境，哪怕是一株毫不起眼的青草、树和扔丢的垃圾。因此，我一直在心里想着这一幕。

一棵树的生长就是树林的生长，一种善的存在就是文明的延伸。

当一个人散步的时候有时候还真能感受到阳光直接照射的光芒！

# 香从臭中来

臭的作用是相对于香而言的，只有臭才能显示出香肆无忌惮的力量。1961年在山西太原有一个十六岁的积粪姑娘，她叫阎二变。1960年的年关，二变的爹阎五则从生产队领回来一项任务：快过春节了，过春节人们自然要改善生活，吃得好产生的粪蛋子自然就质量高，在这个时候去积粪不啻是一个大丰收，阎五则想。

开完会回到家里，女儿问：开的什么会呀，爹？

阎五则说：积粪会。

女儿：啊。

阎五则进一步补充说：一颗粪蛋一颗粮，没有粪蛋粮不长。城市里人吃得好，产粪多，爹明天就趁这个正月天去城市积粪了。

没有等爹说完女儿就抢了说：爹，你要领我一块儿去，去看一看大地方。

腊月二十六阎二变和她爹拉了粪桶进了太原城。

正月天掏粪，一些城市人就张了血口骂：种地人进城掏粪，也不看个时辰，搞得一正月天都是屎屁屁，死气。二变不仅没有看到大城市的好处还受了一肚子委屈，夜里躺在被窝里偷着哭。阎五则知道女儿哭了，就把手放在女儿的被子上说：妮妮家有啥可哭？

女儿说：城里人吃粮食，就不知道粮食是粪养的！

阎五则说：城里人不懂事理，我妮也不懂！你可是高小毕业的青年啊！不闻大粪臭，哪得粮食香？

阎二变把头伸出被窝，表示了要听爹的话，知道了香从臭中来的道理，心里想那些城里人都是一些香臭不分的家伙，不值得为他们生气。

寒风刺骨的季节，天不明二变就起床做饭，父女二人吃完饭拉上粪桶去掏茅粪，阎五则掏男茅房，她掏女茅房，掏完后一车一车运到住地，搅匀摊好，晒干后再垛起来。有的小伙伴问她：你不嫌臭吗？她说：谁嫌粪臭，那是他的思想不对。

1961 年阎二变和她爹为榆次市什贴公社李坊生产队积粪

二十五万斤。

香从臭中生，它不仅是一个反比问题，还应是一种平衡心理的重要链环。香从臭中生，可以说它质朴到了极致。从世俗的眼光看它更是道出了生活的真谛，生活是以什么作底呢？当然是殷实富裕的经济啦，富裕的生活让人们大饱口福，大做文章，吃得越好，产生的粪蛋子越臭，吃得越好，粪蛋子的营养越高。富裕的生活又让人们对土地产生了纯粹的希望，渴望粪蛋子肥美丰润的臭来酿造淡密疏郁的香。那样，生长的粮食才叫粮食。当臭悄悄地被黄土下富集根系的海绵体吸收时，我们的粮食就借了粪蛋子的光长得活生起来。如今，粮食的肥料在走一条白色工业化道路，我们的农民也已经很少用那种泛着陶一般沉稳釉彩的粪蛋子了。

多年后，我读茨威格的文章，他写道："所有生活的安定和次序最高成就的获得都是以放弃为代价的。"我们放弃了粪蛋子，事实上我们在让粮食毁容，而我们自己的生命也在透着血光。

香从臭中来，一句具有质朴优点的话。

阎二变说："谁嫌粪臭，那是他的思想不对。"

倘若我们的思想不对头，那么谁还有心思来为我们收获粘了粪蛋子的粮食！？

## 苏联和俄罗斯的歌

1953 年 3 月 5 日，是我们"最亲密的朋友、全世界劳动人民和被压迫民族革命运动的鼓舞者、国际无产阶级社会主义革命的伟大领袖和天才导师斯大林和我们永别的一天——这是我们永远不能忘记的一天"。这是多年以后我翻阅旧报纸拾出的这段话，这一天之后，我们的人民在学习苏联方面因赫鲁晓夫的问题出现了一些故障。遗憾的是我们永远忘记了这一天，唯一记住的是一些苏联歌曲。

苏联的歌曲没有现实的功利的目的，非常大气，有一种难以表达的，特别是日常生活之外难以捕捉到的精神上的东西存在。我记得第一次学唱《红莓花儿开》是在乡村的一段土路上。地边的玉米秀出了穗，阳光漏射下来，小路空旷，我们不见一个人。

这里的我们是指我和林娜，一位北京来的知青。林娜悄声哼起一首不太像是我们国家的歌，有一股田野的热气荡过来，令我如此喜欢。林娜欢快地唱响了它。

林娜说这是一首苏联歌曲，叫《红莓花儿开》。这是我第一次听说"苏联"，因为我一直受大人的教育把"苏联"叫"苏修"。

夏天的河道灌满了草泽，成了随水而来的生命繁殖之地，林娜的歌在水面上丰满了水底的所有生命的鳃，一串串快乐的泡泡上升出来，如水中生命的心情，差不多就要有神话发生。林娜说，我来教你唱。

"清清小河边，红莓花儿开，有一位姑娘真是多可爱……"

这时候我正跟着我妈学唱《我是公社小社员》（因为我妈是我的小学老师），还不太懂得抒情，直直的声音从喉咙里挤出来，就有点把美好的心情纠成了结的意思。林娜笑了，笑声丰饶了田野，那笑声带给我的希望就像出壳鸟儿想马上飞起来。

我就这样发现了苏联歌曲。

每当我想把我的心情传递给他人时，或者在什么时候他人愿意接受我的传递时，我就静静地抒情一首苏联歌曲，唱得神秘，唱得隐匿，让旋律在空气中绽开，任凭亘古的尘埃荡起来。我始终在寻找这样的机会和这样的契机，但是，经验之内我无法实现我的要求。我不是一个浪漫主义者，但是偶尔浪漫一次却找不到对应物。我没有城市人见到乡村的那种惊喜，因为我本身就是生长在乡村。因此，我的浪漫是听到歌声后才觉得乡村美好的。是苏联的歌曲放飞了我的理想：第一，我要学会唱歌。第二，我要离开乡村。

这就是苏联歌曲给我的实惠。

可以说，苏联歌曲与数代中国人的关系悱恻缠绵。在我们的领袖号召我们向苏联学习的同时，苏联歌曲那种苍凉的，山谷水间的忧郁让我们发现了人间情怀和生活情调。对于六七十岁的人来说，它就是粮食——对精神的寂寥、心理的渴望、生活与生活之间的空隙进行着惬意的补充。

地图上苏联与中国接壤，历史上两国上下之间的关系，敌对与信任参半，凡此决定了中国特别关注苏联对自己的态度。我们在学习苏联方面就格外学得认真。几乎相信那就是我们的。试想一个二三十年代出生的人，他走进群山，那满山遍野的夕阳金晖一下就会使他想起《太阳落山》《英雄夏伯阳走遍乌拉尔山》。浪漫和壮丽穿越艰难岁月，有时它简直就是一个象征——"在那遥远的地方，云雾在荡漾，微风轻轻吹过，扇动一片金色的麦浪……"

与苏联的交情，是我们过去年代里中国人生活的一项政治任务，可以说从思想上我们是学到了马列主义，从生活上我们看到了一种浪漫的、欧洲的东西。在革命的旗帜下，涌动着跟顿河哥萨克和彼得大帝战士一样的斯拉夫性格。但是，让我们从精神上肯定的还是苏联和俄罗斯的歌曲。它超越了时间，在我们中国人民的中年和老年人中，产生了难以捕捉的精神上的辉煌。歌曲是无种族的，它好像比马列主义更让我们的人民产生兴趣。

五六十年代的国内群众思想比较单一，他们走过了风雨晦冥的日子，当他们一下接受了域外民族的那激动和广阔的思想及音乐旋流后，这个民族就很难逃避它的波涛汹涌了。尤其是1961年4月12日我们的报纸告诉我们的群众：苏联共青团员加加林上天的经过。我们的群众从认识上开始可怜老朽的资本主义制度了，并且肯定：随着时间的前进，苏联会把美国抛得更远。我们开始用另一种眼光看苏联，我记得马、恩、列、斯、毛、周、朱的像在我们家的中堂上贴了好多年，我一直认为他们比我们的领袖更领袖。多么完美的合作啊！但它的余波荡漾，最终以划上"苏修"作了结束。但是，我所以要清楚的是苏联歌曲真是给我们带来了永远深情的象征。

我记得有一年春节，我婆母哼着一首苏联歌曲为我们做饭，我从她的嘴里听到"歌声荡漾在黄昏的水面上，暮色中的工厂已发出闪光"，这时下面应该有二部重唱。突然有一个浑厚的男中音插进来："列车飞快地奔驰——"是我丈夫，婆母的歌声哽在喉咙，回头时我看到她的眼睛中有泪流下。婆母说：这是一个善唱的民族，如果说他的心中响着鼓点，那么他不跳舞，也得去冲锋。

今年的文化部春节晚会有苏联的《这里的黎明静悄悄》，这让我又一次体悟了彼得大帝的舰队因何毁灭了北欧人的海霸之梦；库图佐夫罩住一只眼睛因何率军队从雪山上滑下抄了法国人的后路……我是学戏剧的，从斯坦尼斯拉夫斯基所说的"可以找到再体验的新感觉"中，我可以毫不夸张地说，苏联歌曲的魅力比我们的歌曲要更神奇般地持久。当然这要排除政治而言。

# 精神诗藏

大雄宝殿的门外，树老了，叶子黄了，贴地的蔓草疯长，几只麻雀在廊檐下像吸引我童年的玩具，醉人的安静弥漫进骨缝里。一缕阳光的贴近，让我感受到了温软、易逝、短暂。寺庙唤醒了身体里的安睡，因为，寺庙里藏匿着时节带给我梦呓的欢愉。我回到自己的内心，安静地享受殿堂里绝好的壁画手艺。

是的，一个人唯一可以对付时间的工具，是手艺。

一直喜欢寺庙里的壁画，喜欢那份安静。画像的脸上照着黄昏的夕阳，被咄咄逼人的神秘包围着，在那样的时分里，人显得那么弱小和无助。佛关切地俯瞰着，四下里缄默无言，人又显得那么生动不加装饰。庙外，牛羊永远悠闲着一种姿态，庄稼轮回着节气，物质的世界醒着。庙内，手艺人把恒永的快乐定格在墙壁上，任岁月风云变了又幻，任人生来了又去，一概不惊，拈花微笑。

神灵的存在，是从人类原始思维的原始信仰中传承、变异而来的，来自崇拜祖宗、信奉自然、迷信风俗中。乡土社会里相互依赖的生存方式使每个人都不会独立承担人生苦楚，或自享人生甘美。享福之人是在收获了自己或前世清白人生的成果，而身处逆境则是在为自己前世的恶孽赎罪。在宗法制度和小农经济的价值观念中万事万物都有无形的手笼罩，那双无形的手对民间永远是功利的。

也许是由于地理位置和独特的气候，上党地区保存着大量的壁画。这些壁画向世人展示和诉说着佛法无边的如来王国当年在民间的辉煌。

上党，古时对晋东南的雅称。《荀子》称为"上地"，高处的、上面的地方。因地势险要，自古以来为兵家必争之地，素有"得上党可望得中原"之说。《释名》曰："党，所也，在山上其所最高，故曰上党也。"上党地区主要指今天的长治市和晋城市，它是由群山包围起来的一块高地上的两座城市。

在中华史前神话传说中，上党神话以其源流之原始、密度之集中、内容之详备，占据着举足轻重的重要地位。中国社会大多数壁画与宗教关联，基本上存留在寺观宇、风雨祭坛。壁画的兴起于佛教进驻寺庙，装饰视觉艺术有极大的关系。佛教属于亚洲人的一大宗教，它诞生在喜马拉雅南麓的山脚下，古代印度北部、现今尼泊尔境内。那依傍着河流而产生的宗教故事中，那个叫迦毗罗卫的城被描绘得庄严神圣，和平安宁，为烘托释迦牟尼抛弃一切荣华富贵、矢志不渝的高贵品格，佛教更把这片土地描绘成花团锦簇，物产丰饶的仙境一般。从社会发展的角度，释迦王子当年所在的迦毗罗卫国，是一个半农半牧为生存方式的土邦部落。即使王族，除了衣食无忧，以车代步，似乎并无多少优裕可供享受。举目世界，贫穷的地区和人群中似乎更适合生长美丽神话。释迦牟尼故去千年之后，当唐僧玄奘朝觐佛诞生圣地兰毗尼时所见已是颓败景象："空荒久远，人里稀旷。"

物质匮乏之处，往往只剩下了精神世界。哲学家汤因比总结人类文明起源的动力时指出过："优秀需要苦难"，这一"逆境的美德"。在不超越限度的艰难环境的刺激挑战下，应战的后果即是文明与创造的结果。

最早，生活在高地之上的上党民间，他们不为外物所动自信自身富足，也认同具有超自然的力量存在，因此，把日常社会关系准则也带进了因果报应之中。壁画的出现具有多重复合性和实用性，和佛教进入民间有很大的关系。

一座寺庙里佛道儒三家思想在寺庙里逐渐合流，和官方意识形态对这种合流的默认与鼓励有关，似乎彼此之间的差异并没有不可逾越的鸿沟，民间也没有感觉特别的心理震慑与精神约束，对求什么得什么只是一种兴趣，一种欲望，一种消闲雅事，一种依靠，一种在生活中解困脱厄祈福得佑的对象。他们找送子观音求子，去道观乞长生不老的秘诀，拜龙王以得雨，叩菩萨保平安。神的出现不可去探讨真与假，融与离，因为民间对神的谱系理解都是具体而实用的，崇拜者与神灵只是单独的心灵交流和依赖，神不说话，人只是形式的付出，实用观念使农民相信，所有的神都可能带来诸如此类的好处，神是无所不能的，都不该轻慢。天、地、门、财、土地、灶王等神祇，不管从哪里来的神，都使得民间生活于一个相互依赖的多重社会需求中。

寺庙中的壁画，是一个真实、自信的文明存在，它并非幻想的乌托邦。

从寺庙的房屋建筑中可以看到，历史上走出家乡的人们，心里怀着家乡中心的快乐，乡村里的寺庙就是信仰的土地"心中的日月"。"五更三点望晓星，文武百官上朝廷。东华龙门文官走，西华龙门武将行。文官执笔安天下，武将上马定乾坤。"这是安定团结同在的一种宇宙观，有规整的社会秩序在里面，所以，壁画的世界也是人的规整世界折射。民间口语复述，"天上神仙府，人间宰相家"，是人对某种好日子的预期或期待，而这样的人生奋斗过程，使得民间难以主动地变更其对于权力的从属关系。本来，神灵世界与现实世界之间并无严格界限可言，现实世界庞大的官僚机构在民间看来是无所不能的，宗教的进驻在中国完成了专制体制下君臣关系的翻版。

江上清风，松间明月，壁画艺人，手中一支笔，指点山河，激浊扬清，怀抱的虽是"致君尧舜上，再使风俗淳"的治世经国理想，私底下怀想的却是群山中的奇峰，激流里的风墙，开合的云涛，奔走的鸟兽，把一个简单的手艺人的风骨转化为笔底风光。看庙宇遗留在山门、大殿墙壁上的麒麟、凤凰、龙虎、山林、旷远，你会想到，只有把笔墨与信仰熔铸在一起的人，才会把生命对自然的渴望转化为笔底风光。

仰头望去，风铃不因鸟的鸣叫而消失，许多的时尚原本就是从古时开始的呀。

壁画的最主要功能是教化世人，人造的神被赋予了人性，他们不仅具有超自然的力量，也有凡人一样的衣食住行和七情六欲，既是超凡脱俗的又是入世随俗的，既然佛是可以帮助自己的无所不能，为了获得帮助就要心甘情愿地把自己置身于佛教故事中，如神仙会盟、佛祖尼连禅河边修行、老子骑青牛出函谷关、汤王桑林祈雨、舜王孝敬盲父、关公古城斩蔡阳等故事，其核心就是宣扬忠孝节义。在壁画所指出的生活境界中得到人生的情趣，在宗教的仪式里感受到天理与人心的沟通。大量佛本生的故事，表现了释迦牟尼佛前生无数次轮回转生中，或做国王、王子、婆罗门、商客、仙人、苦行者及各种动物时，为了授法和救助他人，不惜抛弃自己一切的行善画。

在我的印象中，壁画的题材，好像都是依据佛经得来的，但奇怪的是，同是壁画，同是佛的故事，不在同一个地点讲述出来的就大不相同。例如敦煌壁画中有一个"五百强盗成佛"的故事，而上党地区提到的五百罗汉故事似乎有着相同的命脉又似乎大不相同，但是有一点它们是共同的，那就是放下屠刀立地成佛。

传入上党的佛教壁画内容受大乘佛教的影响较深。大乘佛教也是唐玄奘历尽千辛万苦去西天取来的"真经"。在佛教文字和美术上最为生动的表现，是描写佛的前世无数次牺牲为善的故事。例如"二十四孝"故事等等。民间，起源于以血缘观念为中心的家族意识，使得民间始终生活于一个相互依赖的多重社会关系中。唯上的向心观念使他们难以主动地变更其对于权力的从属关系，而孔孟的中庸观念又使他们追求宁静祥和的田园生活，世俗社会生活观念历久弥远，民间的佛经传播受到知识认知的限制，壁画故事产生便充满着丰富的想象力和艺术性，所带给人们心灵的震撼，比简单的说教更具感染力。

尽管上党地区农民敬神目的不是追求神的帮助，但他们并不想和神灵保持过于密切的关系，这与农民与政权间关系的若即若离一样。他们只愿在空间上与神接近，在规定时间内，进入寺庙表示一番敬意。信仰对于信徒没有特别心理震慑和精神约束，信仰者可以根据自己的理解、兴趣和知识构成来理解和兴趣，这种状态下，墙上的壁画只是一种知识、一种情趣、一种生活的消闲雅事。如是，山水画、花鸟画、动植物画，山水图以高远为主，云烟四起的笔墨语境中，能看到山间草露之润、鱼虫嬉水之乐、旷谷潺溪之悠、崇山长岚之逸、孤山幽居之静，超然于人间的理由和缘起之趣。

壁画里同时又融入了部分戏剧故事。戏剧故事让人们明白了凡俗人间真实生活的再现。壁画中的戏剧故事，基本上都是以能被人理解的人物出现，劝人向善，劝人重情，抓住一点真实的、最基本的东西，尽量让不识字的乡民一看就懂。

戏的世界就是现实的世界，被神赋予了福报。神不仅具有超越自然的力量，也有凡人一样的衣食住行和七情六欲，既是超凡脱俗又是入世随俗的。既然现实生活不由神来主宰，也就可以在一定范围内予以改变。因此，他们寻找神、仙、佛和其他能提供帮助的神祇和精灵，效仿人际交往原则常许下某种心愿作为回报，诸如：重修寺庙，重新粉刷庙墙，重画壁画故事。

我在沁县一处破败的村庄高地上看见一座破败的旧庙，寺院的规模很大，有旧的石碾和石磨，三进院，荒草丛生，有半壁墙还在。我留意它的墙体涂层很厚，果然，一层一层剥落时，我看到了宋元时期、明代、清代的壁画，四层重叠，会发现一个有意思的历史现象。

最里层是宋元时期壁画，裸露出来的一角有一张人脸，半个身子，头戴官帽，手持马鞭，马头已经剥落，像是正策马奔驰。描绘的应该是萧何月下追韩信，动静结合，寂静的山谷仿佛回荡着战马的嘶鸣声，寥寥数笔，可发现宋元画风，画匠不是在画画，而是在用笔支撑自己的人格，负载苦难的重压，告示生命的追忆。宋元之后是明显的明代壁画。明太祖朱元璋出身布衣，有佛教背景，提倡简朴，反对奢华。明代官场简朴之风弥漫。明代绘画基本重复宋元，崇尚淡雅，不尚重彩，引入禅意，构图简洁。

剥落下最上一层，能依稀看见画的是一妇人与一童子，一位官人立在马旁正向妇人拱手施礼，妇人做回头状。我猜可能是《秋胡戏妻》。"秋胡戏妻"的故事最早出现于西汉刘向的《列女传·鲁秋洁妇》，但这一故事能在民间广为流传，得益于元杂剧《鲁大夫秋胡戏妻》在舞台上的常演不衰。在男子外出征战，女子持家主内的战争年代，对于维持社会稳定起了一定作用。明代的这幅壁画中最重要因素就是政治力量的介入。

这个进程虽然从明代隐约有了苗头，但是，结果却是从清代看到。

清代壁画是中国美学的凝冻期，一方面传统还在惯性中运行，另一方面古典美学显然处于衰减期。清代乾隆时期，经济高度繁荣堪比开元，却难以掩盖美学的贫乏。于是枯寂就不能成为美学的格调，乾隆朝唯一可说的是戏剧，把原本是娱神的形式变成了忠孝节义的图谱。艺术家们不敢面对现实，训诂成为时尚。隐约能看到时代流风所带来的端倪。山水是枯寂了，了无魏晋和隋唐的生动自然，人物虽然是写实的，但是已经缺乏了艺术的典型化，明显感觉到了手艺过渡到经济消费利益中来，壁画勾勒线条不注重比例，调出的色调看上去丰富充足，其实讲究的只是华丽浮躁。更有甚者把"佛"画成"人"，已经彻底抛开了"画从经中来"。因为经历了风吹雨打，表面已经模糊不清，似乎是佛教故事，有一只手翘着兰花指，那翘依然少了生动传神。

有几个农民坐在荒草中间烧香，望着我发一会儿呆，我抬起头来，白石灰中掺和着的头发还看得见，雨水冲刷下来的黄泥像珠子一样挂在那些头发上，成为引发我思绪最为简单的色彩，天空有多大，大地就有多大，这些个农民看样子从来就不想求得荣华富贵，喜欢的只是面对寺庙烧炷香后的祛病消灾。已经找不到了画者当时那种无垠的空间和那种缓缓涌来的吉祥如意了。

绘画艺术是自然界和人们心目中一切美感的具象化表达，再严苛的宗教戒律也无法压抑画者对美的创造。从绘画的兴盛来讲，六朝的绘画讲究神韵，宋代的绘画崇尚寒荒，元朝的绘画追求逸气，明朝绘画体味禅意，清朝的绘画钟情空寂，画的灵魂都在精神层面徘徊。壁画艺人从历史深处走来，他们身上没有书斋文人的那股酸劲，画是他们的生存之道，来自民间的青山绿水养育了他们的性子，艺里艺外皆是艺，不媚俗，不肯降格以求，感情上一直信守着一个"艺"字，每一次提笔都有自己的原则，在安宁的温馨里孤寂地体验人生的喧嚣和繁闹，墙上的风景就是他们心里的风景，那种沧桑的美和随意的意境，朗照一切并洞穿一切，让世人顿悟人之与人的修行。

人就如季节，走过了留下了名声，生命消失后，名声长青。剥落的壁画中朝代更迭告诉了我社会一路走来的浮华风尚。

上党地区历史上处于战乱频发，也是历代兵家必争之地，大量流民迁来此地，当时在此地称王者也多为汉人和匈奴人，所以，汉文化和多种其他民族文化糅杂在一起，使得上党地区的佛教艺术具有极为不同的风格。

壁画的兴盛为后世的人们了解当时社会的政治、经济、文化提供了极为宝贵的资料。从这些壁画中看到了释迦牟尼尚未成佛前的"供佛图"，这位佛家大师竟然虔诚到头朝地，以倒立的方式拜佛，表现了心诚则灵的处事学。有的壁画中还出现了蓝眼睛、黄头发的波斯商人。这些壁画里，我们还看到了当年突厥人的兴盛和他们崇拜狼的痕迹，生性好斗并且骄傲的突厥人曾一度成为西域霸主，然而，应了"盛极必衰"这句话，最终在威胁唐朝的西域统治二百年后走上了灭亡之路。但是，历史却公正地在某个角落里会顽强地显现出突厥文化当年的辉煌。面对这些壁画，我们不难得出"全世界的美促成了全世界的文明"的结论。

所以，一个健全的世界必然是共同发展相互交流的世界。这点在上党地区的壁画中随处可见。

文学，一个引领时尚的标尺，它无形地影响着画匠们的绘画风格。绘画是艺术创造过程，但是，艺术从来就是极具个性的劳动。上党地区汤帝庙多，有庙宇里的壁画，画的背景上有两扇书法屏风，一扇是唐代诗人刘禹锡的《陋室铭》，另一扇是王羲之的《兰亭序》。匾额是"敬之"。"敬之"一词出自《诗经·大雅·文王》："穆穆文王，于缉熙敬之。"说明画匠有相当的文学水平。

寺庙墙壁上的时间是稳定的，光明永在，时间的味觉，时间的停滞，时间作为第四度空间，让你在那个切近的空间中，告诉你万物有灵论，因为，世界是活着的，活着的万物，风和雾，雨和雪，所有东西都具有生命力。

随着佛教思想的传播，上党地区有了"善恶必报"的因果观念，有了上天堂和下地狱对灵魂的善恶之分。这样便出现了一些因果报应的壁画，此生的灾难源于前世的作孽，而今生的富足则

是前世善行的报偿。人死后要依据其生平或奖罚。受奖者的灵魂被送往西方极乐世界，来世会博得荣华富贵、光宗耀祖。

壁画是一门高深的学问，以我对其浅显的了解不敢妄下雌黄。但是这并不影响我和许许多多的人对于壁画的热爱，哪怕仅仅是好奇。

因为我们还知道，世界上很多巨大的成功，往往是从好奇开始的。

壁画是立体的电影，站在这样的一幅幅历史巨片跟前，人的浮躁、人的狂妄是否可以立马灰飞烟灭？

当我看到头戴镂金的尖顶宝冠，面部造型近似笈多佛像，表情宁静、悲悯而温柔，右手优雅的手势轻拈着一朵莲花。他佩戴着宝石项链、珍珠圣线和臂钏手镯，丝绸腰布纹饰简朴，呈现女性优美的三屈式。周围的爱侣、孔雀、猴子、棕榈、山石，五彩斑斓，构建出繁密幽深的背景，衬托得菩萨的形象格外丰满明丽时，我第一时间是想到了手艺的美好，接着那些花明月朗的愿望就诞生了。超凡出尘的灵性、德行、韵致和姿容之美，常叫我对悲凉的世道、凋敝的人心，增加暖意，且光华曦曦。

事实上，早期的佛教中并没有佛像，信徒们只是以脚印、法轮、宝树、舍利塔来象征佛陀。

民间相信大地深处与神灵有某种神秘的联系，因此热衷建庙，主要用于修行及信徒进行宗教仪式。多以本生故事为主。多以象征手法作表现形式，如法轮、莲花、小白象等。

以人像和建筑图案配合为特色，构图富于变化，线条流畅，笔法洗炼，色彩绚丽，内容多为佛教宣传。

壁画还有一个重要部分是世俗性题材，其风格与中国、波斯混杂，社会生活的各个方面都有所体现，如帝王宫廷欢宴、狩猎、朝觐的场面，飞禽走兽、奇花异草等等，构图活泼，栩栩如生。这些久远的艺术已成为古代印度宗教、艺术、社会生活的重要留存，也是后人了解过去的最直观的索引。但随着佛教在社会发展进步中式微，这些壁画渐渐被废弃，荒草丛生，密林掩映。

在一所破败倒塌的寺庙断墙前，我看到了戏剧杂子戏《杀庙》。这是《秦香莲》中的一场戏，居然也画在曾经的庙壁上。韩琦属恶人之鹰犬，却天良未泯，心怀正义。行凶之前，陈世美唤他前来，先是备了酒，又在盛酒的盘子里放了五十两银子，然后吩咐说："城南土地庙内，有一秦姓妇人，领着一双儿女，是我的仇人，今派你前去除我心头之患，不得造次。"这出杂子戏《杀庙》，无论是啥剧种，都因这折戏成就了一个又一个好须生。杀手杀人是不犯忌的，不为啥原因，只见刀头带血。他唱了这样几句："她母子把我心哭软，刀光霎时不放寒。背地里我把驸马怨，心比虎狼更凶残。你和发妻有愁怨，我和他结的哪里冤？把他的银两我赠予你，你母子逃走莫迟疑。"韩琦犯忌了，做了一个杀手不该做的事。秦香莲似有恍惚拉着一双儿女要往庙门外走时，韩琦突然大喝一声。走与不走之瞬间，杀手韩琦考虑到了自己的性命保障。秦香莲这时也明白了江湖规矩："要杀就把我杀了，留下这儿和这女，权当是大爷你亲生。"这一场戏是人性的自我"肉搏"，终于，韩琦决定以自己的死，换取她母子三人的生。

壁画上画韩琦赠秦香莲银子，地上跪着两个孩童，韩琦一身皂衣，人显得很文气。秦香莲也是一身黑衣，台词里有"破烂罗裙"之说，一个穷愁贫贱的善良妇女，所有的积蓄都省下供老公进京赶考了。我想当年画匠一定是一个忠实的戏迷，几千年传统的封建社会，呻吟在漆黑一团的生活中的弱势群体，从韩琦这里看到了活的希望，杀手是有人味的，那些运气来了，鬼都撵着涂脂抹粉人，多么地黑心黑肺。

《秦香莲》中包公也是一身黑，连他自己都唱："头戴黑，身穿黑，浑身上下一锭墨。黑人黑相黑无比，马蹄印长在顶门额。"有些寺庙的壁画中也画包公，大多是陈州放粮途中的画面。老百姓喜欢这个官儿，似乎是前无古人后无来者，天地间独一。他的唱词中有："百姓也是娘生养，哪点与你不相同，她虽身贫有血性，不过未曾生皇宫。"戏剧就是戏剧，壁画就是壁画，生活就是生活。宋朝到现在，我们的百姓看不到生活中的暖热，你出生在农村就是农民，不说皇宫，想长成近似城里人那张脸都难于上青天。韩琦、包文拯，世界之大没有第二。

民间有正义的心跳，这出折子戏发生在寺庙，土地爷没有出手，杀手舍身了。现在他们又出现在寺庙的壁画中，不知道是否还能给民间活着的勇气和生存的希冀？当寺庙不再成为民间的精神栖息地，谁又会在乎那庙墙上画了什么"东西"！

这是一个没有声音的世界，但这些历经千年的壁画却仿佛在诉说着什么。那是连接眼前的神界，往来在俗世之间的桥梁，循着这条公路，我将回到那个红尘纷扰的地方。

民间信仰，是从人类原始思维的原始信仰中传承、变异而来的，是民间思维观念的习俗惯例。民间时期农村广泛流传着崇拜祖先、信仰神灵以及各种迷信风俗。成为当地农民精神生活的重要组成部分，至今仍在绵延持续。民间信仰是富于特色的，它是这一地区乡土文化和农民精神世界的真实写照。

只要置身于繁华静谧的壁画空间，我便体会到一种无限自由的快乐，我心里从来没有像现在这样失掉了任何抵抗，时间在墙壁上遗留下来。

有什么样的时代，便有什么样的艺术。

贫穷滋生艺术。曾经的时代，人民不仅信仰众多的神祇，也认同具有超自然的力量存在，同时在戏剧的教化中也肯定社会的良心，如此种种使得民间始终生活于一个相互依赖的多重社会关系之中。可惜贫穷至今仍然在延续，苍蝇拍翅，蚂蚁蹬腿，人间的艺术繁荣得如此有力，不知为什么，我总觉得那热闹与艺术的本质相去甚远。

那些即将剥落的壁画，实属珍稀罕见，是手艺人的留存。它们的存在于当下的官僚来讲是破败，不是欣欣向荣。对于拥有权力的人来讲，除了满足探索打造开发未知事物的好奇心，满足用人至上获得做法和想法出口利益，老祖宗遗留下来了什么东西已经不重要了。

在生活泥沼中闯出一条获得内心感受的道路，这条路归结为一句话"为艺术而艺术"，一切之外已经是自作自受的苦修。我都再不想看那些具有高超演技竞相登台的人表演了，我只想让艺术的幽灵统摄我们的生活，来抚慰心灵并点燃活下去的信念。

生命充满了生与死、爱与恨，充满感知又处在未知，在精神底蕴无比深刻的荒芜之上，生存之外，循迹攀升，我能够找到声音的旋律，找到白天与夜晚交替的节奏和韵律，找到解救、释放、安稳，然后进入神奇之境。

寺庙，把我和现实社会拉开了一段距离，有个歇处，歇着，看自己和心的世界。

# 驴是兄弟

　　从什么时候开始，故乡的驴对于我来说，就已演变成为我童年的兄弟姐妹，一些难以忘怀的季节的冷暖景致，一些远离文明的诗意的原始，而不再是一般的劳动工具的浅表印象？真是这样，庄稼人知道，人与牲畜的缠绊比提起的话题更牢更长更雨露阳光时，人才会接近人模样。乡间的土窑、小石门洞的暖炕和窑掌深处的驴，没有人能够明白，人与驴同住一窑的风景。祖父说，驴是兄弟，它不会背人的视线而走向不归，蹄脚老了就凭借风力。印象中的风景，都被驴走尽了，遥远而又凝固，仿佛暖阳下的苍山，只在自己的故园，只在窑洞。

　　这是一个充满遗憾的世界，用什么来抵御岁月的风霜？牲畜成为庄稼人一种安详的归依。童年时随祖父骑驴出山放羊。寂静的午后，胯下的驴踏起阳光下的尘土，羊群在温暖睡意中被镀上了箔金，空气中山林的气味浓得像是液态。松树的针叶从脸上抚过，会看见腐殖的泥土透出的松菇，朗晴的，满目皆是圆润的黄。这时的羊群如果无知或故意分群，山下的驴会仰起后腿，颐指气使，蹄声归处。分群的羊会在这嗒嗒声中安然复群，这是动物间一种奇怪的默契。祖父回头笑骂："狗日的驴！"然后勒细嗓子唱道："皇天后土人儿黄尘小，苍山绿水牲儿浮萍大……"那声音荡起天地一片瑞祥。

庄稼人知道，生命耗尽本能才会存活。存活的幸福和好天气一样，有，但不会很多。天地之间，风霜雨雪，人类彼此生存及农业耕种的开始，就意味着一切的到来。人养了牲畜作为农耕劳力，是人类出于对自己生命的功利主义，也是出于那些生命的善良和顺服。牛羊追水草，人子逐牛羊，迤逦一途。生命同等于四季，是牲畜使人类浪游的脚步停下来，并根植出了乐土息壤。记得冬日里和祖父一起出山驮煤。天近黄昏，雪片飞扬。雪天里直程的背阴路因寒风吹滞，滑溜狭窄，驴鞍头挂辔，笼嘴系缰，走，打滑，一人牵，一人打，生命延续彼此交困。驴处险，将后蹄牢牢把住雪地，前蹄实质上已经滑弋因而虚拟。祖父身体抽抖，注力于双后，贴附于路边山坎，只用眼睛看驴。祖父说："水女，快脱去我的鞋袜。"天寒地冻，祖父赤脚着地，趾肚脚掌似乎有牙，冒出丝丝白气。祖父屏气不敢大声呼吸，使出驴劲，生凉的地气能把人的骨缝扎透。那真个是一幅人类艰辛的生存之图，先是蕴含着无尽的力，之后就是心头的一线明悟——是人类存活的永远经典。

踩过的雪地留下一汪清水。生命的庞大与卑微，是以怎样一种方式存在的呢？走上山顶，看见村庄的窑洞，满世界苍凉的白。雪中炭，人与驴如水墨画上甩出的斑点墨迹，祖母在窑顶上眺望山头，晃着一根桃木棍子，我在雪天的驴背上疯喊着祖母，那声音显得那么渺小和孤独，且透射着俗世的暖意。

祖父说，老驴工于识途、警路、避险。在已绝其通的路上，人若强行，驴也会气恼人的愚昧，狠歪驴脖子，两腿夹尾，回避崖塌泥陷。驴作乘骑不忌生，一根桑条握手，通过骑乘重量的分流变化即会右行或左转。记得一年春上祖父牵驴出山跳马。腊月里驴生驴骡，叫驴跳马，牡马所生为马骡，儿马跳驴，牡驴所生为驴骡。老驴体弱无乳，祖父让我去和叔伯婶婶说，要她给小驹一口奶。月子里丧子的婶婶羞红了脸走进窑洞，祖父避着走出窑洞，婶婶解了衣扣，托乳相赠，小驹不受，惊惧退缩。无奈叫了叔叔来，叔叔气盛，从老驴身上揪下一把驴毛，缠在婶婶乳头上。时是黄昏，可以清晰地听到小驹吸乳之声，那是生命繁衍的本源之声。年轻的婶婶，肌肤透亮，在黄昏的天青中流溢出丝绸的光泽。婶婶有泪流下，那是失子的疼痛中艰难赎回的幸福。多少日子，她就这样在悲伤的边缘上喂养了小驹。生命的等级超越了，那苍苍深山中血脉里流淌着的是一种什么样的伦理道德——款款情深啊，很亲切，很亲切。

庄稼人给予牲畜的爱，也许可以用无私的母亲来比喻，但我认为它远远超出了母亲的狭义。大自然所具的那些永恒、自在、单纯、朴素的性质培植出庄稼人的性格。山高水长，由于自然的朴素的，庄稼人的爱，就如山中日月，明澈而高洁。有一天，心情悒郁，从书架上抽出一本《后汉书》，看到汉时，驴曾是贵族宠物，人人皆学驴鸣，驴叫声成为一天里最好的将息。写魏帝别出心裁，给臣下王仲宣送葬时，令官员一人各作一声驴鸣送王西行。山野旷地驴鸣声此起彼伏，实为空前壮观。驴生活在那样一种历史背景下，是多么旷达和动人。风霜雨雪在时间中潜隐地流过，驴走到现在"上下山谷"已成为"野人所用耳"。人类的苦难早已浸涉了爱的双臂，驴的体力已被岁月咬噬得骨瘦嶙峋。假如以最早出现生命的形式来想，人与驴也没有什么不同，都是自然选择进化出来的东西。每每想到故乡的驴，就会想到驴的眼睛，直戳戳的，一切悲怆意味全在温柔里。岸边风景，怡悦心性，或引颈长鸣，人与兽，兽与人，是否有悖于生命最初的事实？

驴在远离人类社会的田野里耕作，随缘放达。有农人在地垄上用火镰敲出一缕烟尘，春山鸟鸣，我在追忆极苦极甜的缠络中，想神爽出动的乡村，想生活羁绊中稚愚孤独的驴，心就会滋生出一尾生生的痛，上帝有意设置了这样一种未来，我们只能告别和放弃所有意义上诗意的原始了。

# 胭
# 脂

　　知道胭脂跟女人沾边儿是在一个很单薄的年龄。那时我看祖婆的妆奁，我不能读懂旧社会，也许我一辈子都不能读懂，我想，然而我读懂了美丽。早年间的胭脂是装在一个织锦缎子的小盒子里，盒子打开，用一根纤细的竹签挑出一丁点儿，或脸颊，或嘴唇，或眉心，桃红的光泽，纯净的花香，很沉静。每每看到胭脂的桃红，我的心就灿烂若云霞，女人、爱情、胭脂、桃红，趋时得多么美好呀！

　　我记得祖婆的妆奁，黑色的镶有桃花的描金匣子，在土炕的墙头，静静地泛着一层时间远逝的光泽。祖婆端坐在炕头，麻纸窗户透照过来一段轻柔的光线，白发丝丝。她与她的孙女在灶火旁，大致为一个灶火中烤埋的红薯而等待。祖婆抬起头来说，过来。我走过去，那双老皮圪皱发颤的手在我的眉心按下一美丽的"红心"，桂花香，那是胭脂。回想祖婆的眼睛她有比喻的目光：朦胧、柔和，之后如细丝一样拉开，在我胭脂红的眉心暧昧得若云若烟。多年以后再想祖婆的当时情景，就真的心疼了祖婆。祖婆一定是想在我眉心画一朵桃花，枝干如刀，花朵如雪，大雪满弓刀一般。可惜啊，桃花是开在春天，于妩媚中透出的也是红彻的无奈。

祖婆十六岁，生命花开季节。对于中国现代史而言，日本人是一个结，而对于祖婆，日本人是另一个结。中国史里有一种最本质的描述：灾难的不幸总是由女人来承担。女人承担的不幸是一种极其本质的占领，个人或民族的许多大话题都结在这上头。那时分祖婆似娇花照水，弱柳扶风，而日本各种"太郎"则身姿硕健，英气勃发。祖婆的那一眼窑洞为占领地提供了物质的可能。祖婆当时正拿了一盒胭脂准备挑一丁点儿稀释在水中，蘸了点圆在馍上，案板上白玉菱面馍泛着青春饱满的光泽。就只听那厢"咣当"一声沉重闷响，祖婆整个身体就松塌了，在晕厥里一直感觉到多条软体昆虫沿着她的身体四处爬，一种冲撞得支离破碎的节奏撕裂了祖婆最后的绝望。三寸金莲被胭脂一样的鲜血染透，凡俗一样的历史在潮湿的地砖背脊上发光，祖婆发出一声冷凝凄绝和将死的叫声，一盒胭脂在手心，掊出了玫红的代价。

十六岁的祖婆只用一天的时间走完了女人的一生。这一点与祖爷相反，祖爷用一生的时间都没有完成自己真正的夜晚。祖婆从此沉默，祖婆的沉默预示了她对灾难的承受能力。灾难就是这样，它从不念及文字或故事，它从不在乎人类的花季，时间为祖婆留下了无限空间，让她断肠。民族和国家绝对不是大概念，它有时能具体到个人情感的最细部，让你脆弱的神经背起一段民族或某个历史时代，让你在不堪重负里体验生存的代价。

以后的事情大体如此，祖爷娶了祖婆，无儿女，过继一方。祖婆的妆奁里放着胭脂，稀释的胭脂，变成生活的营养，它是一种最具明朗化的安慰，也意味着某种优越资格的享有。

心里想到胭脂而不能释然。系念什么？是有形而上的，灾难、爱情、古旧、桃花；是有形而下的，馍、麦香、玫红？这也就不能不慨叹时光如流水了。祖婆一辈子也许没有涂过胭红，胭脂到陈旧时，就只为了凭吊，价值的悼念，灵魂的衰亡。祖婆幸福的代价是在自身的融化以至于民族的耻辱上来健全的，她罗愁绮恨的背后，怕有一个山长水阔的背景吧！

好的胭脂首先是形美而感目，其次是在美人腮上气韵生动。美女之艳，是她的优雅举止和款款风仪，风仪气韵是远离了躁气、土气、甜俗之后的一种高雅之气。古时的胭脂仅有玫红、正红两品，而现在的胭脂，目感所遇，红橙黄蓝紫中，仅以红色为上品，就有正红、大红、绯红、品红、绛红、粉红、桃红、杏红、橘红、枣红、紫红、洋红、水红、银红之分，还不列深浅浓淡的红。胭脂，恬适的静，让这个世界成熟在浪漫中。

# 金

## 莲

上个世纪遗留下来的美丽，是一双古旧老太的三寸金莲。几缕胭脂的暗香，小握为掌中之物，做分花拂柳之姿，姗姗碎步，如戏剧舞台上的 S 形台步，兰花指扯了丝质绣帕，两手不时漫抚着衣袂，细声细气地笑。

据说那笑始于南唐后主李煜。与人类从母系社会进入父系社会一样，是意识形态领域里的深刻变化。李后主皇帝做得不好，诗文词赋做得倒洒洒落落、艾艾怨怨。说是李后主有宫嫔纤丽善舞，着六尺高的鞋子，用帛缠足，向下屈作新月状，在莲花开放的季节翩翩旋舞有凌云之美。后来女人着那样弓弯细纤、以小为贵的脚，就成了一种审美的标准，生死相依了千百年，一个形同虚美的谎言。其实男人赞美女子步步金莲的姿态是不怀好意的，也是传统人文思想的变态。这就导致后来世界在认同中国时不仅有诗、词、瓷器、丝绸，还有裹脚的女人、剃发的俗民，它们综合地打扮了一个民族。在线装书里，随便翻到哪一页，有能找到美女出处的地方就能看到"金莲"，或者说你读到了"金莲"也就读到了中国男人的味觉。绮罗文秀，绸缎织缟，八幅绣裙，锦裤莲钩，"三尺轻云人手轻，一弯新月凌波浅"都在"三寸俊中"，"兰麝细香闻喘息，绮罗纤缕见肌肤，此时还恨薄情无？"情致袅娜，音韵盘旋处，一个女人的自信，几乎等于一双"金莲"的尺寸，笼罩在这样的光环下，人心无底，美却是有度的。

据我所知，裹脚的痛苦是钻心的疼。想想看，将一层层白布裹紧，紧到筋皮骨肉指头都折在脚心里，就如同端阳节的"粽子"，把脚伸出去"一尖生色合欢鞋"，炫目的美就产生了。当我在 21 世纪初，在街上，仍然看到有这样的小脚颤巍巍走过时，传统就成为我一种无尽恐慌的困惑。千百年来，女人在认知中被磨砺，被剥夺。中国人有把本来很自然、很散淡的东西变成很仪式、很讲究的本领，雕石成佛如此，八股文章如此；中国人也有把很普通、很实用的东西变成很奢侈、很浮华的本领，男人去势，女人裹脚。

上行下效几可视为一种规律。

既然千百年，帝王将相、文人墨客、平民百姓都不可无"金莲"相伴，那么有一点可以肯定，那就是从古到今的中国人，包括那些普通百姓，在生活中都有意无意地在其中注入了某种精神上的效仿，寄托了某种精神上的企盼。因此上，从精神上生成冠以文化味之说起，文人往往是一种文化胜出的先驱。至于"金莲"中所蕴含的种种"精神内涵"，那是附着于物质之外很阳春白雪的事，为物质本身内心憔悴的平民百姓是不可能意识到脚中还存在着精神上的文化内涵的。

"金莲"中确有文化。

任何文化都发端于人类的精神体验。

在我们所能管窥到的中国人古老的精神历程中，至少可以看到两种精神始终荡漾在东方，这就是欢乐与孤寂。

欢乐，是中国最具群众性的体验，是平民向往的生活情调。缠足时代，金莲三寸是男子的择偶标准，不缠足的女子被认为失去了"妇女之体貌"，不仅"诗礼之家，莫肯问名"，即使是食无隔宿之粮的贫家小户也以娶大脚女子为耻。一双莲钩的巨细不仅重于容貌姿首，而且重于女子之德——贤淑。不分阶层地在一个空间天经地纬，鬼神星相，皇帝臣民，红尘歌妓，诸事一庄一谐一笑一骂，天下同风，世上选美就有了赛脚会。才子唐伯虎渴慕金莲："……新荷脱瓣月生芽，尖瘦帮柔满面花……腰边搂，肩上架，背儿擎住手儿拿。"这是最具东方男性的人生态度。而女人在脚中体会到的这种幸福，对于她们能够活下去并且拥有，有着重要的作用，而她们在不可缺少的粗茶淡饭中所做到的坚韧达观平静亲和的生存理念，已不再是形成男子神采飞扬的基础。

我记得我帮外婆剪趾甲，弯下深度弯曲的腰，一层层缠去裹脚布，那双严重变形的脚背弓起来，深藏在脚心的趾甲尖长在皮肉里，剪去老皮，外婆张着空洞的嘴，钻心的疼痛如阳光里缺氧的空气。任何经验和理性的解释都不能代替这双脚血液的流动，这是一个经过血液而流传下来的习惯，我们先天接受了血液的东西，而不可遏制的是在习惯中沉默。外婆说："一生就死在这脚上了。"外婆的这句话让我感悟了生命的残酷性和生存意义上的挣扎。从时间深处看过来，缠足时代，让人觉得好遥远，又让人觉得那一双"金莲"能打通历史之墙，消弭现实与往昔的界限，让人在历史与现实之间感受女子曾有过的风景。缠足、放足，都是在男人赏玩的态度中消失。天足与金莲固然有天壤之别，作为玩弄的对象千百年来却是一致的。而记住上个世纪遗留下来的美丽，并不是为怀古，而是让我们清楚自己的根基，清楚我们是一个善于将自身安顿在一些现成的规则中的民族，不管这些规则是外来的还是祖先承传下来的，我们都不善于越过这些规则向深处追寻。尤其是我们女子，那荒丘般的历史之冢，如同男人眼神中那意味深长的回味，站不稳脚跟，抬不起头，生存的能力因此一再缺失。

　　是呀是呀，是女人就要学会站立。站立，在东方这块土地上如咯血一样，咯出过红玫瑰般的叹息，那叹息是未来女人激扬的胆略与生命的气息。

# 云鬓

古话说，女人看头，男人看脚。这多半是麻衣相法的一种，即看女人的云鬓钗饰。在古时，女人的头饰和男人的冠冕及鞋靴是有等级规定的。比如做妻和做妾的，在头饰上就讲究分寸，妻的发式要在头顶或脑后梳髻，左右插钗簪；妾则多梳偏髻，钗簪也相应地偏插。妻的头饰要比妾的珍奇贵重，因妻是夫的管家婆。妾的头饰要比妻的简洁，因妾是夫的小布衫。表面的财权之下，涌动着私情的烦恼。其实从古到今，看女人看头，对男性公民来说也算是一大"嗜好"。

"士为知己者用，女为悦己者容。"太史公一句关乎人生准则的命题，相提并论了几千年，想来自有一番大道理。一头秀发如瀑，我记不起是在哪里看到这句话的，总体触觉是切切实实触到了远离红尘，渐近自然的妙处。我是一个生活在一夜两世纪的偶闲人物，从小辫、长发到短发、寸发，算是风光够了。我看一个人的时候，经常定住了神，不是看轮廓，而是看她头上如瀑的潇洒走势。发式的变化流程，欢喜几番往复，人类历史就开放得一览无遗了。据说最早因发美被劫夺的美人是夏初的乃氏之女，她名叫"玄狐"，又称"纯狐"，长得一头黑发，黑而又美。她先后被三个男人霸占，太康、后羿、寒浞，三个男人都因她而死。稍后是《汉赋》中的《七发》歌，以其博大恢弘的气度，展现了汉代宫廷女性的雍容华美，"杂裾垂髻，日窕心与，揄流波，杂杜若，蒙清尘，披兰泽，燕服而御。此亦天下之靡丽皓侈广博之乐也"。就是让美人梳着燕尾状的发髻，眉目挑逗传情，秋波暗许，着便服侍奉，是多么美好的乐趣啊！发式随着历史的表情抒怀，伸展或者弓曲，行进的大趋势一点点都由发式简明扼要地表达出来。长发像丝绸，飘曳如风划过，我发现历史和头发之间就经常产生很深入的混淆。

　　未开化之时，先民披发文身，之后知美了，绾发结缨戴冠，丝毫也不敢马虎。再之后把头发结成辫子。据说结辫子的习惯，起于塞外马背上的民族。《宋史》记载："是夕天欲雨，电光四射，见辫发者悉歼之，金兵退五十里。"岳将军挥刀策马砍杀的就是这结小辫的胡人。"嘉定三屠"，南明小政权一个一个垮台，"扬州十日"，光复大汉的希望一个一个破灭了，中央华夏族，终于丢弃了几千年的绾发习惯，梳起了小辫，而且是半剃半留。洋鬼子说："真夷俗也！"我看一本老照片，清末时的先生，用辫子在黑板上拉出一个圆（相当于现在的圆规），先生用这个圆给学生讲它的周长和直径，一条狭窄的阳光从先生的发质中透过去，落定在圆的中心。另一张是处斩犯人时，发辫被拽起来，刀落处，脑袋在空中打秋千，落一个干净的头面。老照片像最后的守秘者，告诉我们：它承载不了过多滥用的历史了，只想用瞬间告诉后来者，时空转换历史接近到泛黄的颜色时，经常能泛出一些深刻的东西。后来的"光复剪辫团"的成员，打出口号："洗清腥臭，铲绝奴根。"辫子终于失去了它神圣的王朝象征。其实辛亥年间的剪辫者与辫子被剪者，最主要的原因岂止是奴根？奴才的惰性才是巨大的呀！尽管剪辫子是大势所趋。

我到过很多寺庙，看到过同我一样健康的体态，她们头上云鬟皆无，像似到了红尘无欲的大限，以一种唯美的苦修隐身于青灯古刹。"无缘分，剃度到莲台下"，它告诉我们烦恼的根由是因了云鬟作秀，从有力到萎靡，剃去秀发，人就超脱了，之后是修行，之后是佛性，之后是轮回到富贵人家养一头青丝依然作秀。

作秀是欲望的追求。后来我才明白，一头秀发全是为了争取男性世界尚未许诺给女人的更大的部分，当只拥有极少，女人才运用变通的方式养一头青丝作秀。历史说白了就是一种爱情告别之后所产生的不倦的回忆，美人作秀则取决于历史的诚意和运气。记得一位乡下姐姐，留长辫，及腰处摆来摆去，摆得人心不易把握，似有稍纵即逝的幸福。乡下姐夫心生不快，遂怕那辫子长入别家眼中，酣梦中，用剪刀剪下一条辫子。乡下姐姐早晨醒来，一摸辫子泪水就止也止不住了。姐姐说：剪就剪吧，还剪了半截子，真该往根上剪一剪，日子苦，能卖个价儿的，也让你糟蹋了。几年过去了，再见乡下姐姐，就觉得她不理云鬓猥琐得让我不敢相信是从前了，可见秀发有摆布一切的能耐。

如今，人们众口一词，感慨生活水平提高了。视野开阔，红发女郎，白发"摩女"一应而生。可怎么看，怎么像一些细小缺钙的骨骼标本，在明丽的阳光下搭建着媚外的虚相。有一首歌里唱道："黑头发，飘起来！"不知怎么，赋予我被回忆的味道。美丽，首先呈现的是条件，然后才是态度。黑头发，黄皮肤，就像沙漠背景之于仙人掌对水分的珍惜，美丽，才能以充分肯定的姿态被书写。

当然，我体会的只是小我的境界。新世纪的钟声敲过两遍了，我衷心祝愿天下美女如云，美女多了，男人才不至于拿婚姻作秀，女人守着一份感动，理理云鬓什么的，也是很不错的日子呀！

# 难得文人不正经

"郎骑竹马来，绕床弄青梅。"如今郎骑竹马渐行渐远，远的过程就是一切。怀旧，是人的通病，也是人的不正经，这些年很盛。说白了，不正经，是刻意营造一个自由宽松的环境，去想象历史，调侃生活。当下中国传统秩序严重退化成"一本正经"，从一个层面上展示了民间情怀的瓦解，另一个层面上又和政治衔接得紧张，再一个是怀旧风泛滥时，很多时候人会变得"醉生梦死，百无聊赖"。其实，"一本正经"和"不正经"就差那么一丁点儿，前者，毫无人味，有生活崇高志向作怪；后者，有人性解放，看淡衣食苦而风情不减。前者，把天下早已经整明白了的道理拿起当思想说；后者，则是把社会和那个常和社会打交道的神经，从崩溃的边缘拉回来的东西。

不正经，林林总总，俯拾即是闲言话语，和文人的情怀有关。文人坚守的领域，一直有一层神秘的面纱。在他们文字的不同叙述中似乎仍然是中国最后的精神和道德堡垒，仍然怀有和民众不同生活信念或道德要求，仍然生活在幻影和恶作剧当中。在社会中叙述故事，却不是故事中心，蠢蠢欲动又方向不明的社会里，文人的性子不能够尽情张扬，在社会的消费欲望中开辟发展新的领地，这个领地里的文人越发拿不正经当情趣了。

古时候民间饮食是有规矩的，两宋之后百姓才有了一日三餐制。在此之前，按礼仪天子一日四餐，诸侯一日三餐，平民两餐。西汉时，给叛变被流放的淮南王的圣旨上，就专门点出，"减一日三餐为两餐"。普通平民日常饮食能从两餐到三餐最欣喜的是文人。

把饮食描写融入吟咏的诗词文赋中，苏轼的不正经决定了他的情趣。他写有《东坡羹颂》《猪肉颂》《老饕赋》《试院煎茶》《和蒋夔寄茶》等。饭饱生余闲，见人家妇人卖饼利少，心血来潮帮卖饼妇人写下了广告诗："纤手搓来玉色匀，碧油煎出嫩黄深。夜来春睡知轻重，压匾佳人缠臂金。"

"少年一段风流事，只许佳人独自知。"那个时代的苏东坡，有失意的处境没有失意的人生。有一盘菜叫"东坡肉"，既是居士又吃肉，可说是人生修养的一个范例。"黄州好猪肉，价钱如粪土。富者不肯吃，贫者不解煮。慢着火，少着水，火候足时它自美。每日起来打一碗，饱得自家君莫管。"不正经的贪吃改变了他生命中很多重要的事情，历史才让他长久活在了当下。

张若虚的《春江花月夜》，被前人称作以孤篇压倒全唐。那一句："谁家今夜扁舟子，何处相思明月楼？"真叫把风月推向了四级之高。闻一多曾给这首诗极高的评价："在这种诗面前，一切的赞叹是饶舌，几乎是亵渎。"又说："这是诗中的诗，顶峰上的顶峰。从这边回头一望，连刘希夷都是过程了，不用说卢照邻和他的配角骆宾王，更是过程的过程。"闻一多1925年留学归国。走下海轮的刹那，他难以抑制心头的兴奋，把西服和领带扔进江中，看着它们漂向西方，他的中国身子急切地扑向祖国怀抱。

我见过出土的陶俑唐代仕女，乍一看就很温暖，暑气撩人的样子。元稹诗句"藕丝衫子藕丝裙"，欧阳炯诗句"红袖女郎相引去"。能看出唐代文人喜女子红装，喜媚俗。清风日朗，写虢国夫人身着描有金花的红裙，裙下露出绣鞋上面的红色绚履，走在长安郊外晒富，倦意来了，几个肥肥的女子，停留在日头晒不到的凉亭下饮酒，一幅挥汗而就的奇异画面，酒喝到火候，哥哥妹妹手足情深的样子。盛唐的音乐文化在与各民族的音乐文化融合后，发展兴盛到了历史顶峰，如是说文人不正经那份开放，不如说不正经那口酒和女子胸口前的大朵牡丹。

历史上不正经的文人被女人怀念得多了，比如北宋词人柳永，是一个具有艺术家气质的词人，他风流、落拓而又饱富才情。只是他那个时代，入仕是所有文人追求的核心目标，也是文人唯一的出路，因此艺术才能也要为之服务。那些在文坛执牛耳的领袖都能将两者完美地结合在一起，所以柳永虽有令人敬佩的才华，也只是用于花街柳巷。柳永最后家无余财，死后被一群妓女送葬，如果不是那活着时不正经的深广情怀，怎么能在历史上独成风景？

喜欢看文人不正经的书屋。文人的书屋安适独立，于世间纷乱争逐之外，不一定大，有书足可以裹卷文人的气场。

丰子恺先生在他的"缘缘堂"里写作画画，多少打击和创伤能伤及他那颗善良的心？他的心一定具备了自给自足的本领，不然他不会给自己起名字叫"缘缘堂"。他不露声色地点化着凡尘俗世中心乱意迷的人们，他是可以在乱世中获得文化定力的那种。看看先生的漫画便知先生有多么不正经。他让一个孩子尝试雪花膏、牙膏的味道，他就想告诉世人，不为执着还为洒脱，人就这样一天天在无知、有知中把自己堆叠成了历史。

文人在历史上一直处于寂寞之中，又不甘寂寞，努力地在社会空间寻找自身的位置和确立话语权，寻找容身之地。文人率直，有一种莽撞地介入现实的力量，文人的不正经应该算是社会角落里的一朵奇葩。

现实生活并不是一般意义的一本正经，适用性太强的俗世，很容易激发人的功利体系，太正经的文人在此间活着，既不能真正地精神独立，又不能真正空间独立，有几个字支着，很容易"看不惯一切"，很容易营造出一个"偏静"之境。中国文字在当代中国实用性中一直处于衰变过程，自己的书屋取一个什么样的名字并不重要，重要的是一定要有点不正经。文人活在精神田园里最典型的代表人物是陶渊明。"采菊东篱下，悠然见南山"，你看他那"桃花源"似的生活，千百年来，无论平民百姓还是王公贵胄，都在声色犬马的天地间念叨这种生活。现代社会，农民都不能够守节，真要让文人过这样的生活，恐怕文人不比农民强。

见过许多书屋的叫法，"人境庐""双忘斋"等，无非是"堂""斋""轩"，所有的出现形态大都是从古文人的文章间获得启悟。什么样的名字能有丰子恺的"缘缘堂"好呢？什么样的名字能有鲁迅的"三味书屋"好呢？什么样的名字能有郁达夫的"风雨茅庐"好呢？

岁月粗糙如煤渣，又粗糙了多少情怀？"朝来风色暗高楼，偕隐名山誓白头。好事只愁天妒我，为君先买五湖舟。"到最后变成在泪眼中争吵度日的夫妻，寂寞一旦被世俗化，郁达夫也只好不正经地拿起笔，饱浸浓墨，在那衣衫上大写"下堂姜王氏改嫁前之遗留品"而已。

不知为什么，我一直不喜欢文人的山水画，而偏重人物画。再好的山水，也明知人家是在取法宋人元人，也具备了雄浑沉稳一格，可我偏就不喜欢。可能是住在太行山上，看多了自然山水的缘故，看那雨淋山崖皴的样子，一看就是为画画走进山中的，少了纵酒放笔，任气使才的性情。喜欢看文人的人物画，喜欢那一脸的人事之渺小，天地之唯我的样子。很耐琢磨。

文人不正经是俗世的窗口，有呼吸，有体温，有古今。看看当下的社会闹腾得多有阵势，闲余看看文人不正经的文字，文人说：看看吧，看看吧，阳世哪里有鬼，鬼都在人心里，藏着呢。

文人里的字画最难求的，大家认为是贾平凹，其实是错误的认为。平凹老师的字很好求，只要你和他不正经。那一年去四川郎酒集团开笔会，酒桌上我说："平凹老师，外界对你评价不好呀，都说你小家子气。"他说："我哪里小家子气了？"我说："比如想求你字……"他没等我把话讲完，急忙说："你把你的地址给我，我回去就写好寄你。"果然半月后收到十个大字："凤栖常近日，鹤梦不离云。"和一个人正经怎么可以求得到他的字呢？

文人喜竹子的人不少，由喜而画。画竹可以写实，可以写心，来得快，有文人难得的高雅在纸上。我一见难得的高雅就想到了难得的流俗。能画好竹子的人是有画者骨格在里面，竹影疏朗，看似画得自在，却能看出笔头生拙老辣，意态清新俊逸来。风流才子唐伯虎曾在一扇面上画了竹子，铺纸拈毫，他的画如何？倒是《画竹诗》："一林寒竹护山家，秋夜来听雨似麻。嘈杂欲疑蚕上叶，萧疏更比蟹爬沙。"可说是"流俗"得太不正经了。王维有"独坐幽篁里，弹琴复长啸"之句，与《黄冈新建小竹楼记》有一比，王维是唐时难得高雅的诗人。不是所有的文章都说竹子是好东西，也有骂的："墙上芦苇，头重脚轻根底浅；山间竹笋，嘴尖皮厚腹中空。"人是个怪物，多少好诗句我没有记住，偏偏这尖酸，不正经，反倒鲜活在我心里。

古今能说出"宁可食无肉，不可居无竹"的，只有东坡一人。"门前万竿竹，堂上四库书"，只为了确证一件事——不可一日眼中无竹。可知他的另一面的不正经呢："十八新娘八十郎，苍苍白发对红妆。鸳鸯被里成双夜，一树梨花压海棠。"一个"压"字，道尽无数未说之语！

我的书房里挂过一幅字，不是名家写的，很普通的一位友人应我要求写下。八个字："真水无香，假山有妖。"我喜欢这八个字。如今是人到中年，觉得越老越难正经，倒不是想"玩世不恭"，实在是对自己很难正经。我不是名人，但知道名声卓著的人都有点不正经。看卢梭、托尔斯泰、雨果，包括我们的鲁迅。

周先生给许广平写信是这样的："广平兄，我是你的小白象呀！"那年他四十四岁，长得又老又黑又瘦。

几年前在京看电影《东邪西毒》，东邪带着一坛新酒，从绿色遍染的东边到风沙干烈的西域，送给那里的西毒。一坛酒，一世人，就只为了一个女人桃花。桃花是以此试探西毒的真心，东邪是为借此一睹桃花的芳容，西毒是为了从此得到桃花的消息。一年一次，坛底见空。极喜欢王家卫那句把心掏走的台词："今年因为五黄临太岁，周围都有旱灾，有旱灾的地方一定有麻烦，有麻烦，那我就有生意。我叫欧阳锋，我的职业就是帮助别人解除烦恼的。"王家卫的电影有一种文人在美学上，甚至空间关系、人际关系上自己的解释，有些不正经地强调诗情画意。

我喜欢庄子说过的一句话："天地岂私贫我哉？"但，这句话一时没有想出来叫哪个不正经的文人来写。

# 故乡装满了好人和疯子

## 壹

　　我常常在黄昏降临时看世界暗下来，在某个瞬间，涌动的人流猝然凝固，黄昏是一天最安静的时刻，我能听见那些老旧的家具在黄昏的天光下发生着悄悄的变化。一切变化总是悄悄的。就像人的日子，一天比一天短。黄昏能够安静下来的日子总是乡村。乡村过日子饱满的元素其实有四种：河、家畜、人家和天空。如果没有水，万物是没有生气的，而人家则是麦熟茧老李杏黄，布及日常，可乐终身。

　　我生长在山西沁水县山神凹，荒山野沟，逃荒落住的祖先停下脚步，沟里有水，黄土崖壁少石，崖下挖洞，凹里人叫土窑窟窿，是藏人的避难所。小时候对山之外充满憧憬，跟随小爷上山放羊，站在山头上望远，小爷说："长大了往山外走，山外有知识。"

上苍把我放置在穷乡僻壤的环境。春天的暖阳，梦中的蜂群和蝴蝶沿着花香的藤蔓缓缓下降，夜晚的院子里坐着许多背影，他们多数没有进过城，与城市永不谋面，仅仅出于生理的渴求，苦难的日子很简单就把一件梦想的事潦草地做掉了。在天空之上，一个幻想者停止在炕上辗转反侧，炕墙画，时光早已被浪费，在堆积尘埃的旧时光里，像一本至善的书，我守着月光静静地阅读它们，不知道哪一个场景更加打动我。我的成长对山外的认知少得可怜，炕墙画告诉了我历史，仿佛那是生活的一个必然背景，我在场，甚至不需要夜晚，炕就是我的舞台。一个山里人如果不读书上学，一辈子生活在山里，知命知足地活着就是幸福。童年的乡村给了我故事，与蛙鸣相约与百姓相处，生活中耳闻目睹的人事占据了我最早对生活的认识，布衣素鞋，日出而作，日落而归，有些时候他们也有声响，譬如生就一张扯开嗓子骂人的花腔，活在人眼里，活在人嘴上，妖娆得疯涨。

人活着不生事那也能说叫活人？人一辈子不能四平八稳，就连畜生都知道翻山越岭的日子叫"活得劲了"，那是登得高，下得了坡的能耐啊。

以写作为媒，传达个人经验，个人经验千差万别。我的人情物理发生在乡村，我看到我的乡民用朴实的话说："钱都想，但世界上最想的还不是钱。"

乡民最想的是怀抱抚慰，是日子紧着一天过下去的人情事理。山之外的知识勾着我，离开乡村意味着逃离乡村，逃离便意味着再也回不去，同样一个人，谁改变了我的感情？人在时间面前就这样不堪。所以，天下事原本就是时间由之的，大地上裸露的可谓仪态万千，因天象地貌演变而生息衍进的乡村和她的人和事，便有了我小说中的趣事、趣闻。乡村是我整个社会背景的缩影，背景中我得益于乡村的人和事，他们让我活得丰富，获得兴盛。乡村也是整个历史苦难最为深重的体现，社会的疲劳和营养不良，体现在乡村，是劳苦大众的苦苦挣扎。也只有年节，走走亲戚，赶赶庙会，旷野里，秋阳下，庄稼人高兴而忙碌的事开始了，打酒买肉，日子再苦再难，灶间的烟火兴旺，日子才要兴旺，余烟水气不灭，日子总有好过的一天。

乡村活起来了，城市也就活了，乡村和城市是多种艺术技法，她可以与城市比喻、联想、对比、夸张，一个奇崛伟岸的社会，只有乡村才能具象地、多视角地、有声有色地展现在世界面前，并告诉世界这个国家的生机勃勃！乡村的人和事和物，可以纵观历史，因此，对于衰败的故乡，我是不敢敷衍的。

我是乡间走出去懂"知识"的人，没有一株青草不反射风雨的恩泽。乡间生活的人们对我来说是六月天的甘霖对久旱不雨的青草的滋润，我就是那青草，是乡间生活的人们给了我养分。这个社会上如果我活着不能做些有益的事情，我就愧对了这片厚土！我幸福的记忆一再潜入，让我想起乡村土路上胶皮两轮大车的车辙，山梁上我亲爱的村民穿大裆裤戴草帽荷锄下地的背影，河沟里有蛙鸣，七八个星，两三点雨，如今，蛙鸣永远鸣响在不朽的词章里了。坟茔下有修成正果瓜瓞连绵的俗世爱情，曾经的早出晚归，曾经的撩猫逗狗，曾经的影子，只有躺下影子才合二为一，所有都化去了，化不去的是粗茶淡饭里曾经的真情实意。人生的道路越走越远，我终于明白了生活中某些东西更重要，首先肯定，于我，幸福一定是根植于乡土。

## 贰

我在整个春天翘着指头数春雨，一场春雨一场暖。我牢记了一句话：所有情感都很潮湿。春天，去日的一些小事都还历历在目，人是一个没有长久记忆的动物，可记忆有着贪婪的胃口，总是逃不脱回忆童年。由盛而衰的往事，以生命最美丽的部分传递着岁月的品质。一场秋雨一场寒，人类所有的痛苦都涵盖在失去季节的痛苦里，如今，时光搁浅在一个只有通过回忆才能记起来的地方，那个地方总是离乡土很近，总是显得离人群很近。我用汉字写我，写我的故乡人事，写永远的乡愁，事实上我的乡民都是一些棱角分明的人，只有棱角分明的人入了文字才会有季节的波动。看那些被光阴粗糙了的脸吧，像卜辞一样，在汉字组成的这块象形的土地上，所有的文字都是他们活着的安魂曲。

故乡装满了好人和疯子。

文字有它的源头，文学不能够叫醒春天，在贫瘠的土地上，除去茂盛的万物，我从不想绕开生，也从来不想绕开死，生死命定，生死与自己无关。或许正是和世界的瓜葛，文学的存在对社会的价值就只能是一个试探。即使一个优秀的作家竭尽全力呐喊也是微茫的。写作者就这样在物质条件匮乏的精神存在里流浪，才懂得什么叫心甘情愿。我一直把"知识"看成攒钱，看着众多的书籍，我越来越孤独，越来越讷于为人处世，我孤僻着自己，中药一样的人生，我把对农业的感恩全部栽种在文字里。我安静地等待生长。在世俗里，我已经清楚地看到了我的未来，这些感受，在一茬一茬庄稼人被时光收割后，我写他们，写生活中某种忍受，某种不屈。

生是血性的，在农业的大地上呈现千姿百态的图案，死亡与生命相伴随，生活的真实总是在文字之外，我无法为写作下一个什么样的定义，文字只不过是文学的表达形式而已，只不过是对历史的共同记忆。

在我孤独的日子里，我是一个拿腔作调的人，我的写作不能够传达出特立独行的价值观，我始终不满此处的生活，为什么文学只能是纸上黑墨？

我想回避现实，现实中我时常会被选择，我为生存困惑过，被否定或被肯定的目光，都来自一些生活小事。我从乡民身上获得力量，他们的胸怀可以装得天下，他们是一群守着自然秩序的凡人，对所有的有生命的灵物都以兄弟相称，只因"农民"身份，各安天命，各从其类。突然有一天他们在农村成了多余的人，在城市里也成了多余的人，不是"好马不吃回头草"的古训作用，而是土地养活不了他们了。他们明白，时代在飞速进步，生活趋于简单化，固有的民间心态，乡民们得意的样子是不用指着种地过日子了，那些有性格的人慢慢在改变，生殖的大地，我作为一个写作者，乡民逐步地让我失去了一些想入非非的境界。我知道想入非非才是一个写作者生存的能力和手段。更多的时候，我甚至讨厌我无知的乡民，我告诉他们不要离开土地。他们说，你说的都是谎话，谁愿意一辈子和土疙瘩打交道呢？我是一个坏人，他们依然把我当成了他们的朋友，就这么简单。

坦率地说，做一个真正意义的形而上的写作者是痛苦和沉重的。在光阴走失的千山万水中，我用肉眼去发现生活的美，我慎之又慎地使用自己手中的权利，我倍加珍惜而维护我心中的尊严和神圣，我不屑做一个浅薄而根本不配写作的人，然而在这个社会内部缺乏秩序的世界上，我所做的一切都很令自己失望。我越来越茫然，越来越胆怯，面对文字我不知该如何表达我的心境，爱你越深恨你越甚，我有千百个理由拒绝那些为了生存艰难活着的乡民、那些故事，我更有千百个理由陪伴在他们身边。活着，他们曾经形象鲜明地成为我另一种阅读，身处在这样一群人中间，我该如何选择我的渴求？他们从没有拒绝过生之柔情，同样每个生命都未曾拒绝过那些人为的暴戾，接纳悲喜如同接纳日常。

感情是不能支配的，能支配的感情一定是虚伪的。如特蕾莎修女的《活着就是爱》中的谈话，一个写作者要表达对世界的看法，得用一生的努力去贴近生活。我不得不再一次相信命运，我的村庄，我与我所经见的一切物事简单到不能再简单，我已经找不到理由拒绝对他们的依靠，因为，他们是我文字的依靠也是我生命最后情感的依靠。

# 叁

我用汉字写我，写别人，写永远的乡愁，事实上我们都是一些棱角分明的人，只有棱角分明的人入了文字才会有季节的波动。看那些被光阴粗糙了的脸吧，像卜辞一样，在汉字组成的这块象形的土地上，所有的文字都是他们活着的安魂曲。

那些风口前的树，那些树下聊家常的人，说过去就过去了，人要知道节气，是不是？记忆如果会流泪该是怎样的绵长！村庄让我懂得什么是善良、仁慈和坚忍，繁华的一切成为旧日过眼云烟之后，身后无数的山河岁月，心目所及，我的乡民，只要还想得起他们明澈的眼睛，不久就是丰收的秋天了。岁月是如此曼妙而朴素，世上万物都有因果，在河岸上感受生命里的爱，我便懂得了一个人的灵魂因饥饿而终于变得坚强，因富足衰弱得像煮熟了的毛豆，听不到爆壳声，嗅不到生豆的味道。

当有一天故乡人告诉我，你对乡村的猜想是错误的，他们不是守不住土地了，是河道里没有水了。离开时，有的乡民坐在河道里哭泣，泪水是没有内容的，它就是泪水。群山云天，林谷之风又岂能消解他们心头的块垒？越走越远的乡民，已经没有回头的迹象了。头顶的燕子依然在飞，晚夕的阳光落卧在河岸上，那些窑洞，对我的当下而言，生活不过是一场往昔的寓言。一滴水的消失只是从前，我见过从前，我尽量无限温存地注视我的从前，从前醇酒般溢着日久弥香的岁月魅力，这让我想到了博尔赫斯一句话：水消失于水。我说，永恒消失于永恒。就这样，生命的一个年头里我的文字里搁置着我亲爱的乡民的从前。

我越来越依恋故乡，城市让我没有方向感，那些作响，那些嘈杂的声音，心像挂在身体外的一颗纽扣，没有知觉。一切意味着我已经离不开故乡那些好人和疯子。意味着对我漫长的骚动生涯的肯定，又似乎包含着某种老年信息。

我已经没路可选，路的长短，一个不能用简单的测量计算来说话的数，我在路上，我的出生，我的亲人，我的朋友和老乡，他们给我他们私密的生活、泪下的人生，他们已经成为我挪不动步的那个"数"，都算死我的一生。朱熹讲：人禀气而生，气有清浊之分。我心借我口，喊出他们的名字时我依然能流下眼泪。

# 眼仁里那些印

2012 年的春天，4 月，桃花在温润的地气推助下开花，春天最有风韵的那个部分由桃花的绿意释放出来，我无比陶醉。

看这样的景致时是在傍晚，我在一座老屋的脚地上站着，透过一扇老窗的花格，天地间一片花红柳绿。那个安静，那个衰落，那些个桃花开得烂漫。任何时代都需要殉道者，殉道本身就具有意义。那么谁是一个时代的殉道者？破败下去的旧时老屋里的主人么？还是就应该是一座老屋。旧去了，连老窗的花格都糟烂了，可那规格还在。

一阵风刮过，花蕊的香袭来，花瓣如发情的蜜蜂婀娜而飞。这样的窗户，也只有旧时代。

翠鸟在远处鸣叫，如一个女子的洞房花烛时。

我害怕一丝声息都会惊吓那些花格上糟烂的木纹。窗户之内，青砖地面，几代人走过的脚印重重叠叠，大大小小，生命存活于瞬间真实，有多少眼睛透过窗户的花格望着外面曾经笑容烂漫过？

与天空，与风，与雨雪，与隔窗有耳，有一种深邃的味道。

《说文》说：在墙曰牖，在屋曰囱。牖 会意。从片户甫。片，锯开的木片，"户"指窗。先秦多用牖。窗少见。本义：窗户。牖，穿壁以木为交窗也。——《说文》。段注："交窗者，以木横直为之，即今之窗也。在墙曰牖，在屋曰窗。"苏轼《柳子玉亦见和因以送之兼寄其兄子璋道人》说："晴囱嘲日肝肠煖，古殿朝真履袖香。""囱"，应该就是"窗"了。在所有的感觉中视觉定然是使人最快乐的，这让我想到每一块参与建筑的木头，几百年之后依然无言地向你叙述着这些建筑的奇绝和透视的温暖。从人心深处到大千世界，看过去，是生命的活水流动。

窗户内的事情在历史深处早已破败无着，窗外的世界依然日新月异。我一直认为窗户就是建筑的眼睛，哪怕它已经散乱，沦陷到大地的内部，但你依然可以感受到它的明亮。

先从窗棂说起。传统的窗棂大都雕花，如仙桃葫芦，福寿延年，石榴蝙蝠，扇状瓶形等等，极富富贵趣味。富贵是人类向上努力的目标，那个目标之上永远填补不了心灵的空虚。趣味是需要用心悟得，增一分恶，减一分俗。富贵也是修来的，一是修心；二是修性；三是修行。所有的寓意和自然有关，"人在观察大自然的时候，会把心中最美好的东西拿出来"，这句话是普里什文说的。

再来看我们中国传统建筑中的门窗。木构建筑，墙体一般都不承重，隔扇、槛窗可以做得轻盈通透，窗又常处在人们的视觉中心区域内，抬眼之间，朝夕相处的四季轮回扑面而来。至少从汉代以来，我们的祖先就已将自己的祈愿、祝福和喜悦刻在了窗的棂子、绦环板和裙板之上了。那份趣味不仅是窗户上的，也是窗户外的。比如在古典名诗中就有："窗含西岭千秋雪，门泊东吴万里船。""画栋朝飞南浦云，珠帘暮卷西山雨。""梦觉隔窗残月尽，五更春鸟满山啼。""深秋帘幕千家雨，落日楼台一笛风。""今夜偏知春气暖，虫声新透绿窗纱。"美好的诗句流逝不灭！

岁月中一路想起，也只有祖父窑门旁那扇窗户，夜静时望月，一格玻璃，两手青灰。不知多少人从此处望过，生多少种心情？有些痛既是人的，也是窗户的，终究，脆弱的是人，古老的是窗外月。

宋太祖建国时为避免唐安史之乱以来藩镇割据和宦官乱政的悲剧，遂采取重内轻外和重文抑武的国家政策。著名史学家陈寅恪言："华夏民族之文化，历数千载之演进，造极于赵宋之世。"

宋代，更是中国建筑发展的鼎盛期，这一时期出现了大量功能性好、棂条组合丰富、艺术和审美价值较高的门窗样式，最具中国特点的隔扇开始普遍采用，促使建筑的整体风貌与室内的采光、通风得到改善。

我在沁河两岸已经看不到宋代的窗户了，所能见到的传统门窗，大多是明清两代的遗构。一切都不再是从前，一切都在改变。我穿行在老屋四下，以免打断自己的冥想，我想念往昔。一间老屋里，一盘火炕，读书的女子在通透的窗户前，与那个当下保持着一定距离，炉台上的一壶春茶蕴养着她，对往事倾情，窗外的世界旖旎媚感，推开窗扇，把自己放在靠着窗户最近的阳光下，女子的脸，隆重地盈满了屋子里的富贵。

真喜欢过去的时间，是那样的具象、有力！精神上独自出游，那么谁会与荣华富贵结怨呢？不会。看那图案式的窗棂你便知道，文化内涵由门窗纹饰与图案便一目了然了。当门窗成为重要的日常出入时，文人与工匠一道，不遗余力地发挥想象和才智，致使门窗艺术万千风华。官员、商人与文人的需求明显会有差异，文人需求者都会从自己生存环境的角度出发，挑选喜爱或者让社会接受的纹饰与图案。而大多官宦人家喜欢一种含有龙意象的卷草图案做装饰，又叫"卷草缠枝龙"。头部有明显的龙头特征，而身、尾及四肢都成了卷草图案。产生一种连绵不断、轮回永生的祝愿。民间俗世的，有盘长、梅花、冰纹、大桃子、圆、万字、寿字等等，拖拽着深厚的寓意，把看过去的眼睛养得蓬勃芳香。唐代和唐代以前常常用直棂窗，以直棂窗为代表。到宋代、辽代也做直棂窗，但是，图案的装纹窗逐渐地多起来，金代大力发展隔扇窗，在三间房中两间的窗子即用直棂窗，下部修筑槛墙。清代，除方格窗之外还有槛格窗。

沁河两岸窗户下有压窗石，大多是狮子滚绣球、桃子和石榴。不过沁河两岸和陕北窑洞及山西平遥合院，不太一样，平遥和陕北喜欢做一个大花窗。大花为樱桃、双钱、麒麟钱，喜庆。

我一直不喜欢古钱图案，无端地会让我浮躁。

最早糊窗纸是什么我不知道，只知道沁河两岸的糊窗纸是麻纸，桑树皮做的，有木质的纤维隐约在里面，特别保暖。雍正年间，每年夏秋之际，有分别来自英国、法国、荷兰、奥地利和瑞典的贸易大船，挣出雾障海路而来，这些大船前来购买中国的茶叶、瓷器和丝绸，虽然船上带来的基本上都是白银，一般是三至五吨重的西班牙银币，但是也有一些西洋物产，比如呢绒、钟表等，其中有一样比较特别的物产，就是玻璃。

窗户上镶嵌玻璃，只是大户官宦人家才有的，但也不是满镶，也只有窗格中间四格镶嵌就算比较奢华了。隔墙有耳，如说是屏息静气，那么隔窗有眼，便是不露声色了。有了玻璃便有了明亮，便没有了秘密。我一直喜欢麻纸糊窗的那种味道，比如春夜月色之下，我很强烈地感受光线黄黄的，衬托着糊窗纸上的民间剪纸，很生动，是幸福的印记，也是世俗的色彩。

月光照着窗台，移动那只花猫的影子，被炕墙挡得跌落在花被上，跌落到睡觉人的睫毛上，茸茸如霜毫。过去的老窗户上没见挂过窗帘，倒是有遮羞窗，是不是有了玻璃才挂起了窗帘？有一句老话叫"捅破窗户纸"，有了玻璃以后，便有了"玻璃肚皮——看透心肝"。《红楼梦》写下一个丫环叫玻璃，是不是曹雪芹因了玻璃的金贵信手拈来？

窗下事千般景致，万种风情，成就人一生难以泯灭的情怀。有《题窗上诗》："何人窗下读书声，南斗阑干北斗横。千里思家归不得，春风肠断石头城。"有《纱窗恨》："新春燕子还来至，一双飞。垒巢泥湿时时坠，涴人衣。后园里看百花发，香风拂绣户金扉。月照纱窗，恨依依。"其实说来，窗下事都是动，拱出窗户纸便都开始发芽了。

晚霞收尽老屋的人声和呼吸，走进春天，青草散发出弥久的清香，花瓣一地，今晚留宿何处？我身后的村庄变得幽深，时光的一半是恩赐，一半是降服，突然明白，备受现代文明熏染的我，毕竟还有自觉的"痛苦"，一个词，两个字，可能已经伤及了我的骨头。

# 一个平凡而伟大的劳动者走了

## 一、劳动就是解放，斗争才有地位

申纪兰走了。在疫情还没有结束的夏日凌晨，也许山西人还没有想到失去她意味着什么，她的走已经开始让平顺西沟村人心慌意乱。日子会一如既往朝前飞奔，历史并不常常在某个特定的时刻让一切发生改变，但是，申纪兰的出现是一个特例也是历史必然，她的一生任何场合都是以劳动者出现，人间历来不缺舍生忘死、与天争命的劳动人，但是，申纪兰，由平凡书写的奇迹，都由共产党倡导的艰苦奋斗创造。

山西平顺地处太行山南端的上党盆地边缘地带，境内沟壑迁回，土地贫瘠。自从人类从原始社会走向农耕时代，先人在自然剥蚀所遗存的西部一点平缓台地和境内沟谷两岸贴挂的一线黄土上耕耘，土薄石厚，水源奇缺，用平顺人千百年来感叹的悲歌形容："淌流的河啊涌动的水，刮泥卷土到南北（河南、河北）；涝年处处遭洪灾，旱年百里寻饮水。"

1946年，十七岁正值青春年华的申纪兰坐着花轿嫁到山西平顺沙底栈村。"手大脚大个儿大，是个劳动的好材料。"这是当时沙底栈村人对她的准确评价。

沙底栈是最早划到西沟管辖的村子，地处百里滩河边一个面朝南的山脚，有三十多户人家。西沟原来也是一个偏僻的小山村，自从李顺达在西沟成立互助组，干出了实事，有了名声，西沟才壮大了起来。

新婚第二天，随同丈夫张海良来到西沟全国著名劳模李顺达家要求参加季节性互助组。从部队请假回乡婆亲的丈夫假期短暂，申纪兰不想像别家的媳妇一样只是在家里做做饭，干干家务。公公和婆婆身体不好，这个家不能没个劳力。当时的互助组实际上就是个"变工队"，今天给你家干，明天给我家干，无论给谁家干付出的都是不惜力气。

"劳动就是解放，斗争才有地位。"李顺达说。

可是，从前的西沟，要使妇女离开"三台"（锅台、炕台和碾台），走出"院门"实在是一件不容易的事情。假如男人不在家，有人敲门问："屋里有人吗？"屋子里的女人说："没人。"在男人的眼里，下地受苦是男人的力气活，女人活着就是做做饭、缝个衣，生个娃娃喂头猪。

1949 年 10 月，中华人民共和国在北京宣告成立了。申纪兰组织妇女穿新衣，插红旗，扭秧歌，在平顺县聚会，欢庆新中国的成立和新社会的到来。这一天的热闹真是一个能高兴死人的日子，以后再不会有没头没尾的穷苦日子了。

比起新中国成立，这一年，最震动西沟人的一件事是，李顺达这年冬天在北京见到了毛主席，和毛主席握了手，毛主席对他说："你们回去要好好搞生产，让南瓜长得大大的，萝卜长得粗粗的，棒子长得长长的。"

一个山里劳动人因为劳动从西沟走到北京去，这天真是人民的天呀！一想到这些，身上有使不完劲儿的申纪兰决定动员妇女参加劳动，让更多的妇女走出家门。

社会主义建设，不能没有妇女们的双手为国家添斤添两。为了改变男人的眼光，申纪兰让姐妹们与男人展开劳动竞赛，男人能蹬耙女人也能蹬耙。申纪兰甚至用掰手腕说服那些有偏见的男人，在西沟村孔武有力是当时申纪兰的声名。随即，她大胆向村里提出男女一样的工分。通过劳动和斗争，申纪兰在太行山上扬起了男女"同工同酬"的大旗，成为新中国争取妇女解放的标志性人物，在她的倡导和建议下，男女"同工同酬"被写入《中华人民共和国宪法》。

1953 年 1 月 25 日，《人民日报》刊发长篇通讯：《劳动就是解放，斗争才有地位》。

因为争取男女平等，1953 年申纪兰参加了世界妇女大会。

去北京见毛主席，李顺达专门为她安排了一头骡子。骑骡子到长治，又从长治坐了拉木炭的拖拉机到太谷，再倒一辆大卡车到了更大的城里太原。在太原旅馆住下的当晚，她第一次见到了电灯，她不知道怎么关，也不敢去摆弄，任它亮了一整夜。

这一年她握着了毛主席的手，努力睁大眼睛想看看毛主席的脸，最不争气的泪水洗刷得眼睛甚也看不见，光记得毛主席的手，肉肉的，绵绵的，热热的……

从小到大，这是申纪兰遇见的最大的幸福暖流。

参加世界妇女大会，她有生以来第一次化了妆，涂了口红，穿着旗袍走出国门。有黑人女代表怀疑说，中国妇女的穿衣一定是外新里旧讲究的只是脸面上的事。申纪兰让翻译告诉她，她的穿戴是里外新，是新中国的新。

世界上成本最高的是态度，成本最低的也是态度。她的态度是中国农民式的倔强态度。

1953 年 7 月，申纪兰加入了中国共产党。

入党后，她向党支部提议免去自己"军属代耕"的权利。这一年她做了八十八个劳动日，比上一年提高了一倍。在她的带领下，全家共做劳动日二百二十八个，分到粮食四千五百九十斤，比 1952 年多增粮三百九十斤。

## 二、让农民富起来，是共产党最伟大的一件任务

1954 年，申纪兰被选为第一届全国人民代表大会代表，为了这次选举，她甚至不敢再骑着毛驴往长治，害怕平顺到长治的山路因崖高路陡毛驴出现闪失她不能参加神圣的选举。

这一年，二十五岁的申纪兰，跟着毛驴走了七个小时路程才到长治，又从长治倒"班车"去太谷，再从太谷坐火车到太原，耗时几天才辗转到北京。

"参加第一届人代会，最主要的任务就是画好圈。"

六十多年过去了，申纪兰对自己首次当人大代表的情形记忆犹新："甚准备也没有呀。突然接了个通知，我就成了全国人大代表。我当个合作社副社长就很好了，还能当全国人大代表？激动呀，正是能瞌睡的年龄，可就是睡不着觉。第一次当代表，主要任务是选国家主席。这是临走时西沟人千叮咛万嘱咐我的大

事。西沟人说，你可不敢含糊啊，一定要把毛主席选上。把圈画圆。"

这次，申纪兰下定决心不哭，要好好看看毛主席，和毛主席说句话。她很勇敢地挤在人前和毛主席握了手，同样的情景，她哭得眼里尽是泪，哭得嗓音也噎住了，一句话也说不成。

她看着毛主席宣布大会开幕，全体代表都站起来鼓掌，掌声是发自内心的激动，她认真地一字不漏地听毛主席讲话，她发现毛主席喜欢用"我们"二字。

"准备在几个五年计划之内，将我们现在这样一个经济上文化上落后的国家，建设成为一个工业化的具有高度现代化程度的伟大的国家。

"我们的事业是正义的。正义的事业是任何敌人也攻不破的。

"领导我们事业的核心力量是中国共产党。指导我们思想的理论基础是马克思列宁主义。

"我们有充分的信心，克服一切艰难困苦，将我们国家建设成为一个伟大的社会主义共和国。

"我们正在前进。

"我们正在做我们的前人从来没有做过的极其伟大的事业。

"全中国六万万人团结起来，为我们的共同事业而努力奋斗！

"我们伟大的祖国万岁！"

人大会结束后回到西沟村，全村人敲锣打鼓迎接了她。她走在村民中间，身上被一千只眼睛盯着，她连路都不会走了，比做新娘子时坐着花轿出嫁还要激动。

"见到毛主席，觉得有种背不动的东西。"她后来回忆说。

从参加第一届人代会选"毛主席"开始，她认为："农民富起来，是共产党最伟大的一项任务。但是，农民首先得努力配合完成这项任务。"

这一年，在她的带领下，全社四十八个妇女有四十人经常参加劳动，全年造林四百九十亩，耢耙地一百多亩，间苗一百八十亩，锄苗一百五十二亩，割蒿两万多斤。

西沟村妇女让西沟半边天红了中国。

正如后来民俗家、文化学者冯骥才所说："申大姐的成就，不仅仅是个人成就，她对我们民族有一个榜样的作用。任何一个国家，任何一个民族，任何一个地区，它的精神性的东西必须由人来做代表。比如说上世纪 60 年代，只要说到中国绘画艺术，那我们首先想到的肯定是齐白石。如果没有齐白石，那我们心里就觉得茫然。同理，只要说到中国京剧，我们就会想到梅兰芳。我们需要这样的榜样性、旗帜性人物。所以，因为有了申纪兰大姐，也使平顺、也使山西天下闻名。"

1956年夏，西沟村在一季里把"旱涝风雹"都遇齐了。

先是旱。老天爷的眼睛不打瞌睡睁着，旱井见底，旱得人心焦。接着是涝。老天爷一闭眼就不睁了，雨下了二十多天，雨下得沟满河平，沟里的地荡然无存。李顺达到省里开会去了，抢险救灾的领导任务就落在了申纪兰身上。她带领全村的男劳力去保护沟岸上的地，用门板、席子堵决口；山上的羊让洪水卷了下来，她第一个跳进齐腰深的湍急洪水里去抢救羊只；她被闪电给打着了，幸好只是倒在地上，她认为自己完了，结果老天爷可怜她让她活过来，活过来一天都不敢消停地走在抢粮第一线。

旱涝刚消停下来，又刮了一场罕见的大风，把地里幸存的庄稼全刮倒了。她把全村男女老少凡能下地的都动员起来下地，硬是把二百五十亩的倒伏庄稼都一株一株地扶了起来。

过了刚两天，老天又下了一场冰雹，把好不容易扶起的庄稼几乎又全砸趴在了地上，叶子也砸没了，一个个都成了"光杆司令"……

农民苦啊，老天都不知道疼穷苦人。丢了夏，她组织社员抢播抢种了秋作物。要想让秋作物长得快，产量高，就得多投工、多施肥。她带领妇女上山拾羊粪。比红豆还小的羊粪蛋儿，要拾一袋还真是不容易。早出晚归跟着羊走，羊成为西沟村救命谷草。半个月时间，西沟男女老少竟拾回了二百多担羊粪。

人世间各种责任都可以分担或转让，唯有全国人大代表的责任，只能由她自己承担，一丝一毫都不能依靠别人。她唯一的报答是下死力气带头"劳动"。

### 三、不是西沟离不开我，是我离不开西沟

李顺达成为劳模后离开了西沟。离开西沟的李顺达后来就当不成人大代表了。申纪兰也从李顺达走过的路上总结出了自己的经验：不能离开农村，离开农村就无法知道农民的疾苦，不知道农民的疾苦就不可能代表农民说话，自己这一生和土地关联在一起的是共产党给予的最高声望"全国人大代表"。

她很珍惜这个声望，她很清醒地知道是西沟劳动人共同的劳动让她获得了这个声望。

对劳动人来说一生的努力也许是背井离乡脱离农门，把农民的身份转换成"干部"或者城里人。在申纪兰看来，假如她离开西沟，那些曾经付出劳动的人会用一种什么眼光看她？

上世纪 60 年代为了解决大田的抗旱问题，西沟人在地里打旱井，想办法蓄住天上水。那时的旱井有三米多深，口小肚大。

5 月的一天，最后一眼旱井已经成型，只需要完成最后一道"定井"的工序。定井，是用锤子把井壁和井底一锤挨一锤地锤

实一遍，以防渗水。东峪沟二十岁左右的民兵排长常满仓拽住绳子下了井，开始定井。

和他一起定井的还有一位十八岁的姑娘，叫侯爱景。他们是一对恋人。

进行定井时，爱景猛听满仓说了声"不对"。她扭头间，井壁滑塌了。她被气浪一下扑倒，土埋住了她半个身子。

井上的人下来拽她，拽不动，又赶紧刨了几镢，才把她拽出来。大伙刚把爱景弄到井上，井壁两次滑塌，这就再也没有机会把土埋着的满仓活着拽出来。

二十啷当的小伙子连婚姻还没有经历就死了。他的死不是因为自己，是因为集体，因为老天赏给人间的那一口活命的水。

西沟村聋哑人羊倌张根则没儿没女，活着的时候为集体放羊，遇到他生病了，她常送药送饭，死后主动把丧事揽了过来。从给哑巴剃头净脸、穿衣到买棺材、打墓，她都一手操办。送葬那天，天降大雨，她让西沟村党员送他下葬，她把绳子拴到抬架上，走在最前面。

"给集体放了一辈子羊，一辈子没说过一句话，一辈子也没成个家，他下葬，西沟村的共产党员该给他一次体面啊！"

怕什么什么就来了。

1973 年的一天，她正在地里劳动，县委组织部一名干部找到地里，把一个印着"中共山西省委组织部"的大信封交给她，信封里装着一张通知，要她去任山西省妇女联合会筹备委员会主任。

这是让她离开西沟去太原工作。她决定守在西沟不去。

县党委开了个座谈会，说省委下来调令了，你经常说听党话，为甚调令来了你不走？

她收拾好行李，乡亲们送她到村口，她回头望西沟，西沟一千双眼睛再一次望着她，不是迎接她归来是目送她离去，她的心口空井一样，喉咙眼里吊着一疙瘩铁秤砣。

省妇联主任办公室已为她准备好，她坐在里面不知道干甚。每天打开办公室门走进去，就像走错了地方，一天吃不好也睡不好，心里老担着事，其实是想西沟。

上班第一件事她就打扫办公室卫生，先打扫了自己的，再打扫公共的。把所有的暖瓶都灌满开水。在机关食堂吃饭，别人吃完饭一推碗就走了，她就留下来帮着炊事员洗锅刷碗。时间长了连打扫卫生的都对她有意见了，工作不能抢不是自己的活计。

两个月后，西沟的张章存来太原出席六届团代会，来妇联看她。

第一眼看到就吓了一跳，说："纪兰，你得了啥病？"

"没有呀。"

张章存说:"你看你脸上肿得像发面馍馍,手也肿了二指厚,得病了都不知道,你不照镜子?"

从来不咋照镜子的她发现自己全身都浮肿了。她真是没有啥病,是不习惯机关。是不让下地动弹闲出来的病。

省委组织部找她谈,既然当了妇联主席就得转户口,从现在开始你就是公家人了。她有些激动,想哭。她说:"我的户口在西沟,我的级别是农民。我是太阳底下晒出来的,不是办公室里坐出来的。这里已有这么多干部,我不想再添人,给国家增加负担了。你们非要叫我坐办公室,看把我也弄病了,妇联主任病了,妇联工作也就弄塌了。"

她哭着向省委提出六个要求:不转户口、不定级别、不拿工资、不要住房、不调工作关系、不脱离农村。

听说申纪兰辞职回来了,大半个村的人都跑来看她,大大小小的眼睛盯着她,她有些羞涩地解释说:"我这一辈子就像钉子一样钉在西沟了,你们别笑话我,不是西沟离不开我,是我离不开西沟。"

1980年,全国"包产到户"的风已经吹了起来,西沟上下就有了松动,但不是包产到户,是下放地,西沟人要跟上国家的形势,虽然她想不通集体的财产转手成了个人的,但想不通也得跟党走。

两百多头牲口都被赶到了沟滩的一块地里，各家都来了代表，忙着把各种牲口分类；所有牲口都被分了等、作了价、编了号，号就用颜料涂写在它们的背上。二百多张小纸片上也对应地写上"马1""骡2""驴3""牛4"，然后搓成蛋儿分别装在四顶帽子中，两顶分别装一等、二等"骡、马"，两顶分别装一等、二等"牛、驴"。按家大户小开始在四顶帽子前排队点名，依次抓阄儿。抓到的展开小纸片去登记、对号、牵牲口走人。

接着是分田分地，分包果树。

地被分成了上、中、下三等，人均七分，好地差地人人有份。也用的是搓纸蛋儿抓阄儿的方法。

再接着就分包农机具。

犁、耙、耱、耧等等农具都一应俱全，也都扛到了一块空地上一字摆开，仍然编号、抓阄儿。平均每家分到了一件，以后农时到来时，各家就只能调剂着使唤了。

有五辆汽车和四台拖拉机。汽车总包给了一个大队干部，拖拉机分包给了四个社员。

几个月后，除两万余亩山林外，西沟的集体就差不多只剩下几间房屋和几枚图章了。

申纪兰有些想不通，但是，又有一个信念告诉她，党总会把农民的日子往好处引。

## 四、群众不富我先富不是人民代表

早在 1983 年，申纪兰在省里开劳模会时，就与冶金部的一位工程师见面说了西沟办企业的事。工程师建议上一个铁合金厂。这个项目周期短、见效快、工艺简单，适合西沟干。只要把炉建起来，就可以生产铁合金，也可以生产单晶硅、硅钙合金、硅铝合金等产品，换换原料就行；就像咱家炒菜，有了铛子，能炒肉，也能炒豆腐。

申纪兰和西沟村干部们商量了一下，觉得这个项目可以上，但得投资上百万元。铁合金厂的场地好说，那是在土地下放时就预留下了，但资金没有，钱是个大问题。

她带着请示报告，带着干粮去省里找钱。报告是用钢板刻好油印的，一份四页。这年 9 月，省计委批文下来，投资指标也到了县财政，西沟铁合金厂 1800KVA 一号炉正式开工建设。

铁合金厂一年为西沟带来了八十八万元的利润，这是当初想也没敢想的。把这一项加进去，西沟的人均收入首次突破了五百元。

南方来了个推销员，推销铜线，铁厂正好需要铜线。他说："你要我铜线，第一笔我就给你 30% 的回扣。"

她说："铁合金厂不是我个人的一样，你把回扣的价钱降下来就成。"

他说："你怎么就死脑子？现在兴这个。"

她说："他们兴，我不兴，我是共产党员。金钱像水一样，缺了它会渴死；贪图它会淹死，拿回扣是对一个劳动人的羞辱。"

要说是分开公和私，分开大和小，那就是，大是集体，小是自己，她拎得清。

就在西沟人准备大干一番时，铁合金厂因为污染被环保部门下令关停。西沟几乎每户都有劳动力在铁合金厂工作，关停伤筋动骨的是西沟人的利益。申纪兰明白，西沟也不能违背国家政策和法律。她说："拆除铁合金厂也是为了治理污染，咱西沟人就要听党话，跟党走，大是大非面前绝不犹豫。"

在西沟老百姓的哭声中申纪兰亲自为铁合金厂贴上封条。

西沟后来陆续建起了香菇大棚，还引进了光伏发电和服饰床品，她在八十九岁高龄时还站在广场上为"纪兰生榨沙棘露"做宣传，她希望饮料厂能让西沟的劳动人有所收益。

2004 年，十届人大二次会议召开前，她准备了两个议案：一个是反映"三农"问题的，建议解决农民关心的事；一个是建议整治黑网吧，让整天流连于网吧的孩子们回到学校去。

围绕农村越来越多的土地纠纷，她递交了保护土地的议案。

中国人这么多，土地可是命根子。没有地种庄稼，大家得喝西北风？现在，土地说占就占了。不知道保护土地，就知道占地盖房：农民占地，干部占地，国家也占地。

她在保护耕地的议案中写道：建设新农村不能光占地，一味盖新房，太浪费。一句话，社会主义新农村建设，不能侵占耕地。

仅从全国人大第八届一次会议到刚闭幕的第十三届全国人大三次会议期间，二十七年的时间，她向全国人大递交了四百九十余件议案，个人领写八十余件，她的议案始终离不开农民、农业、农村。她说："我的户口在农村，我的单位在西沟，我的身份是党员，我的级别是农民。"

"人大代表，是一条反映问题的渠道。群众不富我先富不是人民代表。"

2019年秋天，九十岁高龄的申纪兰还自己扛着锄头下地，她"还种了几分地玉米"。除了农民本色，种地打粮，她是为了知道农作物收成，"我种了地，就知道老百姓收得上收不上，我要够吃，他们就应该够吃。我不够吃，就得告诉国家农民的日子难过了"。

她是一名共产党员，党员的使命让她知道，群众的心思加起来，才是她自己该做的事。

2019 年 9 月 29 日上午 10 时，北京人民大会堂。

当《向祖国致敬》雄壮的乐曲响起，踏着铿锵的节拍第一个走上领奖台，中共中央总书记、国家主席、中央军委主席习近平亲自为其颁授"共和国勋章"。这一刻，九十岁高龄的老劳模申纪兰是人民共和国最耀眼的星。

2019 年秋收，九十岁高龄的申纪兰照旧拿着镰刀下地收割玉米。有人隔着地角喊："申大姐，收割玉米？"她说："收割玉米。"

2020 年春天，她在疫情中最后种下玉米，拿出一万元捐助了武汉疫情。

2020 年全国两会期间，申纪兰因身体不适被送往医院治疗，未能亲临会场参加闭幕式。5 月 28 日下午，申纪兰早早换下病号服，穿上白衬衫、黑西装，佩戴好代表证，在病床上等着会议开始。

2020 年 6 月 27 日凌晨 4 时，病床上的申纪兰将西沟村党总支书记郭雪岗叫到身边，交谈了一个多小时。

"好好干吧，我不行啦。记住要艰苦奋斗，勤俭节约，一分钱掰成两半花，节省得多了也能办个事。"

2020 年 6 月 27 日上午我去长治市医院探望她，隔着玻璃窗我不能走近。长治市医院党委书记李俊说："老人家住院后，吩咐身边人员在医院就餐一定要交费，医疗费要花她自己的钱。她的头脑清醒，对所有探望的人说：面对面感谢你啊！"

2020年6月28日凌晨1时31分申纪兰走了。

2020年6月30日，这一天聚集在长治殡仪馆送别申纪兰的普通群众一眼望不到尽头。她一生所获得的荣誉都与土地和劳动有关，她见证了一个国家的发展和崛起。她的离去让知道她名字的人哭成泪人。